JN085176

Someone Who Can't Hurt Me

わたしに無害なひと

チェ・ウニョン
古川綾子＝訳

亜紀書房

わたしに無害なひと

目次

내게 무해한 사람

Copyright ©2018 by Choi Eun-young
Originally published in Korea by Munhakdongne Publishing Group
All rights reserved.
Japanese Translation Copyright © 2020 by Aki Shobo
わたしに無害なひと is published by arrangement
with Munhakdongne Publishing Group and K-Book Shinkokai (CUON Inc.).

This book is published under the support of Literature
Translation Institute of Korea (LTI Korea).

装丁　坂川栄治＋鳴田小夜子（坂川事務所）
装画　山本由実

日本の読者のみなさんへ

はじめての本、『ショウコの微笑』が日本でも刊行され、二〇一九年の二月に日本を訪れた。神保町で読者とのイベントを行った。私の本を読んだ日本のみなさんと実際に会う場だったので、震え、緊張していた。ありがたいことに私の本を真摯に深く読み込んでくださっていて、作家としての私を尊重してくださった。通訳を介してのコミュニケーションではあったが、言語の違いは問題にならないほど深い話をした。何よりも温かさを感じた。

いつか自分の本が他の言語圏の人びとに読まれる日が来るだろう、そう思いながら文章を書き始める人がどれだけいるだろうか。私も自分の書いたものが翻訳されて、私にはわからない言語を使う人たちとかかわるようになるとは想像もしていなかった。二〇一八年の『ショウコの微笑』に続き、二〇二〇年には『わたしに無害なひと』まで翻訳されて日本の読者に届けられるなんて夢のようだ。

いくつかの例外はあるが、私たちは直接会えないし、会ったとしても特別な方法がなければ簡単なコミュニケーションすらもかなわない間柄かもしれない。偶然出会うこともないまま、異なる国で異なる言語を使いながら生きていくのだろう。でもその一方で私たちはこの本を介して出会い、深い話をして、互いの歴史に目を向け、互いを心にとどめるようになる。一度も会わなくても、同じ言語を使わなくても、ひょっとすると日常をともにする人びとより深い間柄になれる。こういう縁はどんな言葉で定義できるだろうか。

もしかすると長い時間が過ぎて、私がこの世からいなくなったあとに、この「日本の読者のみなさんへ」を目にする人がいるかもしれない。私はその名前も知らないすべての読者の顔を想像する。そして話しかけたい。こんにちは。私たち、やっとこうして会えましたね、と。

書く作業は果てしない孤独と沈黙の中で静かに進められ、本は読者がページをめくるまで沈黙に埋もれている。本は読者に出会ってはじめて本になる。さまざまな人びとや宇宙の中で、『わたしに無害なひと』が本としてくり返し生まれることを願っている。

みなさんがこの本を読むことで、私たちのあいだに存在する普遍的な何かに触れると同時に、私たちの違いについても具体的に経験してくれればと思っている。書くことと読むことを介して互いに出会い、この世の誰も韓国人だの日本人だのという薄っぺらい基準でむやみに定義されたり、偏見の対象にされることはないのだと、お互いに感じられたらいいなと思う。

この短編集に寄せた作品のほとんどが過去の記憶の物語だ。過ぎた日々を記憶することの大切さが、人間を人間たらしめると私は考えている。ただの過去はひとつもない。私はそう信じている。

韓国ソウルの旧把撥《クパバル》にて
二〇二〇年三月

チェ・ウニョン

あの夏

1

イギョンとスイは十六の夏に出会った。

　はじまりはアクシデントだった。グラウンドを横切っていたイギョンの顔に、スイの蹴ったボールが直撃した。眼鏡のフレームが折れ、鼻血が出るほどの衝撃だった。おろおろするスイと一緒にイギョンは保健室と眼鏡屋に行った。修理した眼鏡をかけてスイの顔を見たイギョンは、はじめて眼鏡を作った日を思い出していた。

　ぼやけた茶色とばかり思っていた木の枝には灰色の細い筋と白くて丸い模様があり、その枝に芽吹く葉はぼんやりした緑色ではなく、軟らかな葉脈の走る透きとおった薄緑色をしていた。すべてがはっきり見えるようにはなったけど、地面が回っているみたいにくらくらした。スイの顔を見ながら、イギョンはあのときと同じ気分になっていた。

眼鏡屋の外に出ると焼けつくような日差しだった。村を歩いていた二人は橋の真ん中あたりで歩みを止めた。七月の空気は熱を持っていたが、橋の下を流れる川が涼しい風を運んできた。前日の雨で川は水かさが増していて、水中に根を張って育つ植物の葉は黒に近い緑色をしていた。葉は生き生きと茂っていた。

スイは橋の欄干に体を預け、黙って川を見ていた。話しかけていいのか迷うほどじっと見つめていた。翼の長い鳥が流れの速い川の上を危なっかしく飛んでいた。

「あの鳥、なんて言うか知ってる?」イギョンが尋ねた。

「あの灰色の鳥?」

「うん」

「アオサギ」

夢から覚めたばかりのような表情でイギョンを見ながらスイは答えた。がさがさの唇と日に焼けた赤黒い顔の中、スイの瞳だけが輝いていた。

二人は橋の上でいろんな話をした。ほとんどイギョンが尋ね、スイが答える形だった。イギョンは二組で、スイは九組だった。イギョンは文系クラスで、スイは芸能・体育クラスだった。イギョンはインフンに、スイはコゴクに住んでいた。こんな偶然でもなかったらお互いに顔も知らないままだったはずだとスイは笑いながら言った。耳に快い声だとイギョンは思った。家に帰ってからもスイの声が残っていた。

翌日、スイはイギョンの教室にやってきた。手には二百ミリリットル入りのいちご牛乳があった。いちご牛乳を差し出しながらスイは照れくさそうに笑った。

「具合はどう?」

「うん。大丈夫」

そんな短い会話を交わすとスイはグラウンドへ去っていった。

その週ずっと、スイはいちご牛乳を手にやってきた。

「具合はどう?」

「うん。ほんとにもう大丈夫」

そう答えるイギョンの顔からも笑みがこぼれるようになった。登校しながら今日もスイが来てくれるかと期待し、来なかったとしても傷つくまいと自分を慰めたりした。

窓辺に立って外を眺めるとグラウンドを走るサッカー部のメンバーが見えた。まるで窓に引っ張られているみたいにイギョンの視線は何度も窓側に向かった。同じユニフォームとヘアスタイルの中からスイを探し出すのはさほど難しくなかった。イギョンはグラウンドを何周も回って荒い息をつくスイの姿を、真剣な表情でパス練習をするスイの顔を見つめた。

その週の土曜日、掃除当番を終えて帰る途中の午後だった。遠くに見える橋の欄干にスイが寄りかかって立っていた。サッカー部の白いユニフォーム姿にスニーカーを履いてスポーツバッグを持ったまま。イギョンはうつむいて地面を見ながら歩き、このぎこちない瞬間を避けようとした。橋の近くまで来るとスイが小さな声で呼びかけた。

「キム・イギョン」

イギョンは顔を上げてスイを見た。なんでもいいから言わなきゃというプレッシャーのせいで逆に言葉が出てこなかった。

「帰るところ?」スイが尋ねた。

「うん」

「なんで、こんなに遅いの?」

「掃除当番だったから」

「お昼は食べた?」

「まだ」

「じゃあ、私と食べない?」

スイはイギョンの顔をまともに見ることもできずにそう言った。自信のなさそうな表情と、なんとか力を振り絞って短い文章を言葉にしていく姿を黙って見ていたイギョンは、「なに食べる?」となんでもないふりをして答えた。

二人はラーメンを食べると、蛍光色素がたっぷり入った三百ウォンのスラッシュを飲みながら歩いた。

「今日って、なんか予定ある？」スイが尋ねた。

二人は村から四キロほど離れた河川敷まで行くと、ダムが目の前に見える階段に鞄を置いて座った。歩きながらかいた汗が河川敷から吹いてくる涼しい風で引いていった。川の水はどちらに向かって流れているのかわからないほど穏やかだった。

二人はなにも言わずに巨大なコンクリートのダムを眺めていた。蟬の鳴き声が聞こえ、小さくて透明な虫が足に上がってきた。コンクリートの階段のひび割れに生えている長い猫じゃらしが手足をくすぐった。制服のスカートが汗で濡れた太ももに張りついた。イギョンはスイのほうに顔を向けた。スイは足を組み、頬杖をついてイギョンを見ていた。

「瞳が茶色いんだね」。スイが言った。

「小さいとき、友だちに犬の目って言われた」。そう話す自分の声がかすかに震えているとイギョンは思った。

「気になる？　そう言われると」

イギョンは首を横に振ったがそれは嘘だった。誰かが自分の瞳の色に気づき、それを言葉で伝えてくると、イギョンはいつも気恥ずかしかった。犬の目、変な目。

スイはただ静かにイギョンの目を見つめていた。そんなふうに自分を見る人ははじめてだった。人が人をこんなふうに凝視することがあるんだ。表情と呼べるものをすべて仕舞いこんで、こんなふうに見入ることもあるんだ。そう思いながらイギョンは自分も同じようにスイを見つめていると気がついた。

指一本触れなくても、体をかすめる距離には程遠くても、スイに近づくと体が反応した。鉄棒に逆さまでぶら下がったみたいに目眩《めまい》がして、胃がひっくり返った。スイの手を握ったときは世の中にこれ以上のものはないだろうと思った。倉庫の隅でスイをはじめて抱きしめながら、イギョンは自分が骨と肉と皮膚を持つ存在であることに感謝したし、死の間際にはこういう記憶しか残らないだろうと確信した。

一緒に過ごしたはじめての夏はそうやって過ぎていった。スイは練習以外の時間を、イギョンは補習以外の時間を、すべて相手に会うために使おうとした。隠れて体をまさぐり合うのは至難の業だったが、イギョンの家族がいない日は家で会うようにしてからはそういう問題も解消されていった。

二人は長いキスを交わした。舌と唇の味、たまにぶつかる歯の感触、小さな鼻から漏れ出る甘い息吹に心を奪われて、いつどんなふうに時間が流れたのかもわからないほどだった。自分の体だということも、「私」という意識も、相手と自分という区別も、その瞬間にはなんの意味も成さなかった。そんなときの二人の体はむしろ花びらと波に近かった。自分たちは吸って吐く息遣いそのものでしかないとイギョンは思った。どこまでも上昇しながら同時に深みへと墜落する、ひとつの息吹なのだと。

二人は仲の良い姉妹みたいに並んで昼寝したりもした。スイは眠るイギョンをただ静かに見つめるのが好きだった。イギョンはうつらうつらしながらもスイの視線を感じ、目を開くと自分に見入るスイの黒い瞳が見えた。同じ枕の上で見つめ合うと、スイの瞳にはスイの顔を湛《たた》えた自分が映っていた。二人は温もりを感じながらぼんやりと互いの瞳に浸っていた。言葉は必要なかった。

同性を好きな女性の存在はイギョンも人から聞いて知っていた。小学生や中学生のころ、子どもたちがどんなニュアンスで「レズ」という単語を使っていたかも知っていた。レズという言葉を吐き捨てる顔に浮かぶ笑みには、レズビアンがどことなく秘密めいていて、奇妙で汚らわしくて、恐ろしくて、滑稽な人だというニュアンスが込められているようだった。当時はまだ自分のことをはっきりわかっていなかったのに、イギョンは皆と一緒になって笑えなかった。

スイといると別の体に生まれ変わった気がした。目に映る風景、鼻から吸いこむ息、皮膚に触れる空気の温度まですべてが違って感じられた。どの感覚器官も一皮むけたみたいだった。スイと出会う前の人生はひどく貧しいものに思えた。

でもスイは「用心しなきゃ」と言った。一緒にいてもくっついて歩いたら駄目、グラウンドのスタンドも離れて座ろうとした。それでも体はスイに近寄ろうとするのだが、そのたびにスイは冷たい表情でイギョンを見つめた。「離してよ」。そう言いながら距離をとって歩み去るスイの後ろ姿にイギョンは捨てられ、無視された気がして涙が出た。スイに黙って引き返し、帰ってしまったことも一度や二度ではなかった。二人はこの問題をめぐって何度も衝突した。イギョンが仲のいい友だちに自分の恋愛話をしたがったときもスイは腹を立てた。

「相手がスイだとは言わないから」

「感づかれないと思ってんの？　それが私だって」

スイは顔を真っ赤にして怒り、しばらく口をきこうとしなかった。でも、いつも先に謝るのはスイのほうだった。

自分のアイデンティティがばれて、皆が顔を背ける夢をよくみるのだとスイは言った。幼いころから自分のことはわかっていた。世の中には同性を好きな女性がいると知る前からと。

「私は自分が怖い」

スイが心の奥底を見せてくれた瞬間だった。

二人が付き合うようになって一ヵ月が過ぎたころだった。その日も橋の欄干に寄りかかって話していたら、背の高い女の子がこちらに向かって歩いてきた。イギョンを見つめるその顔には奇妙な笑みが浮かんでいた。見る者の胸をちくちくと刺すような笑いだった。

「付き合ってる子？」

女の子はそう言うとスイの肩をぽんと押して通り過ぎた。バランスを崩したスイはイギョンのほうにつんのめった。女の子が視界から消えるまで二人はなにも言わずに両手で欄干をぎゅっと握りしめていた。耳まで赤くなったスイはイギョンを見ながら苦笑いした。

「誰なの?」

「中学校の先輩」。スイが静かに言った。二人は何事もなかったかのように振る舞ったが、この一件でお互いが大きく傷ついたことに気づいていた。あの子はスイが人間じゃないみたいに突き飛ばした。スイの言ったことは正しかったのだとイギョンはようやく理解した。


スクーターに二人乗りしてみようと思いついたのは夏が終わりを告げる直前だった。車庫からスクーターを引っ張り出してきたイギョンを見ると、スイは眉間にしわを寄せながら笑った。

「イギョンって不良だったんだ。こんなものに乗るなんて」

「私のどこが不良なの」

「わざと悪いことばっかりするし」

「スイに教わったんだよ」

「悪いヤツ。ほんとに悪いんだから」

イギョンは「悪い」という言葉が気に入った。スイの前でならいくらでも悪くなれそうだったし、そうなりたかった。後ろにスイを座らせると目的地まで一番遠回りのルートへとスクーターを走らせた。

無力感に苛《さいな》まれるとイギョンは今でもあの情景を思い出す。回り道しながら進んだ川沿いの水と草のにおい、古いスクーターのエンジン音と腰に回された腕の温かな感触、寮の近くに着いたのに別れがたくて、スクーターに座っては降りることをくり返していたスイとその滑稽な表情、帰る道すがらバックミラーに映っていた、徐々に小さくなっていくスイの姿。

人を愛するようになったイギョンは恋に落ちた人間の立場でいろんな物事を理解できるようになった。スイから揺るぎない愛情を注がれると、あれほど恐れていた他人の視線や自分に対する判断にも以前ほど怯えなくなった。

高校に通う三年のあいだ、イギョンは髪を黒く染めなければならなかった。茶色い地毛は校則違反になるからだった。髪の毛が伸びてくると風紀委員会に呼び出されて注意を受け、茶色い部分を黒く染めなければならなかった。「あんた、目も茶色なんだ」。自分を見つめる風紀委員長の渋面にも、もう臆さなかった。愛が足りないんだね。あなたみたいな人間を愛してくれる人、いるわけないもん。心の中で風紀委員長のしかめ面をあざ笑えた。

短い秋と長い冬を過ごすあいだ、イギョンとスイはさらに深い話をした。高校を卒業したらこの村を出よう、同じ町に行って暮らそうという内容だった。スイは大人になったらお金をたくさん稼ぐと言った。大学のサッカー部に入って、卒業後は実業団の選手として活躍し、引退したらスポーツ関連のビジネスをすると。

イギョンの目に映るそのころのスイはほんとうに努力していた。練習以外の時間もひとり体育館で筋トレをしていたし、イギョンとデートする週末まで練習に明け暮れていた。

女子サッカー部のある学校は少なくて、スイは中学校の男子サッカー部と練習試合をする日もあった。そうなるとスイは見たことがないぐらい沈みこんだ。最初は理由がわからなかったが、イギョンも徐々に事情を理解するようになっていった。男子選手が試合中に女子選手の体を触るのだという。他の女子選手も同じ目に遭っているが、ただ悪態をついて払いのけるしかない空気なのだと。

スイが指摘するとコーチは却って不愉快になった。スポーツ選手なら運動だけしていればいいのに、他に気をとられてという反応だった。そんなことを言っている暇があるなら運動に打ちこめ、男子は元々そういうもんだ、悪ふざけに対して感情的に対応するのは幼稚だと。スイは「悪ふざけ」という言葉の意味を考え続けてきたとイギョンに言った。

「卑劣な言葉だと思う。容認してるんだよ。そういう言い方で、弱い者いじめできる権利を与えてるんだ。男子は元々そういうもんだなんて」

涙が出るほど腹が立ったイギョンは今すぐにでもコーチと男子生徒のところに行って、向こう脛を蹴飛ばしてやりたかった。そんな目に遭い、コーチの言葉をひとり噛みしめていたスイを思った。そこまで我慢してサッカーをしなければいけないのだろうか。練習を口実に太ももに痣《あざ》ができるまでやられたり、侮辱的なことを言われてまで続ける価値があるのだろうか。

「スイ、つらかったら辞めてもいいんだよ。スイが我慢しながら生きる姿は見たくない」。イギョンはたびたびそう言った。

スイの試合を見に行ったことがあった。イギョンはほとんど観客のいない寂しい競技場を走り回るスイの姿を見守った。選手は一様に緊張した面持ちでゲームに挑んでいた。無得点が続いた試合は相手チームが延長戦に決めたゴールで幕を閉じた。イギョンはベンチの後ろの席で試合を見ながらずっと苦しかった。延長戦に突入して荒い息をつくスイを見るのがつらかったし、「おい、イ・スイ！」と叫ぶ監督の鋭い声を聞くのも嫌だった。

ミッドフィルダーのスイは試合が終わるまで休むことなく集中した。それなのに毎回ボールを奪われて攻撃に失敗し、スペースを明け渡しては相手チームの攻撃を許していた。両チームとも実力は五分五分だったが、競技場を走る二十二人の中でスイはもっとも振るわないようだった。どういうわけか監督が選手交代をしなかったので、罰を受けているみたいに延長戦までフル出場しなければならなかった。そんな姿を自分が見ているという事実が余計にスイを苦しめただろうとイギョンは思った。

スイはその試合後から、さらに激しい練習に打ちこむようになった。一度もなにかにならなければと思ったことのなかったイギョンには、そうまでして夢を叶えようとするスイを理解するのは難しかった。そこまでの困難を乗り越えなければ叶わない夢なら諦めるほうがましだろうと思った。緊張感の中で毎日ひたすら練習して、試合に出場して、自分の意志とは関係のない試合の結果で評価されなければならないなら。

「つらかったら辞めればいいじゃない」

「ありえない」。スイは答えた。「話にならないんだけど」

「でも……」

「イギョンにはわかんないよ、なにも」

スイは腹を立てて帰ってしまい、しばらくイギョンに近づこうとしなかった。

今のイギョンにはわかる。スイにとってサッカーは選ぶ、選ばないの問題ではなかった。スイの選択だったにしても、ごくわずかな選択肢の中から選んだはずだった。スイにとってサッカーは世の中と自分をつなげてくれる唯一の糸だった。そんなスイに向かってイギョンは選択の話をした。スイよりはるかに多くの選択肢が自分には与えられているという事実を少しも理解できないまま。


スイは中三のときに十字靱帯を損傷していた。復帰してから気をつけてはいたが、高三の夏に同じところを再び負傷した。男子中学生と練習試合中の出来事だった。悪意はなかったという男子生徒の「いたずら」でスイは取り返しのつかない怪我を負ってしまった。スイは寮の荷物をまとめると実家に戻った。過激な運動は禁止という最終通告を受けてのことだった。

当時のスイがどんな喪失を経験したのか、イギョンはうかがい知ることもできなかった。そんな自分の無知がもどかしくてつらかった。自分にできるのはスイをスクーターの後ろに乗せて走り回ることだけだった。そういう日は橋の上にスクーターを停めて、下流へと流れていく川の水を眺めたりもした。

夜の川は金属の表面みたいで、川辺に生い茂る木の葉は風に揺れる黒い羽毛みたいだった。

「ずっと見てると……すごく変な感じ」。スイが言った。

「なにが？」

「川。とっても大きな水じゃない？」

「うん……」

「ずっと見てると変な気分になって」

「怖くなったんじゃない」

スイは静かに首を横に振ると橋の欄干を両手でぎゅっと握った。視線は川のほうを向いていたけれど、その目はがらんどうのようだった。川を眺めているけどなにも見ていないようだし、怯えながらも魅了されているようだった。イギョンは無関心を装い、スイには目を向けず川を凝視した。

2

十八の春、イギョンとスイはソウルに引っ越した。イギョンはソウル市内の中心部にある大学の経済学科に入学し、スイは外れにある専門学校で自動車整備を学び出した。スイは親から一文の仕送りも受け取れなかった。イギョンは学生寮への入居に当選したが、スイは保証金がなくても契約できる「寝るだけの部屋」でソウル暮らしをスタートさせなければならなかった。

喘息持ちのイギョンはじめじめして換気の悪いスイの部屋に長時間いられなかった。「まだ大丈夫」。イギョンは言ったが、一時間もしないうちに鼻水や涙を流して咳をするイギョンを引き留めるわけにはいかなかった。

満足するまで互いを抱きしめ、触れ、一緒に眠る時間はそういう理由でいつも足りなかった。大人になって故郷を脱出すればすべては好転すると思っていたのに、状況は逆に悪化したようだった。スイは学校に通いながら焼肉屋で皿洗いのアルバイトをしていた。両親が学費を払ってくれて小遣いもその都度もらっているイギョンは、そんなスイになにも言えなかった。大学の前にある食堂でアルバイトはしていたが、それこそ金銭的な余裕を持つためのアルバイトで、スイのように切羽詰まった状況で稼いでいるわけではなかった。

職業訓練とアルバイトを並行していたスイはいつも忙しく、デートはおろか落ち着いて長電話もできなかった。イギョンがメールを送ってもすぐに返信が来ないことが多かった。イギョンは学生寮のベッドに寝そべってスイと過ごした時間を懐かしんだ。愛するスイを、まるで他の人を思うように懐かしがっている事実が改めて切なかった。スクーターに二人乗りしたり、イギョンの家で寝転がりながら、大人になってからの自由な生き方について語り合った時間を寂しく思い出していた。目を閉じると白いユニフォーム姿でグラウンドを走り回っていた十六歳のスイが見えた。たった二年前なのに、ずっと昔の出来事のように感じられた。


大学に入ってはじめての夏休みがスタートした。イギョンは漢江《ハンガン》沿いでサイクリングをするようになり、はじめてレズビアンバーを訪れてみたりもした。一緒に行こうというイギョンの誘いを最初は時間がないと断ったスイだったが、時間ができてもそういう場所には行きたくないのだと言った。二人でいればいいのに、なぜそんな場所にわざわざ行かなきゃならないのか理解できないと。

イギョンはときどき専門学校の前でスイを待った。学生寮からだとバスで一時間半かかったが、スイに会いたい気持ちがこみ上げてくるとそうしてでも会いに行った。スイの授業が終わると二人は軽食屋の〈キムパプ天国〉に向かい、オムライスやキムチチャーハンを注文した。

イギョンは薄暗い灯りの下、スイのぎりぎりまで短く切られた爪を黙って見つめた。スイの髪と喉は汗で濡れていた。

スイはどんなときも今日を生き切る人なのだとイギョンは思っていた。幼いころからスポーツをするうちに、自分の限界を克服していく生き方に慣れていった人なのだと。いい加減に過ごす日は一日もないし、誰にも頼ろうとしない。イギョンの目には苦しくても苦しいと言えない人として映っていた。

「職業訓練、大変じゃない？」

「教わってる立場だからね」

スイはそう言うとオムライスをかきこんだ。

「ゆっくり食べて。夕飯、適当に済ませないでちゃんと食べてよ」

スイはただ笑ってみせた。

「お金はあるの？」

「イギョンよりはね」

スイはそう言ってウインクした。

そんなスイを見ながらイギョンは大学で知り合った子たちを思った。自分の酒量もわきまえずに飲みすぎて、泣いたりしながらくだを巻く子。誰も興味のない自分の一代記をだらだら並べ立てる子。自分の弱点を恥ずかしげもなくさらけ出す、抑圧されたことのない彼らの自我がイギョンには目新しかった。十字靭帯が使い物にならなくなっても、一生の夢が潰えても、その悲しみを一度も吐き出さなかったスイに、イギョンはそのときはじめて距離を感じた。

「私には言ってもいいんだよ。つらいときは」

「つらくなんかないって。ほんとに。教わるのも楽しいし」

「ねえ、スイ」

「試験終わったら遊びに行こうよ。どこがいいかな？　海が見たいって言ってたでしょ」

テレビではサッカーW杯の準決勝、韓国対ドイツ戦が再放送されていた。あの夏はどこに行ってもW杯の話題ばかり聞こえてきた。食堂でも通りでも毎日W杯の韓国戦が再放送されていた。イギョンは二人で食堂に入ると、スイがテレビを背にして座るように自分はテレビが見えるほうの席を選び、スイの興味を引きそうな話題を持ち出してテレビが聞こえていないように振る舞った。世の中が一団となって未だ癒えないスイの傷を突いているみたいだった。

「次のW杯はドイツでやるんだって」。スイが言った。

「そうなの？」

「うん。そうだって。一緒に見に行こうか？　次だったら二人とも余裕ができてるだろうし、休暇を取ればいいんだから」

「そうしよう」

「約束したからね」

そう言って笑うスイの顔に不安がよぎったように見えた。スイはなにに怯えているのだろう。自分の将来だろうか、金だろうか、私との関係だろうか、そのすべてだろうか。いつだってスイは未来の話しか口にしてこなかった。まるで自分は過去や現在とは無関係の人間だとでもいうように、大人になってから、大学に入ってからの未来の出来事にしか興味がなかった。そして今、スイは四年後の二人について話している。それも、信じて疑わずに待ち続けた未来に裏切られた経験のあるスイが。

イギョンは一週間にわたって帰郷した。スイは資格試験の準備があるから一緒に帰れないと言ったが、イギョンは他の問題があるのだろうと直感した。スイは家族の話をしなかったし、そもそも家族について質問されるのが気まずいようだった。

故郷のどの空間もスイとの思い出に覆われていた。ここでスイと過ごしたのはたった一年半だったが、その時間の密度はスイと出会う前の十六年間を圧倒していた。川にかかる橋、学校のグラウンド、村の通り……。スイに出会っていなかったら、ここは教科書の入った鞄を背負い、お弁当をぶら下げて通った寂しい場所としてしか記憶に残らなかったはずだ。

イギョンはダムの見える河川敷のほうへとスクーターを走らせた。村から四キロしか離れていなかったが、そこは二人が行ける一番遠い場所だった。そこでなら少しは自由にできた。階段に座るスイの膝枕で寝転がったり、その反対にイギョンが膝枕したりした。膝枕から仰ぎ見た空とスイの顔を思い出した瞬間、ある考えがイギョンの頭をよぎった。もう二度とスイと訪れることはないだろうという予感だった。

そこはスイが自分について、自分の感情と考えについて、もっとも話してくれた空間でもあった。イギョンはスイをもっと知りたかったし、だからあれこれ質問した。スイは家族の話以外ならほとんどの質問に誠実に答えてくれた。どうしてスポーツをはじめたのか、一番好きな先生は誰か、一番仲のいい親友とはどうやって知り合ったのか、今はその子とどんな関係なのか、はじめて橋でイギョンと語り合ったときにどんな気持ちだったのか、それからもイギョンにどれほど会いたかったか。

スイが自分のことを話さなくなったのはいつからだろう。ある瞬間から、どうやって自分の話をしたらいいのか忘れた人みたいに変わっていった。怪我をしたときも、医者にこれ以上サッカーをするのは無理だと診断されたときも、スイはなかなか口を開こうとしなかった。自動車整備の仕事もそうだった。どうしてその仕事を選んだのかという問いに、スイはただ肩をすくめてみせるだけだった。

河川敷の階段に腰を下ろしたイギョンはソウルに住むようになってからずっと否定してきた事実を認めた。スイといるのに私はこんなに寂しかったんだ。壁に向かって話しているみたいに心細かったんだ。スイをもっと知りたかったのに、もっと訊きたかったのに、スイの考えや感情を少しでも分かち合いたかったのに、うまくいかなくて。

イギョンはレズビアンバーの店長が薦めてくれたオンラインコミュニティに加入した。学生寮でひとり過ごす時間に書きこみを読んだりチャットをしたりしながら、スイじゃない人間との関係にも帰属意識を持てるのだと知るようになった。勇気を出して定期オフ会にも参加した。年齢も職業もさまざまな人たちとバーで酒を飲んで騒ぎながら、スイと一緒のときには感じられなかった自由を満喫した。

新しい友人は皆、イギョンを好いているように見えた。否定的なメッセージを寄こすことも、説教しようとすることも、皮肉めいた言い方をすることもなく、イギョンと過ごす時間を心から楽しんでいるようだった。スイは酒を一滴も口にしなかったが、新しい友人は朝日が昇るまでイギョンとグラスを傾けた。酒を飲むと緊張が解けていくし、些細な冗談もおかしくて、その場にいるひとりひとりを抱きしめたくなった。スイを想うと恋しいながらも腹が立って涙が出た。

新しい友人の中で特に親しくなったのがヌビだった。二十二歳のウェブデザイナーで、いつもノースリーブのブラウスに華やかな原色のロングスカートを合わせ、長い髪は黒ゴムで結んでいた。イギョンはもうヌビの顔をはっきりと思い出せないが、どういうわけか歩くヌビの後ろ姿だけは今でもありありと目に浮かぶ。歩くたびにポニーテールとスカートの裾がそれぞれのリズムでひらひらと揺れていた姿を。

ヌビとイギョンはよく最後まで酒席に残った。酒に酔った友人がひとり、またひとり家路につくと、残ったつまみを食べながらいろいろな話をした。住んでいる場所も地下鉄で二駅の距離だったので、一緒に始発を待ちながらコンビニでカップラーメンを食べたりもした。

「恋人にはいつ会わせてくれるんですか?」ヌビが言った。

「いつかはそんな日も来るでしょう」

「私たちと仲良くしてると嫉妬されません?」

「嫉妬なんてしませんよ、スイは。自分のことで手一杯だから」

「これ、もっと食べて」

ヌビがラーメンをすくってイギョンに差し出した。

「スイは」。そう言いながらイギョンはぎこちなさを感じた。スイについて誰かに話すのは、これがはじめてだった。「あまり自分の話をしないんです。それに一回も、私の前で泣いたことがないし」

こんな話をするほど親しい仲ではないと思いながらも一度口を開くと止められなかった。

「私を信じられないからではないんでしょうけど……。それでもしょっちゅう思うんです。私じゃなくて、他の人間が相手でも同じだったのかな。私よりも繊細で、精神的に大人の人が相手だったら、スイも自然に心を開いてたんじゃないのかな……。スイがどれほどの孤独の中にいるのか、自分がなにもわかっていないのが苦しいんです。あの子はいま、なにを考えてるんだろう」

ずっと抱えてきた思いなのに、いざ言葉にして吐き出してみると軽率な行為に感じられた。

「前の恋人とは五年付き合いました。オンラインで出会ったんです。誰も知らない話をしましょうか」。ヌビの顔に疲れたような微笑が浮かんだ。「五年付き合うのって、かなり大変なことでしょ。それも若いときに出会ってここまで来たんだから。なんでも共有してきたし、自分のすべてをひとつ残らず見せてきたと思います」

コンビニの窓越しに見える世界が少しずつ明るくなっていった。

「相手も同じでした。百パーセントの確信はないけど、他人には決して言えない部分、見せたくない部分を私には見せてくれました。私は相手を、相手は私を癒やしてきたし。どうして私たちが二人なのか不思議に思ったりもしました。相手の痛みを私はそっくりそのまま感じられるし、私がつらいと相手は涙するのに、二人が別々の人間だなんてあり得る？　そんな錯覚が、今の私たちをこんなふうにしてしまったのかもしれません」

ヌビは他人の話でもしているみたいに淡々と言葉を続けた。

「喧嘩ばっかりでしょっちゅう別れてました。はじめて別れようって言われた当時を思い出すな。二ヵ月で十キロ痩せて、心臓がどきどきするからよく眠れなくて。あの人、二ヵ月後に戻ってきたんです。お互いをぎゅっと摑んで後悔しながら泣いたけど、それもその瞬間だけ。映画の続編みたいなものでした。別れた相手とまた付き合うのって。どんなに本編が素晴らしくて、そのせいでもったいなく見えたとしても、そんなの、なんの意味もないでしょ。結局は少しずつすべてが色褪せていく。その中にいる私自身もすごく惨めに見えてくるし」

そう言うとヌビはにっこり笑ってみせた。ヌビの顔を朝日がうっすらと照らした。


その会話のすぐあと、イギョンはヌビの前の恋人に会った。オフ会仲間が演出を担当した演劇がレズビアンバーで上演された日だった。開演前、レズビアンのシンガーソングライターがギターを弾きながら歌い、女性歌手のミュージックビデオが白い壁に映し出された。イギョンはバーの仕事を手伝った。

すらっとした背の高い女性が入口から姿を現した。グレーのシャツのボタン上二つを外しているせいで長い首がさらに強調されていた。手首には銀色の時計が巻かれていた。彼女は無表情でテーブルに鞄を置くとイギョンのほうへやってきた。香水の涼しげなにおいが漂った。

「ビールください。なんでもいいので」

イギョンはビールの栓を抜いて彼女に差し出した。

「アコ、こんにちは」。彼女はイギョンの横にいるアコに挨拶すると隅に移動してしばらく佇《たたず》んでいた。

「ウンジじゃない。ヌビの前の恋人。ヌビ、あの娘《こ》のせいでずいぶん泣いたんだよ。連絡は取り合ってないって聞いたけど、なんで来たんだろう」。アコが言った。

ヌビはウンジのいる側には目もくれず、他の人と熱心に話しこんでいた。ウンジは再びイギョンのほうへやってくると、もう一本ビールを頼んだ。ビールを受け取るとイギョンの前のカウンター席に座った。

「誰かを待ってるんですか?」ウンジが尋ねた。

「そちらは?」

「さっきから入口を見てる姿が気になったので」

「恋人を待ってます」

「そうでしたか」

演劇は一時間ほど上演された。高齢のレズビアンの物語で、二〇〇二年から五〇年が過ぎた二〇五二年が背景だった。若いころから五十年にわたって付き合ってきたレズビアンカップルが結婚式の準備をしながら過去を回想する内容だ。設定は高齢者だが主人公を演じる二人は二十代で、衣装やメイクアップ、演技はすべて俳優の年齢に合わせていた。まるでおばあちゃんの中に二十代の女性がそのまま残っているかのように。二人は出会った年に撮った写真と動画を観客と一緒に眺めた。

白いドレスを纏った二人が手をつないで入場する場面で演劇は幕を閉じた。三十人ほどの観客は二人にフラワーシャワーを浴びせ、長い拍手を送った。全員が洟《はな》をすすり、俳優から目を離せずにいた。終演後も何人かはバーに残って打ち上げをした。

スイは深夜の一時過ぎにようやく姿を見せた。人の波がある程度引き、イギョンも座って休んでいたところだった。スイはTシャツと膝丈のハーフパンツ姿に黒いしみの付いたランニングシューズを履いていた。いつもと同じ格好だったがイギョンはスイの服装に誠意のなさを感じ、スイに対してそう思った事実に驚いた。

イギョンの友人たちはスイを喜んで迎えた。酒を飲まないスイのためにノンアルコールのカクテルを作ってくれた。スイはカクテルをすすりながら少し疲れた表情であたりを見回した。イギョンの友人たちはそんなスイに向かって順番に質問を浴びせた。スイがこの空間を居心地悪く感じているのを察して全員がわざと快活に振る舞っているのだと思ったイギョンは、この状況にふと恥ずかしさを覚えた。

「スイさんは何年度の入学ですか？」アコが訊いた。

「私は大学生じゃないです」。スイが答えた。

「そうだった。知ってたんだけど、どうみても大学生っぽかったから……」アコが言葉を濁した。

「大学には行けませんでした。頭も悪いし、お金もなくて」。スイは無表情のままそう言った。

スイらしくない言葉だった。あんなに皮肉めいた言い方をするのをイギョンははじめて聞いた。一瞬の出来事だったし、友人たちは話題を変えて笑顔で盛り上がっていたが、スイはずっと黙ったままで、質問をされるとようやく答える程度にしか会話に参加しなかった。どんなに疲れていると言っても、友人の前であんなふうに恥をかかせるなんてあり得ないとイギョンは思った。

　帰り道でもスイはずっと黙ったままだった。

「疲れてるの？」イギョンが尋ねた。

「……」

「スイ」

「なに？」

「アコの質問にさ、あんな答え方する必要あったの？」

「……」

「笑ってやり過ごせたんじゃない？　気まずそうだったじゃない、みんな。わざと言ったわけでもないのに」

「……」

「あんな言い方したら、スイ自身も傷つくじゃない？」

「なにも知らないじゃん」

　スイが小さな声で言った。

「イギョンはなにも知らないでしょ」

　スイはそう言うとイギョンを見て笑った。その笑顔は「あんたは私よりずっと楽に生きてきたじゃない」と、なじっているように思えた。

「スイが自分のことを話してくれないんだから、わかりようがないでしょ」。腹が立つほどイギョンの声は落ち着いて低くなった。「みんな、スイによくしてくれようとしてたのに、スイはみんなに恥をかかせた……」

スイはなにも答えずに道の向こう側をじっと見つめていた。

「あの子たちを見るスイを見てた。全部、顔に出てたよ。情けなくて変な人たちだなって顔してた」

「私はただ、あんなふうにうるさくて、人の多い場所が苦手なだけ。だから……」

「ああいうのが嫌いなら、嫌だって言って来なければいいでしょ」

「イギョンがあそこにいたじゃない」

「少なくともあの子たちは自分の話、隠さずにするよ。つらければつらい、嫌なら嫌って言うし。スイは違うじゃない。そう言えないじゃない」

「比較はしないで、イギョン」

スイはそう言うと大通りへ向かった。気をつけてともバイバイとも言わずに、一度も振り返ることなく速い足取りで遠ざかっていった。ふいにイギョンはすべてに嫌気がさし、疲れを覚えた。スイには私以外、友だちもいない。一緒にサッカーをしていた仲間とも、もう連絡をとっていないと言っていた。

その日、イギョンがスイに対して感じたのは恥ずかしさだった。みすぼらしい服装に汚れたランニングシューズ、新しく出会った人たちと簡単に打ち解けられない野暮ったさ、自分の学歴を恥じるような姿までもが恥ずかしかった。友だちにかっこいい恋人を見せられなかったようで恥ずかしかった。イギョンは恥ずかしさを感じたと認めたくなくてスイのせいにした。他の人と同じ目でスイを判断したと認めたくなかったからだった。

3

その年の冬、保証金の五百万ウォンを貯めたスイはイギョンの学生寮にほど近いワンルームマンションへと引っ越した。専門学校の卒業を控え、見習いとしてカーセンターで働くようになり、暇ができるとランニングをしていた。「お金はいいね」とスイが言うと、「ほんとにお金サイコー」とイギョンも同意した。保証金の五百万ウォンはイギョンとスイの関係を穏やかで平和なものにした。冷たいすきま風が入ってくることもなく、清潔なキッチンとバスルーム付きの家で、ソウルに引っ越して一年ぶりになんの心配もなく抱き合って眠れるようになった。

その年の冬がどれほど温かくて満ち満ちていたかイギョンは今でも覚えている。目を閉じるとスイの家が、加湿器が吐き出す白い蒸気が、曇った窓ガラスにスイが手で描いていた子どもの足跡が浮かんでくるようだ。

サッカーを辞めてからスイの顔と体は少しずつ変化していった。とにかく引き締まっていた体は少し柔らかくふっくらとしてきたし、シャープだった顔のラインは丸みを帯びてきた。それでも少し口を開いて、子どもみたいな姿で気絶したように寝落ちするのは相変わらずだった。スイは横になると一瞬で眠りに落ちては低くいびきをかいた。こんな姿を知っているのは自分だけだという思いにイギョンは穏やかな喜びを感じた。

働くようになってからスイは仕事の話をたくさんするようになった。自動車のエンジンと部品について話すとき、スイの目にはいつにも増して明るい光が宿った。難しい単語が出てくるとイギョンは必ず質問した。

「トルクってなに?」

「回転力のこと。ある軸を利用して物体を回転させる力。トルクが強いと瞬間的な力が強いってことになるの」。スイは待ってましたとばかりにイギョンの質問に答えた。

その年の冬を過ごしながらイギョンは、さまざまな面でスイが自分とは違う人間なのだと知るようになった。スイは自動車を含む機械に魅力を感じていたし、整理整頓と掃除に熱心で、着飾ったり、新しい人と知り合ったりすることには一切関心がなかった。それに対してイギョンは自分を知ることを好み、他人に対しても関心が深かった。

イギョンは徐々に理解していった。スイが自分に話してくれなかったのはそういう性格のせいなのだと。スイは「自分自身」という存在についてイギョンほど深く考えないのかもしれなかった。スイは考えるより体が先に動くタイプだったし、なにかを選択する必要があればひとつを選び、それに伴う責任をとろうと努めるタイプだった。自分の選択による結果には一切の弁明をしないのがスイのやり方だった。自動車整備の仕事が人生にどんな影響を及ぼすのか、それほど重要視していなかった。自分で選んだ仕事だから最善を尽くすだけだった。一方のイギョンは自分の行動がどんな意味を持つか絶えず考えていたし、いつもきちんと選べなくて戦々恐々としていた。自分がなにをしたいのかもわからないんだから、どんな選択をしても結局は後悔のほうが大きいことだけは確信できた。

スイじゃない誰かを好きになる自分をイギョンは想像できなかった。スイは生まれてはじめて愛した人だったし、他の人に似たような気持ちすら持った経験がなかったから。だからイギョンはウンジに対する自分の感情が理解できなかった。スイを愛していながらどうやったらウンジに強く惹かれるのかわからなかったし、ぐちゃぐちゃの心を抱えてしょっちゅう泣いていた。

イギョンがウンジと再会したのは十九歳の春だった。大学の前にあるパン屋でアルバイトをはじめたばかりのころだった。レジで支払いを終えたウンジがイギョンに声をかけた。

「ヌビの友だちですよね？」

「えっ？」

「昨年の秋にアコやヌビと一緒にいませんでした？」

ウンジはそう言いながらイギョンをじろじろ見つめ、イギョンは思わず頷いてしまった。そのときようやく、ひとりでバーに座ってビールを飲んでいたウンジの姿がおぼろげに浮かんできたが同一人物なのか確信が持てなかった。背が高く、華奢な人だったとしか思い出せなかった。あの場は暗かったし、会ったのもほんの一瞬だったのに、どうして自分の顔を覚えているのかイギョンは怪訝に思った。

「覚えていないんですね」。ウンジが苦笑した。

「覚えてます。カウンター席に座っていましたよね」

イギョンの言葉にウンジは頷いた。

「私、目の前で働いてるんです。あの大学病院で」

「私もそこの大学に通ってます」

「知ってます。何度か見かけました」

向き合っていると目眩がしてくるほど美しい人だとイギョンは思った。なめらかな肌に濃い眉はきちんと整えられていた。薄い奥二重に少し上がった目尻、とても繊細で神経質な人なんだろうなという印象を与えた。

「手はどうしたんですか？」

イギョンは醜いものを見られてしまったという羞恥心《しゅうち》からポケットに手を入れた。以前のアルバイト先で熱した石焼き鍋に触れて火傷した跡だった。

「見せてください、手」

イギョンはポケットから出した手を見せた。

「火傷したんですね。水ぶくれが潰れて……。消毒だけでもしました？」

ウンジは鞄から袋を取り出した。アルコール綿で傷を消毒し、軟膏を塗って絆創膏を貼った。

イギョンがウンジに惹かれはじめたのは、そんな一瞬の出来事からだった。


パン屋のガラス張りの面からは大学病院の入口が見えた。イギョンは午後四時から九時までパン屋で働き、ウンジはほぼ毎日パン屋に立ち寄った。白いシャツにジーンズと白いスニーカーを履いた姿は一幅の絵のようだった。紐の長いクロスバッグを斜め掛けして陳列台を熱心に覗きこむウンジを、イギョンはじっと眺めた。

自分の視線に気づかれるかもと思いながらも目が離せなかった。

「家はどこですか？」レジカウンターにパンを載せながらウンジが尋ねた。

「忠武路《チュンムロ》です」

「通学は大変じゃないですか？」

「バスで一本ですから」

「そうなんだ」

　ウンジはなにか言いかけたが、そのまま窓辺のテーブルに移動した。六時。最後の陽光が窓から降り注ぐ時間帯だった。そこに座って彼女はゆっくりパンを食べた。カウンターでレジを打ってパンを包装しながらもなお、イギョンは彼女から目を離せなかった。彼女は斜めに座って窓の外を眺めていた。パンを半分ほど食べるとトレイに置き、じっと外を見つめてから再びパンを手にするとゆっくり食べた。窓のほうを向いて脚を組み、イギョンには背を向けていたから顔ははっきり見えなかったけれど、だからこそイギョンは心ゆくまでウンジを見つめることができた。

「また来ます」

　トレイをカウンターに戻しながらウンジはいつもそう言った。また来ます。彼女が行ってしまうと会えたという幸福感と、そのせいで余計に膨れ上がった恋しさで心がひりひりした。たまにウンジが来ない日があると時間は一向に進まず、些細なことにもすぐ落ちこんだ。

　その日もそんな日なのだろうとイギョンは思っていた。アルバイトを終えて帰る準備をしているとウンジがパン屋に入ってきた。

「夕飯は食べました？」ウンジが尋ねた。

　イギョンは首を横に振った。

「じゃあ、一緒に食べましょう」

そう言うとウンジは外に出た。パン屋の外から自分のほうを見ているウンジは見知らぬ人のようだった。イギョンは少し離れて歩いた。自分の歩みが久しぶりに歩いた人みたいにぎこちないと感じた。

「パンがお好きみたいですね」

イギョンの言葉に彼女はなにも答えず笑うばかりだった。

「ただでパンがもらえたら差し上げますね」

彼女は少し笑うと、「そういうときは恋人にあげてください」と言った。

二人はしゃぶしゃぶ屋に入った。透きとおっただし汁にきちんと整えられた野菜や肉をくぐらせて食べると腹持ちもよく、さっぱりしていた。安い定食屋で出される刺激的なスンドゥブチゲや豚肉の甘辛炒めとは完全に別物の味だった。

「あのときの演劇、どう思いました?」ウンジが尋ねた。

「五十年後には女性同士でも結婚できるのかな……。遅すぎるような気もするし。他でもないこの韓国で、そんなことが起きるのかとも……」

「私はあそこがよかったです。主人公の二人が小さな思い出を分かち合う場面。物語が理想主義的すぎるって批判されるかもしれないけど、二人があの時間をともに耐え抜いたっていうのが……」

そう言うと首をかしげてテーブルの隅を見つめるウンジの姿に、イギョンはふいに頭がぼうっとしていくのを感じた。

どちらからともなく、あてもなく、二人は鍾路《チョンノ》の街を歩いた。時間があるのかないのかも、今が何時なのかも訊かなかった。人通りの多い道では腕がぶつかったりもした。そうやってなにも考えずに歩いていると世宗路《セジョンノ》の称慶《チンギョン》記念碑の前に出た。

「手は完全に治りました？　跡は残ってない？」

イギョンは右手を彼女の前に差し出した。

「先生のおかげですっかりよくなりました」

「私のどこが先生ですか」

「じゃあ、なんて呼べば」

「名前を呼べばいいじゃないですか」

そういうとウンジはやわらかな表情でイギョンを眺めた。笑っていないときは繊細で鋭く見える目にからかうような光が漂っていた。ためらっていたイギョンは口を開いた。

「ウンジ、さん」

「いいですね。そう呼ばれると」

「ウンジさん」

ウンジは黙ってイギョンを見つめた。もう二人のあいだに吹く風は冷たくなかった。ウンジのショートヘアがなびいた。あなたも私も気づいている。歩く以外なにもしていないけれど、ただ一緒にいて楽しいのだと、どこかに行きたいからじゃなくて、ただ別れがたくてこうしているのだと。イギョンは自分の心をウンジが読み取るだろうとわかっていた。お互いについてこんなに知らないことだらけなのに、言葉にしなくても一瞬の感情を理解できることも。二人は向き合って互いの目をじっと見つめていた。

「しょっちゅう思い出してました」

イギョンが言った。ウンジは熱い表情でイギョンを見ていた。あなたを、という言葉が抜けていたが彼女は尋ねなかった。まるでイギョンの心はお見通しだというように。いや、なにもわかっていないというように。

どうやったらこんな容姿になるのだろう。イギョンは思った。薄い皮膚、細い髪、乾いた唇が開いたり閉じたりする姿が美しかった。少し内側に寄っている左の瞳と、笑わなくても上がっている口角、小さな顎。こんな顔、見たことない。その顔が冷たいのか温かいのか、手を伸ばして触れてみたかった。

その日からイギョンは途切れ途切れの浅い眠りの中であらゆる夢を見た。顔には大きな吹き出物ができ、上り階段ではわけもなく何度かつんのめった。人の話を集中して聞けなかった。ウンジの笑顔が、自分をまっすぐに見つめてはきはきと話す姿が頭から離れなかった。いくら水を飲んでも喉が渇き、食欲がなかった。そのうち忘れるだろうと思ったが、時間が経つほどに全感覚がまた彼女に会いたいという欲求へ集中した。会いたくて病んでいた。もしやメールか電話が来るかもしれないという思いから携帯電話を握りしめて眠った。

ウンジと頻繁に会ったわけではなかった。四ヵ月でせいぜい六回だった。それでもその六回のデートは十三年が過ぎた今も、イギョンの中に鮮明な印象として残っている。

ウンジは特にためらうこともなく自分の話を打ち明けた。四姉妹の三女で、家族から心のこもった愛情を受けずに育ち、だから自分でもどうやって自分を愛したらいいかわからなくて今もつらいといった内容を、まるで昼食のメニューでも話すように大したことなさそうに語った。

「こういう話、誰にでもするんですか？」

イギョンが訊くと、ウンジは伏し目がちに言った。

「私だって相手を見て話します。それにイギョンさんは誰にでも、じゃないから」

家族全員が集まる席で妹にアウティングされて父親と叔父たちから袋叩きにあった話も、ウンジはどうってことなさそうに語った。髪は束になるほど引き抜かれ、額が裂けて縫わなければならなかったという。

「たったひとりでよかった。たったひとり。私の味方になってくれる、たったひとり。殴るなって言ってくれる人。でも全員、ただ見ているだけでした。相手は大人の男だから割って入れないとでもいうみたいに」

ウンジはいたずらっぽく自分の髪をぐしゃぐしゃにした。

「大丈夫ですよ。もう会ってないから。今が大事じゃないですか？　会いたい人とだけ会っていても人生は短いのに」

ウンジはそう言ってイギョンをじっと見た。

その日からしばらくウンジはやってこなかった。一緒にご飯を食べる人がいないからパン屋に来て、退屈だったから一緒に歩いただけだったのに、私ひとりで気を揉んで恋い焦がれてたんだ、あなたは私なんかなんとも思ってないんでしょ、イギョンがそう思う日に限って彼女はやってきた。自分がなにをしているのか少しもわかっていないみたいに落ち着いた顔で。イギョンがどれほど心を乱されながら二人で食事して歩いているのか、彼女は見当もついていないように見えた。時間の経過とともに彼女への気持ちが大きくなればなるほどイギョンの心は惨めになっていった。窓辺に座ってゆっくりパンを食べるウンジを見るのさえ苦しかった。

スイはウンジの存在をイギョンから聞いて知っていた。

「アコの友だちいるじゃない。あの病院の看護師なんだけど、ひとりでご飯食べるのが嫌みたい」

イギョンが言うとスイはただ頷いた。イギョンは自分のどんな行動もスイには隠さなかった。イギョンの言葉どおり、ウンジとはたまに夕食をともにし、日常的な会話を交わし、鍾路の街を歩いただけだから。ただイギョンの心だけは、それがスイに対する裏切りだとよくわかっていた。なにひとつ騙していなかったが実際はすべてを騙しているのと同じだと。イギョンはもうウンジには会うまいと心を決めた。

イギョンはアルバイト先を大学から少し離れた場所にあるピザ屋に変えた。スイには変な客がたくさんパン屋に来るので疲れると嘘をついたところだった。

アルバイトを辞める前日、イギョンとウンジは夕食後に仁寺洞《インサドン》の路地を歩いた。同じ道を何度か往復しながらイギョンは言った。

「私は運がよかったほうかもしれません。なんの紆余曲折もなくスイに出会ったから」

「そうですね」

「好きな人が自分のことを好きになってくれるケースって、滅多にないじゃないですか。そうやってお互いを知り、愛し合えるっていうのは、考えてみるとほんとに運がよかったとしか……」

「そうですよ。羨ましい、イギョンさんが」。ウンジは言った。笑顔だったが少し怒気を帯びた口調だった。自分を見ながら笑うウンジの美しい顔をイギョンはまっすぐ見つめられなかった。

「じゃあ、私はこれで」。そう言うとイギョンは一度も振り返らないまま大通りへ向かった。安国駅《アングク》まで一緒に帰ることにしていたが、駅で平気な顔をして別れるのは無理そうだった。

こうやって自分から消えるほうがましだと思った。


その晩、イギョンは眠れずにスイの隣で横になっていた。

「パン屋でどれくらい働いたんだっけ？」

「今学期ずっとだから四ヵ月」

「パン屋の仕事、確かにすごくつらかったみたいだね。四ヵ月でずいぶん痩せたもん」

「そうね」

イギョンはそう答えると枕に顔を埋めた。涙がこみ上げてきて喉が詰まった。

「泣いてるの、イギョン」

「ううん」

「泣いてるみたいだけど」

自分を心配してくれるスイの心を裏切った事実と、もうウンジに会えない事実が入り混じり、こらえていた涙がイギョンの目からあふれた。スイはなにも言わずにイギョンの背中をさすった。

「スイ」

「うん」

「私ね、欲張りな人間が嫌いだった」

「知ってるよ」

「なんでも欲しがる、そういう人いるじゃない。満足することを知らない」

「うん」

「スイは私のこと、愛してるよね」

「もちろん」

「スイがいないところに幸せはない」

イギョンはその言葉を口にするまで、スイがいないところに幸せはないと心の底から思っていた。でも言葉にしてみると上辺だけ取り繕った嘘のように感じた。

小さないびきをかきながら寝るスイの隣に、眠れないままイギョンは横たわっていた。

スイに出会う前の世界がどれほど荒涼とした孤独な場所だったかイギョンは忘れていなかった。自分を好いてくれる人もなく、グループ行動する子たちの輪にもなかなか入れなかった思い出。他の子たちの真似をしようと、同じようにやろうとどんなに努力してもうまくいかず、自分自身という存在をなんとか変えようとしてみたけれどできなくて、だからって変わらない自分を愛せるものでもなくて。

スイとの恋愛は人生の一部なんかじゃなかった。スイは恋人で、一番の親友で、家族で、一緒にいると誰よりも楽に呼吸できる相手だった。スイと別れるとしたら、その状況下にあるイギョンを完全に慰められる唯一の人間はスイのはずだった。矛盾する仮定だが、もっとも真実に近い仮定だった。そんなスイと比べ、ウンジはどれほどたやすく忘れられる相手だろうか。彼女の美しい顔や穏やかなしゃべり口調は、どれほどたやすく記憶から消せる虚像に近いだろうか。

もしやと怯えていたがウンジからはなんの連絡もなかった。心に誓ったくせに頭の中からウンジを追い出すのは至難の業だった。ほんの一瞬でもいいから顔を見られたらと病院のほうに向かう歩みを止めるのも、ウンジにメールを送り、電話したい気持ちを抑えるのもつらかった。

そしてウンジが会いにきた。

ウンジはイギョンの家に向かう街角、大韓劇場前のベンチに座っていた。イギョンを見つけたウンジはベンチから立ち上がるとイギョンのほうへと歩きはじめた。イギョンは路地へと踵《きびす》を返した。百メートル走をしたときのように心臓が早鐘を打ち、耳からどくん、どくんという音が聞こえた。イギョンは雑居ビルにこっそり入ると二階の階段に腰掛けた。

——イギョンさん、私を見ましたよね。私はイギョンさんにとって挨拶もしたくない人間になったんですね。

ウンジからのメールだった。イギョンはそのメールがウンジの一部でもあるかのように液晶画面をそっと撫でてみた。一ヵ月ぶりにウンジの顔を見ることができた。この一ヵ月がどれほど長くて苦しい時間だったかをウンジの顔に出くわした瞬間に知った。

――驚いたならごめんなさい。こんなつもりで来たわけじゃ。

まもなくウンジが再びメールを寄こした。

――会いたかったんです。

そのメールを受け取ったときの暗い喜びをイギョンは今も覚えている。ウンジは私よりも我慢できない状態だったのかも、私ひとり苦しんでいたわけじゃなかったんだと。そんなふうにウンジの苦しみを知覚して幸せを感じられたし、それだけでも十分だと思った。イギョンはなんの返信も送らず、その場でウンジからのメールをすべて消去してしまった。すでにウンジの電話番号は削除していたが、頭の中の番号まで消すのは不可能だった。

どれだけそうしていたのだろう。雑居ビルを出て帰る途中、イギョンは建物の窓ガラスに映る自分の姿に目を向けた。骸骨みたいに痩せた顔に棒切れみたいな脚、しわしわの膝。ほんとうはウンジに電話したかった。一度だけでもウンジを抱きしめてみたかった。そうやって一度だけでもウンジを体で感じられたら、もう思い残すことはないだろうという気持ちが発作のように湧き上がり、その考えに蝕まれそうな恐怖からスイに電話をかけた。スイはなにも気づかないだろうと信じながら。

翌日からイギョンは熱に浮かされた。唾を飲みこむのもやっとなほどに喉が腫れ、横になっていると地面が傾いて体が転がり落ちていくようだった。ようやく眠りにつくと怪しげな姿が目の前に落ちてくる夢を見た。病院で注射を打ち、薬をもらったが症状は変わらず、夜になると誰かに頭を蹴られているような頭痛に襲われた。粥すらまともに食べられないほど悪化してようやく、イギョンはスイに抱えられて入院した。目を開けると自分を見つめているスイの顔が見え、再び目を覚ますと夜になっていた。補助ベッドで眠るスイの姿をイギョンは黙って眺めていた。

「気がついた？」

イギョンの気配に眠りから覚めたスイが尋ねた。

「こっち来て」

イギョンの言葉に、スイはイギョンのベッドに上がると隣に横たわった。

「すっかり頬がこけたね」

スイはイギョンの顔をそっとさすった。

「さらにブスになったでしょ」

「ほんとに」

スイはそう言いながらイギョンの鼻を人差し指でぐいっと押した。二人はお互いを見つめた。互いの目を通して不思議な世界が覗けるとでもいうように、熱心に互いの顔を見つめた。

「しゃべらなくていいよ。喉が腫れあがってるんだから」

スイの言葉にイギョンは頷いた。

「十二時間ぶっ通しで眠ってたんだよ。ずっと点滴してるのにトイレにも行かないで。脱水症状を起こしてたみたい。栄養状態もよくないって医者に叱られた。一緒に暮らしてる姉ですって言ったんだ。だって妹には見えないでしょ?」

イギョンは笑いながら頷いた。どれだけの時間が過ぎただろう。スイが口を開いた。

「私を許してくれるかな」

スイはそう言うと唇を噛みしめた。

「私がイギョンにつらい思いをさせたなら。それがなんであれ、傷つけて、苦しめたなら」

イギョンは首を横に振った。スイの誤解に胸が痛んだ。スイじゃない別の人に恋い焦がれてこうなったというのに。許しを請わなきゃいけないのはスイじゃなくて私のほうなのに。

月日が流れてようやく、それが単なる誤解から発せられただけの言葉ではなかったのだとイギョンは推測するようになった。あのときのスイは、すでにこの恋愛の終焉を見ていたのかもしれない。崩壊直前の恋愛、外観は誰のものより堅固に見えていた小さな城が、もうじき粉々に崩れ落ちると予感していたのかもしれない。だからこそ最善を尽くして、来るべき最後に備えていたのかもしれない。

突拍子もない謝罪にイギョンは返す言葉がなかった。スイはなにも悪くない、スイは私を傷つけていないという答えすら、スイを傷つけるような気がしたからだった。イギョンはなにも言わずにスイの丸くて柔らかな後頭部を撫でた。どんなに頑張っても笑顔にはなれず、それはスイも同じだった。

4

目を覚ますと補助ベッドに座るウンジが見えた。ウンジは鞄を膝の上に置いて硬直したままぎこちなく座っていた。イギョンは起き上がって座り直すとウンジを見た。

「どうしてここに?」

「電話したんです。スイさんが出て。病院だって」

「スイになんて言ったんですか?」

「イギョンさんの友だちですって。スイさんも知ってましたよ。話は聞いてるって」

「……」

「こんなに具合が悪いなんて、びっくりして……」。ウンジの声が震えた。

「……驚く必要はありません。ここまで来るほどのことでもないし」

「イギョンさん」

ウンジの姿は鮮明に見えなかったがイギョンは眼鏡をかけなかった。眼鏡をかけてウンジを見たら、その美しい顔をもう一度でも見てしまったら、自分がなにを言い、どんな行動をとるか保証できないからだった。

イギョンはしゃがれた声でウンジに向かってゆっくり語った。スイについて、スイが自分にくれた新しい人生という贈りものについて、スイと自分が作った世界がどれほど堅固で完全かについて、そこには誰も立ち入れないという事実について。

口ではそう言いながらも、イギョンはそれが真実でないことに気づいていた。ウンジを説得するための言葉はむしろ隠しとおしてきたイギョンの心を水面に浮かび上がらせた。

イギョンが話を終えると、また連絡すると言い残してウンジは病室を去った。風の強い日だった。絶対にできっこないと思っていた選択を目前にしていた。まさに手を伸ばしたら、すべてが崩れ落ちてめちゃくちゃになるしかない状況だった。十九歳のイギョンがスイにあげられるものはそれしかなかった。

この出来事は今でもイギョンの中で悪夢としてくり返されている。

夢の中でイギョンは当時の自分を窓付きのエレベーターの中から見ている。言ったら駄目、それ以上は言うなと、どんなに声を振り絞っても十九歳のイギョンには届かず、エレベーターはいきなり上昇と下降をくり返す。そこから逃れる方法はない。そしてどの階にも当時のイギョンとスイがいる。二人は今も一緒だ。イギョンの夢の中、あの悲痛な瞬間の姿のままで。

イギョンはスイの仕事場の向かいにある路地にしゃがみこんでスイを待った。底の薄いサンダルを履いた足にアスファルトの熱気がそのまま伝わってきた。酸っぱい生ごみのにおいが鼻を突いた。イギョンはごみ袋から流れ落ちるオレンジ色の液体を眺めた。この夏は長すぎた。

イギョンを見つけたスイが手を振った。イギョンも手を振り返した。スイは頭を左右に少しずつ振りながら走ってきた。サッカーをやっていたときの癖だが、まるで足元にボールが転がっているみたいな走り方だった。スイは気分のいいときだけ、そうやって走った。

二人は近所の居酒屋に入った。じゃがいものチヂミ、焼酎一本、コーラ一本を注文し、向き合って座った。じゃがいものチヂミが出てくる前にスイは五百ミリリットルのグラスに注がれた氷水を飲み干した。居酒屋に向かう途中、スイはいつもと違っておしゃべりだった。一瞬でも言葉の空白ができたら一大事だと言わんばかりの切羽詰まったようすで。

「話があるの」

スイの顔はただただ落ち着いて見えた。腕組みをして、じっとイギョンの話を聞いていた。イギョンはできるだけスイが傷つかないようにと願っていた。だからウンジについては話さないと決め、それがスイのためだとどこまでも信じた。スイを騙すと決心した瞬間からイギョンは自分自身すらも完ぺきに騙せるようになった。自分の欺瞞は善意の嘘だと信じたかったし、実際にそう信じた。卑劣さからではなく、細やかな、そして十分に考えた末の配慮による嘘だと考えていた。

配慮ですって。今のイギョンは思う。配慮だなんて。あれはスイのための嘘でも、自分のための嘘でもなかった。ただ最後まで善い人として残りたいという欲と偽善でしかなかったことに当時のイギョンは気づけなかった。スイはそんな安っぽい嘘をつかれていい人間なんかじゃないという事実にも。

あのときスイになんて言ったかイギョンは今も覚えている。

私たちは二人とも別人のようになってしまった。スイも感じていたと思う。ソウルに来てからすべてが変わってしまった。スイは自分の話をしてくれないでしょ。私のことを好きなのかもわからない。私が一番なのかもわからない。スイのために私がしてあげられることも特にないし。私より素敵な人と付き合うべきだよ。スイは悪くない。みんな私のせい。

その偽善者ぶった言葉をイギョンは今も覚えている。なにも答えず俯いているスイに、イギョンは大丈夫かと訊きすらした。スイは黙って頷いた。

「生きてれば、こういうこともあるわけだし……。みんな、こうやって生きてるんだから……。だから心配しないで」

怒りも、悲しみも、なんの感情も読み取れない乾いた口調でスイは言った。一体なにが諦めることにスイを慣れさせたのか。月日が流れてようやくイギョンは考えるようになった。心配しないでだなんて、そんな言葉、捨てられる人間が口にできるだろうか。

「スイのせいじゃない、スイは……」

「こんな素晴らしいことはないと思ってた。私にこんな素敵なことが起こるはずがないって……。イギョンと死ぬまで付き合えるとは期待してなかったよ。そんな身分でもないし……。もうこれで、イギョンは具合悪いんじゃないか、怪我しないか、死んじゃうんじゃないかって心配しなくてもいいんだね。それでもさ……ううん、全部、思い出になるはず。たぶん」

スイの声は少しずつ小さくなり、最後にはようやく聞き取れるほどになった。目の前にイギョンがいるのも忘れたかのように、ひとり言のように呟いた。はじめイギョンに向けられていた視線はテーブルの角に移っていた。イギョンはテーブルに置かれたスイの手を握った。スイは重なった二つの手を、静物を凝視するみたいにじっと見つめていた。

「決めたんなら、振り向かないで行きなよ」。スイは小さな声でつぶやいた。「行きな。行ってよ」

翌日、イギョンはスイからもらった品物を返しに行った。帰宅を待ちながらスイの家にある自分の荷物も整理した。

スイは午前零時を過ぎてようやく帰ってきた。〈テソンカーセンター〉というロゴの入った黄緑色のポロシャツを着ていた。スイは玄関の前に立つイギョンをしばらく見つめた。自分を見る瞳に少しでも憎しみが宿っていればと願ったが、イギョンを見るとスイはかすかに笑った。そしてバスルームに向かうとゆっくりシャワーを浴びた。

「食事は？」

「食べてきた。イギョンは？」

「私も食べた」

「荷物の整理は済んだ？」

そのときのスイがどんな表情で自分を見ていたかイギョンは正確に思い出せない。ただひどくやつれて見えた顔、こっちを見たくないのに、その気持ちを読まれるかもと無理して自分を見つめていた目が浮かんでくる。もしかして気持ちが変わったんじゃないかと期待する、どうしてこんな終わり方ができるのか、まだ実感できてないっていう目をしていた。スイは窓の下に腰を下ろした。イギョンは段ボールをひとつ差し出した。ほとんどがソウルに来てからスイにもらった手紙と葉書で、借りていたCDと本も入っていた。スイは段ボールをぼんやりと見つめた。

「なんで私によこすの。持ってるなり捨てるなり、イギョンの好きにしなよ」

「でも……」

段ボールはスイとイギョンのあいだに置かれていた。二人は少し離れて座り、ただ段ボールを見ていた。午前二時になるころだった。

「十六で出会ったんだよね。十六歳の七月に」

沈黙を破ったスイが段ボールを見つめながら言った。

「幸せだった。出会ったときだけじゃなくて、イギョンと過ごした時間のすべてが」

何度も声がかすれてスイが咳払いをした。

「イギョンも私のこと、可哀想な人だと思ってたのかもしれない。確かにそうだよね。他人の基準からしたら私は気の毒な人かも。家は貧乏だし、怪我してサッカー辞めなきゃなんなかったし、大学進学なんて思いも寄らないし。傍から見たらさ、こんな人生真っ平だと思うよね」

スイはイギョンを見ながら小さく笑った。

「でもね、そんなことなかった。イギョンと付き合ってるあいだ、誰のことも、これっぽっちも羨ましくなんかなかった。怪我してサッカー辞めるときも平気だった。そんなに運動が好きなわけでもなかったから。ううん、嫌いだった。うんざりだった。でもさ、他にできることなかったから続けてた。なんとか物にして生きていかなきゃって思ってたから。サッカーが続けられなくても、大学に行けなくても、へっちゃらだった。イギョン、あなたが私のことを好きでいてくれるのに、私はあなたを愛してるのに、会いたければいつでも会えるのに、これ以上なにを望むっていうの。誰かにほんと大変なんだねって言われると、心の中であざ笑ってた。私、実は大変じゃないのに、馬鹿だね、そう思いながら」

そこまで言うとスイは黙りこくった。隣家の男性と女性が言い争う声が聞こえ、誰かが玄関のドアを強く閉める音もした。

「イギョン」

「うん」

「はじめて会った日のこと、覚えてる?」

「もちろん」

「私の蹴ったボールがぶつかったんだよね」

「そうだよ。眼鏡は壊れるし、鼻血は出るし」

「座りこんで泣いてたよね。涙と鼻血が混ざって顎の下に垂れてたし」

「それが私の第一印象だったんだろうね」

スイは頷くとイギョンを黙って見つめた。自分の蹴ったボールのせいで鼻血を流す十六歳のスイを見ていたときの表情で、自分が怪我したみたいにびっくりして、自分が痛みを感じているみたいな顔で。そんなスイの目に涙が浮かんだ。

「スイ」

「イギョンが私を呼ぶ声も、もう聞けないんだね」

そう言うとスイは長いあいだ泣いた。なんとかして泣くまいと、話を続けようとしていたけど無理だった。スイは抗議の意味で泣いてるんじゃなかった。イギョンを攻撃するために、イギョンに罪悪感を持たせるために、感情を大げさに表しているわけでもなかった。スイは一度も自分の傷を見せつけたりしなかった。自分の傷で誰かを操るよりおぞましいことはないと信じている人みたいに、あらゆる可能性をシャットアウトした。誰も恨まないようにしていたし、それがどんなことであれ、すべてを飲みこもうとした。そんなスイが声を殺して泣いていた。

イギョンは壁に背を預けて座った。スイの涙に自分の心が一ミリも揺れない事実に驚いたまま。スイもまた、イギョンのそんな心情を理解していたはずだ。イギョンに泣く資格はなかった。

「おやすみ」

スイはそう言って灯りを消した。夜が明けるまでイギョンは一睡もできないまま寝返りを打ち続けた。スイがバスルームに入る音、シャワーを浴びてドライヤーで髪を乾かす音、玄関のドアを閉めて出ていく音を聞いていた。スイが振り返るかもしれないと、イギョンはスイの後ろ姿を見ることすらできなかった。

スイが部屋を出てからようやくイギョンは我慢していた涙を流した。「おやすみ」、そう言いながら灯りを消したスイ、それが最後だった。冷蔵庫の中にはいつ買ったのか、いちご牛乳のパックが並んでいた。

5

ウンジとの恋愛は一年も持たずに終わった。ウンジはヌビのことが忘れられないと言った。

自分の初恋、五年間付き合った相手への想いを断ち切れないのだと打ち明けた。イギョンもまたウンジの気持ちを感じ取っていた。自分に百パーセント向けられていない心はウンジがどんなに隠そうとしてもばれればれだったし、イギョンを凍りつかせた。

終局を迎えるころには、なんの意味もないウンジの言葉や行動がナイフとなってイギョンに飛んできた。ウンジが背を向けて寝るだけでもイギョンは悲しくなった。ウンジは指一本動かさずとも、なにも言わずとも、イギョンを傷つけることができた。

イギョンはスイのように淡々と状況を受け入れられなかった。泣いてすがり、そんな簡単に別れを決めないでくれ、考え直してほしいと乞うた。自分がこれほど卑屈になれると知って驚いたが、ずっとこんなふうに生きるとしてもウンジと一緒にいたかった。私ってこんな人間だったのかと自問したが、過去の自分がどんな人間だったのかも思い出せなかった。

ウンジとの関係において、罪の意識や不安を感じることなく幸せだった時間はただの一瞬もないとイギョンは認めた。ウンジの言ったとおりイギョンとウンジはよく似ていたし、だからこそ二人とも一気に恋に落ちたのだが、最後までちゃんと泳げずにもがき続けた。どちらが先だろうと深みから脱出しなければならなかった。でも、それもまた一瞬だった。ウンジと過ごした記憶は日ごと落ちてゆく時間の重みに耐えかね、砕けて流れ去り、もうイギョンを苦しめることもなかった。そうやって時間は過ぎていった。

ウンジから連絡があったのは三十二歳の晩春だった。

二人はイギョンの職場近くのカフェで会うと、なんとか会話を続けた。この十三年にあった出来事をたった一時間で要約して整理するのは無理だったし、その必要も感じなかった。「私に会ってくれるとは思いませんでした」。そう打ち明けるウンジに対してイギョンは妙な安堵を覚えた。ウンジはもう、自分を苦しめただけの人間として記憶に残っているわけではなかった。

「私、気まぐれな人間でした」

「わかります、その気持ち。私もそうだったから」。イギョンが答えた。

それからしばらく二人とも言葉が続かなかった。やがてウンジはスイの近況を尋ねた。当然イギョンとスイは連絡を取り合っていると信じているかのように。

「十三年前が最後になりました」

「連絡なかったんですか？」

そうだと答えようとしたが言葉にならなくてイギョンはただ頷いた。スイの生死すらもわからなくなりました。イギョンは心の中で言った。二人はコーヒーを飲み終えると席を立った。ウンジとの再会は過ぎ去った時間の中へとイギョンを引き入れた。スイはもう二度と会えない人だった。一度くらいばったり会うこともあるのではと思ったが、逆にそんな偶然は起きないようにと願った。

スイは時間とは無関係な場所、イギョンの心の一番低い地帯にまっすぐ立って、視線を逸らすことなくイギョンを見つめていた。スイと呼びかけても聞こえないまま、イギョンが壊した世界の破片の上にぽつねんと立っていた。その場所まで手を伸ばすのは不可能だった。ウンジに出会わなければスイと別れることもなかったのだろうか。確信は持てなかった。

ウンジに再会した数ヵ月後、イギョンは実家に立ち寄った。汗に濡れた背中にTシャツが張りつく暑い日だった。母親が新しく買ったスクーターに乗って村を何周か回った。イギョンが眼鏡を修理した店も、スイとはじめてお昼を食べた軽食屋も、さらにはスイが住んでいた家もなくなってずいぶんになる。スイの家の跡地には建設の途中で放棄されたコンクリートの建物が赤い鉄筋もあらわに放置されていた。それらを通り過ぎて橋へ向かった。

橋の真ん中あたりでスクーターを停め、欄干に体を預けると下流に向かって流れる川に目をやった。この場所で、時間から解き放たれたみたいに、ぼうぜんと川を眺めていた時代が思い出された。どうして私たちはあんなに長いあいだ川を見つめていなきゃならなかったんだろう、互いの近くに立つこともできないまま。

ここには「キム・イギョン」、そう自分を呼ぶとぎこちなく立っていたスイが、川を眺めながら感嘆したように、怯えたように「変な感じ」と言っていたスイが、そんなスイをまじまじと見つめていた幼い自分がいた。イギョンは口を開くと小さな声でスイの名前を呼んでみた。

川は音もなくゆっくり流れていた。
翼の長い鳥が川面すれすれに飛んでいった。イギョンはその鳥の名前を知っていた。

六〇一、六〇二

家族で光明《クアンミョン》の公営住宅に引っ越したのは私が三歳になった年だった。光明から富川《プチョン》の駅谷《ヨクゴク》へ、安山《アンサン》の半月《パンウォル》を経て、再び光明へと戻ってきたのだった。両親の目に一九八八年式の新築マンションは、居住費が払えなくてソウルに住めない未練を忘れるほど立派に映ったようだ。清潔で、練炭を燃やさなきゃならなかった旧式のそれとは異次元にあったし、六階の南向きのリビングには明るい蜂蜜色の陽だまりができた。

各階に八戸が入る外廊下型マンションの隣家にヒョジンは住んでいた。同い年で誕生日も二日違いだったし、身長も体重も同じくらいだった。方言が強くて最初はあの子がなにを言っているのか聞き取れなかった記憶がある。慶尚北道《キョンサンプクト》の漆谷《チルゴク》で暮らしていたヒョジンの家族は、ヒョジンの父親がソウルで働くことになって光明に落ち着いたと言っていた。

まだとても幼かったのに、ヒョジンから聞いたいくつかの話は今もはっきり覚えている。夜ごと天井でごそごそ音がしていたのだが、なんと蛇が卵を孵《かえ》して親子でうようよしていたとか、田舎は子どものお墓が別にあって、夜になると青白い人魂が飛び回るといった内容だった。ヒョジンの話を聞いているときだけは、私もあの子を追って一度も行ったことのない漆谷という場所にいた。

ヒョジンの家は最低でも月に一度は祭祀を執り行った。当日になると開け放った玄関のドアから男たちが酒を飲んで騒ぐ声が流れてきて、靴箱には踵《かかと》のつぶれた靴が並んでいた。祭祀を執り行う夕方になると、ヒョジンは手伝いをするために急いで帰った。

いつだったか母のお使いでヒョジンの家に行き、そこで目にした情景が思い出される。暑い日にあの狭い家で数人の大人がもみくちゃになっていた。高祖父の祖先を称える祭祀だと言っていた。女たちは台所で汗を流しながら男たちの食べる食膳を整えるのに忙しく、男たちは黒いスーツを着て扇風機にあたっていた。

祭祀がはじまると全員が話をやめて厳粛な表情になった。台所の女たちもそのときばかりは手を止めて男たちの姿を見守った。男たちのスーツのズボンは尻の部分がてかてかしていた。スーツはみな同じ黒色だったが靴下はそれぞれで、ある男は踵の部分が擦れて肌が透けている黒い靴下、別の男は灰色の五本指ソックスを穿いていた。ギジュンも男たちの列に並んで、ことさら大人っぽい表情を浮かべていた。

私はギジュンを憎悪し、その憎悪の分だけ恐れてもいたが、当時はそれがどんな感情なのかわからなくて、関わり合わないようにただ避けていた。当時の私とヒョジンは六歳、ギジュンは十一歳だった。小学校一年生の目に六年生はどれほど大きく映ったことか、ギジュンは私やヒョジンの父親よりも大人に見えた。

大人になってから当時の彼の写真を見たことがあった。あれほど背が高く見えたギジュンはただの小さくて肉付きのいい子どもにすぎなかった。写真の彼はマンション住民の親睦会でマイクを握りしめて歌っていた。覚えている。とぼけて歌手の真似をしながら彼が皆を笑わせていた光景を。九一年の夏の夜、私はその日を今も忘れていない。

その日、ギジュンはヒョジンの肩を壁に押し付け、膝であの子の腹を蹴っていた。私には理解不能の悪態をつきながら体の反動を使ってくり返しあの子を殴った。暴行されている人間の体からは破裂音がすることを私はそのときに知った。爆竹が弾けるみたいに、ぽん、ぽん。ヒョジンはうなだれたまま殴られていた。逃れようと身悶えしていたが、そうすればするほど首が前に垂れた。ヒョジンを殺しちゃう。もう一回殴ったら確実にヒョジンは死ぬだろうと恐怖を覚えた私は、彼の腕と腰を摑んでヒョジンから引き離そうとした。私がしがみつくと彼はこちらを向いてにやりと笑ってみせてから部屋を出ていった。ヒョジンは両手でお腹を抱えて座っていた。腕で隠された顔は見えなかったが丸い耳は真っ赤になっていた。

「息の根止めちまうぞ。やりすぎんなよ」

ヒョジンの父親がさして興味なさそうに言った。ヒョジンの両親はリビングでお笑い番組を見ながら笑っていた。ヒョジンはタンスの前にうずくまったまま、ひくひくとしゃくりあげていた。

「ヒョジン」

「ジュヨン、誰にも言わないで」

ヒョジンは涙があふれそうな目で私を見上げた。

「あたしが、暴力受けてること、しゃべんないでって言ってんの」

私はヒョジンの部屋でなにも言わずに座ったまま、テレビから流れるお笑いタレントのギャグと大人たちの笑い声を聞いていた。うまく息ができなくてしゃっくりしているのに、それでもヒョジンは涙を流さなかった。

「約束したからね」

「わかった」

「あんた、家に帰んなよ」

私はしょげかえった犬みたいにヒョジンのそばを離れられずにいた。ヒョジンが心配なのもそうだったが、あの家の空気に萎縮したせいだった。ヒョジンの両親とギジュンがいるリビングを通らなきゃいけないと思うと、心臓がどきどきして胸がむかむかした。

「早く行きな、なにしてんの？」

ヒョジンがあからさまに嫌そうなそぶりを見せると、ようやく私はあの子の部屋を出た。

「帰んのかい？　また遊びに来なよ！」

おばさんが言った。ヒョジンの父親とギジュンはこちらに目もくれなかった。

その日の夕方、マンション住民の親睦会でギジュンはおどけた表情をしながら韓国の演歌を歌い、私は笑い合う人びとの真ん中で地面を見てぽつねんと座るヒョジンの顔を見た。約束したとおり、私はその日の出来事を誰にも言わなかった。ヒョジンを思っての配慮からだけでなかった。ヒョジンとの約束にはある種の呪術みたいなパワーがあって、もしも私が約束を破ったら、またヒョジンにああいうことが起きそうな気がしたからだった。そしてヒョジンだけじゃなく、私にも。

私とヒョジンと同じクラスではなかったけれど、放課後は公園やマンションの廊下や私の部屋で遊び、宿題も一緒にした。たまにヒョジンが家に泊まりにくると、大人のいびきが聞こえてくる真夜中までおしゃべりして寝付けなかったりもした。ときどきヒョジンは泣き腫らした顔で家に来た。どうしてそんな顔をしてるのか普通なら話すはずなのに、あの子はなにも言わなかったし、少しするとむしろ明るく振る舞った。ヒョジンがどんなに隠そうとしても、あの子の顔があああなる理由は薄々勘づいていた。

ヒョジンは学校でもっとも賢い生徒だった。月末の試験はオール百点か、ひとつふたつ間違える程度だった。全科目が七十点台の私とは大違いだった。劣等生まではいかない点数を取ってくる私を両親は心配していた。母は書店で『問題銀行』という厚い問題集を買ってくると私に解かせたが、難しい問題になると間違えるし、説明されてもいまいち理解できない私をもどかしく思っていた。

母は謙遜の意味からいつも人前で自分の娘を貶《けな》した。おばさんの前でヒョジンを褒めるときも私の愚かさを生け贄に捧げた。

「うちのジュヨンは頭が良くないのか、練習問題集を解かせても八十点取れないんですよ。毎日ヒョジンと遊んでるのに、生まれつきの頭の良さが違うからでしょうか。今からこんなに差がついてるようじゃ、後々はヒョジンの足元にも及ばなくなるんでしょうね」

「小娘が勉強なんかできたところで、どうすんですか。女の子は家族を支えるもんなんだから、慎ましくして、金でも稼いで、いいとこへ嫁に行けば安泰なんですから。役に立ちゃしないですよ。あれが叶う見込みもない夢なんか持っちまったら困るから、そんなこと言わないでください」

母はあんな母親のもとで育つヒョジンは可哀想だと言った。この時代にあんな家があるなんて、娘が役に立たないなんていう家がどこにあるのだと。

私の父は長男で、結婚して十年になるのに息子を産めない母は、親戚が集まるといつも陰で非難されていた。あのろくでもない長男の嫁、外で働いてるからって家のこともおざなりだし息子も産めない。それが母の名前キム・ミジャの前につく、重くてねちっこい修飾語だった。母の一部はその修飾語が不当だと理解していたが、もっと大きな母の一部はその修飾語を死装束のように纏《まと》っていた。息子を産まない限り脱ぎ捨てられない重たい服。娘と息子についてあれこれ言いながらヒョジンを貶したおばさんの言葉は、実は息子がいない母の立場や、どんなに大事に育ててみたところで所詮は「小娘」でしかない私に向けられたものでもあったのだ。

ヒョジン一家と我が家は隣同士にありがちなトラブルも一切なく暮らしていた。食べ物をおすそ分けしたり、廊下ですれ違えば笑顔で立ち話をしたりしながら。でもそれは隣同士ならそのくらい当然だという当時の風潮に合わせていただけで、互いを好いているわけではなかった。父は親戚が騒々しく集まる隣家の異常さに唖然としていたし、母はおばさんの教養のなさにうんざりしていた。そのくせ、ギジュンのことは父も母も高く評価していた。大人に対してとても礼儀正しく、勉強もよくできると言っていた。二人の言葉は正しかった。ギジュンは大人に会うと頭を下げて挨拶したし、物おじせずに大人の機嫌をとるのもうまかった。

私とヒョジンが小学三年生に上がった年、ギジュンは中学二年生になった。そのころの出来事はさらに鮮明に覚えている。ギジュンがいつも向かっていた机の前には大学入学の学力考試で首席になった人のインタビュー記事が貼られていて、周囲には重く張り詰めた空気が漂っていた。彼は自分の親がいてもいなくてもヒョジンに悪態をついた。ヒョジンがなにかしたからではなく習慣になっているみたいだった。自分の力では抑えられない発作や痙攣《けいれん》のようなものみたいに。

ある日、ヒョジンの家の食卓に座っていたときのことだった。彼がヒョジンの頭をはたいた。「大飯食らいのバカ女」。彼は私たちの横を通りすぎると冷蔵庫に向かった。「お前が飲んだのか。俺の牛乳。てめえが飲んだんだろ」。そうしてまたヒョジンの頭をぱちぱち叩いた。顔を紅潮させたヒョジンは目を伏せて私の視線を避けた。彼は執拗にヒョジンの頭を叩き続けた。

「そうだよ。あたしが飲んだ」。ヒョジンが立ち上がって叫んだ。その姿を見たギジュンは私とヒョジンを交互に見ながら笑った。テレビを見ていたおばさんが台所のほうにやってきた。「うるさいね。大声出すんじゃないよ」。おばさんが言った。「あんな強情で、誰がもらってくれるかね」

おばさんは中学生になったギジュンを大人みたいに扱っていた。同等な存在として尊重するという意味ではなく、自分より目上の人間に仕える感じだった。ギジュンは目下の人間に接するように自分の母親に向かってあれこれ忠告したり、大声を上げたりした。私の目にはまるで小さなヒョジンの父親のように見えた。ヒョジンの父親もおばさんに向かってそんなふうに怒鳴ったりしていたから。そんなときのおばさんは息子の機嫌をうかがいながら気後れしたような笑みを浮かべていたが、その奇妙な笑みが息子への露骨なまでの屈従のポーズなのだと理解したのは、かなり後になってからだった。

大きくなるにつれ、ヒョジンの家には以前ほど行かなくなった。ギジュンが私になにかしてきたことはなかったが、私がいるのにヒョジンを脅したり、自分の母親をぞんざいに扱ったりする態度に、私への否定的な感情が見えたからだった。彼の攻撃性には一種の気味悪さがあった。

私とヒョジンがはじめて同じクラスになったのは四年生のときだった。家の雰囲気とは関係なくヒョジンは徐々に輝いていくようだった。クラスで誰よりも目立つ子だった。勉強も運動も得意で、絵を描くのも上手だったが、なによりも人を惹きつける生まれつきの魅力があった。同じクラスになってからのヒョジンはたくさんの友だちのひとりとして私に接した。こっちを見たり私の言葉に答えたりする姿には、完ぺきにマスターしたソウル弁のイントネーションと同じくらい違和感を覚えたし、冷たさを感じた。それでも放課後になれば我が家のチャイムを鳴らし、親しげに話しかけてきた。

あるとき自分の家族と家訓を紹介する授業があった。私は家族写真を貼りつけた画用紙に、サインペンで家族の紹介文と母親が即席で作った家訓を書いてコーティングしたものを学校に持っていった。親は共働きでひとりっ子だと言うのが恥ずかしかった記憶がある。家族を紹介する紙はクラスの掲示板に貼られた。

ヒョジンは発表が上手だった。恐怖から震え声でなんとか話し終えた私と違って、余裕を感じさせるヒョジンの発表には子どもたちが机を叩きながら大笑いするユーモアがあった。ヒョジンは家族写真を貼った紹介文を指差しながら話した。

「うちの家族は慶尚北道の漆谷から来ました。私以外は全員、慶尚道の方言を使います」

あの子はそう言うと慶尚道の方言でしゃべってみせた。子どもたちは涙が出るほど笑いながら発表を聞いた。ヒョジンによって描写された家族は誰もが羨むような人たちだった。誠実で面白いパパ、自分に無条件の愛を注いでくれるママ、いつも愉快で友だちみたいなお兄ちゃん。

その落ち着いた表情を見ながら私は、この瞬間だけはヒョジンが自分の言葉を信じているのだと知った。表情ひとつ変えずに嘘をつくヒョジンが憎たらしかったけれど、その嘘を理解するしかなかったから黙ってあの子を見ていた。ヒョジンは自分に向けられる家族の関心と愛情がうっとうしくて、その大切さに気づけなかったことが何度もあると言い、これからはよい娘、よい妹になるという言葉で発表を締めくくった。

クラスの掲示板に貼られているヒョジンの家族写真は、完ぺきな家族のひとときを捉えて閉じこめたように見えた。遊園地で撮ったその写真の中で四人はカメラに向かってにっこり笑っていた。ヒョジンは誰よりも楽しそうに写っていた。

その年の冬休みから私たちは本のレンタルショップで『ウインク』や『ミンク』といったコミック誌や、イ・ミラやウォン・スヨンの漫画を借りて読むようになった。漫画の登場人物は大きな瞳に星がきらめいていて、低俗さ、ぼろさとはかけ離れた美しい世界に住んでいた。私たちはそんな漫画を読みながらなんだか宙に浮いているみたいにのぼせ上がり、慌ただしい高学年へと突入した。

ヒョジンの家で会う回数はそれまでも減っていたが、この時期になるとほぼなくなった。ギジュンが高校生になり、家で笑って騒ぐのは禁止になったからだった。私もあの家で感じる重たい空気を避けたかった。尻の部分がてかてかしているズボンを穿いた男たちは相変わらず月に一度はヒョジンの家にやってきて祭祀の膳にお辞儀をしていたが、夜遅くまで酒を飲むことはできなかった。ギジュンの勉強の妨げになってはいけないからだった。

帰り道にギジュンを見かけたことがあった。悪ふざけする友だちをはにかみながら避けている姿は善良そうに見えたし、パーツのバランスがいい顔立ちは好印象を与えた。外で彼と知り合っていたら、誰よりも先に彼を好きになったかもしれないと思った。あの人のよさそうな顔で家に帰ると母親や妹に暴言を吐き、気分次第で妹を殴るという事実を理解してもらう方法はこの世のどこにも存在しなかった。

そして母が泣いている夜があった。水道の蛇口をひねる音、鼻をかむ音がすべてだったが、母がほぼ毎晩泣いているのは知っていた。両親はなにも言わなかったが、私はそれがどんな問題なのかおぼろげに察していた。父方の叔母は二人の娘を産み、結婚して七年目で息子を授かった。あまりにも長いこと子どもができなくて交わされなくなっていた話が、叔母が出産すると再び自然とあからさまに大人たちの口に上るようになった。母は叔母を祝福して子どもを可愛がったが、その笑顔にはいつも自分の置かれた立場に対する困惑の色が浮かんでいた。

「あんたがいい子にしてれば、お母さんが息子を産むんだから」

祖母は母の前で私にそう言い、それが母を苦しめる言葉だと感じながらも私は答えるべき言葉が見つからなくて、祖母を今よりもっと憎むしかなかった。母はその新しい雰囲気の中で途方にくれていた。おばさんの古臭さをあざ笑った母も、どうしても息子が必要だという大人たちの言葉に心の中では同意していたのだ。

「娘ばかりできたんだって。だからそのたびに中絶手術をしたみたい。うん。二回したって。そこまでしてでも、跡を継ぐ人がいなきゃならなかったってわけ。お義父さんは男の初孫だって、どんなに可愛がってるか……うん。ジュヨンは寝てる……」

いや、私は寝ていなかった。温かくて愛らしい従弟の誕生物語は、私がこれまで聞いたどんな話よりも非情で痛々しかった。「息子がなんだっていうの」。そう言い続けながらも、母が属する世界は結局そういうところだったのだ。子どもを愛さない親がどこにいるの、大人は私に向かってそう言ったが、その言葉すらも完全なる真実ではなかったのだ。人を傷つけてはいけない、なにも盗んではいけないと言ったくせに、息子を得るためならどんな手でも使える人間だったのだ。全員が同じ穴の狢《むじな》だった。「お前のおじいちゃんはね、お前が女の子だからって、最初は見向きもしなかったんだよ」。笑いながらこんな話をする親戚の、その笑いの意味を私はくり返し考えた。


ヒョジンは閉ざされた部屋で数えきれないほど暴力をふるわれていたようだった。

あの子がギジュンから暴力を受ける姿を再び目撃したのは五年生の夏だった。借りていた漫画本を返しに行った日だった。ヒョジンはギジュンの部屋にいるとおばさんに言われてドアを開けると、制服姿のギジュンがあの子を床に押し付けて頬をひっぱたいていた。彼は片手でヒョジンのTシャツの首元を掴み、もう片方の手で殴りながら悪態をついていた。ヒョジンは体が小さいほうで、彼は体格のいい男だった。私が部屋に入ってきたことに気づいているのだろうか、彼はヒョジンを殴り続けた。

「やめて、もうやめてください」

引き離そうとしたが私の腕力では相手になるはずもなかった。私はリビングに向かった。

「おばさん、ヒョジンが殴られてます。止めてください」

おばさんは疲れたというようにソファに寝そべって私の言葉には答えなかった。

「おばさん、ヒョジンが殴られてるんですってば」

「殴られるようなことしたからだろ」

「えっ？」

「ジュヨン、余計なこと言うんじゃないよ。兄が自分の妹を監督してるってんだから、お前には関係ないだろ。何発か殴られたぐらいで死にゃあしないって」

「おばさん！」

「ああだこうだうるさいね。頭が痛くなるじゃないか」

おばさんは寝るつもりなのか目を閉じた。私はギジュンの部屋に戻った。彼はヒョジンの体から下りると、今度はうずくまるヒョジンを足で蹴りながら毒づいていた。

「俺はな、てめえを見てると、ざわざわして、いらつくんだよ。役立たずの、大飯食らいが」

ギジュンの部屋の空気が張り詰める。なにかが私の頭をがつんと殴って通り過ぎていった気がした。目の前が真っ白になった。

私は彼の机に飾られていたロボットのおもちゃを床に投げつけた。ロボットの一部が壊れて床に転がった。それでも彼はヒョジンに暴力を振るうのに夢中で、なにが起きたのか気づいていなかった。私は両手にそれぞれ持ったロボットを壁に向かってぶん投げた。ロボットがばらばらになると、ようやく彼はヒョジンから離れた。

「なんだ、これは」

彼は壊れたロボットを握ると私を見つめた。私は見せつけるように、もうひとつのロボットも床に放り投げた。いつの間にかおばさんまでやってきて呆気にとられたように私を見ていた。

「頭でもおかしくなったのかい」

腹を立てているのはむしろおばさんのほうだった。ギジュンは自分がどんな状況に置かれているのか理解できていない表情だった。私は彼らに背を向けると家に戻った。

自分の部屋に入ると緊張がほどけ、脚の力が抜けて涙がこみ上げてきた。

部屋にやってきた母にすべてを話した。ギジュンがどんなふうにヒョジンを殴り、悪態をつき、いじめてきたか、ヒョジンの両親がそのすべてをどれほど平然とした態度で傍観していたかについて。私の話を無表情で聞いていると思ったら母が言った。

「よその家の事情に首を突っ込むもんじゃないの」

「ママ」

「あんたが手出したら、なんか変わるの？」

「でも、ママ……」

「今日のあなたは、ただ運がよかっただけ」

そう言う母の口元が歪《ゆが》んだ。

「あなたは女の子よ」

母は眉間にしわを寄せたまま私を見ていたが、やがて部屋から出ていった。ママは嘘をついた。ママはいつも、お友だちは助けてあげなきゃって言ってるでしょ。正しい行いをしなきゃいけないって。悲しみの中にありながらも母の反応に怒りを覚えた。寂しさの混じる怒りだった。母がロボットを壊した弁償金を払ったことを後におばさんから聞いた。弁償金は幼い私には想像もつかない金額で、私は深い罪悪感を覚えるしかなかった。


それからすぐに母は勤めていた会社を辞めた。それが妊娠のための退職だったことを後に親戚から聞いて知った。母親になってもまだ稼いでいる、子どもをほったらかしにしていると聞かされ続けた母は、会社を辞めると今度は稼ぎのいい旦那のおかげでお気楽に家で遊んでいる女というレッテルを貼られた。

あの事件があってからヒョジンは我が家に遊びにくることを両親から禁じられ、私たちは少し気まずいまま、マンションの広場や校庭で顔を合わせる短い時間で互いへの思いを紛らわさなければならなかった。そしてその年の秋、ヒョジンは漆谷へと発った。

ヒョジンの父親がソウルで稼いだ金で漆谷にガソリンスタンドを建てたのだと母から聞いた。ヒョジンはその事実をいつ私に話してくれるのかと待っていたが、彼女は何事もなかったように振る舞った。転校する二日前になってようやく、ヒョジンは我が家のベルを鳴らして私を呼び出した。

私たちは読み終えた漫画を本のレンタルショップに返却すると、二人でよく行くファンシーショップで便せんや細々したものを見て回った。帰り道にある公園に寄って回転遊具に乗った。私が乗るとヒョジンが回し、ヒョジンが乗ると私が回して遊んだ。引っ越しについてはなにも言わないまま。手からは鉄のにおいがして、目が回ってむかむかするようになったころ、私たちは公園を後にした。

「学校が休みになったら遊びに来るから。電話はできないって。高いからだって」

「それじゃあ」

「手紙書くね。着いたらすぐに出すから」

私は小指を突き出してきたヒョジンの手をはねのけて泣きながら帰った。

中学生になっても文通は続いた。そのときはじめて文章を書いた。それまでも宿題で日記や読書感想文は書いていたが、それは無理やり書いたものでしかなかったのだとヒョジンへの手紙をしたためながら悟った。誕生日にはラジオから流れてくる好きな音楽を録音したテープと、ヒョジンが好きだったミミズの形をした長いグミを小包にして送ったりもした。でもそういう形の交流がそもそも長続きするはずもなかった。私たちは日々、変化していった。顔や体つきが変わり、背が伸び、世の中に対する理解の仕方も変わって、たった一年しか過ぎていないのに一年前がはるか遠くに感じられたりもした。私たちの文通は中学一年生の終わりごろに途絶えた。

自分とは完全に別世界の人間だと、ずっと思っていた。あの子が置かれている状況を見ながらあんな家に生まれなくてよかったと安堵もしたし、あの子が自尊心を守ろうと苦労する姿に反発を覚えたりもした。その一方で私は、あの子よりも恵まれた境遇にいるのだと自分自身に確認させたがっていた。

「ママが息子を産んだの。私にも弟ができた」。私はヒョジンに送る最後の手紙にそう書いた。

「これで私たちは、誰よりも幸せになるはず。私たちは……」

過ぎゆく夜

ジュヒの家は思っていたよりも広かった。リビングと寝室があり、古びたバスルームには浴槽もついていた。日当たりが悪くて昼間なのに夕方みたいに薄暗かった。ユンヒはトランクをリビングの隅に置くと家の中を見て回った。

寒々しいほどに家財道具の少ない家だった。細々したものは一切見当たらず、大型の家具といったらタンスしかなかった。リビングには三段の本棚と、折りたたんで壁に立てかけられているプラスチックのちゃぶ台が置かれていた。カーテンもついていない窓は指紋の跡ひとつなくぴかぴかしていた。ベランダには掃除機とごみ箱、その横にタオルみたいに清潔な雑巾が見えた。

小さな炊飯器には白いご飯、冷蔵庫には透きとおった豆もやしのスープや青唐辛子の醤油漬け、炒めたキムチ、牛肉の醤油煮があった。どれもユンヒの好物だった。ユンヒはがらんとしたリビングにちゃぶ台を広げ、ご飯とおかずを器に盛るとゆっくり食べはじめた。そうだ。ジュヒは料理が上手だった。ジュヒの料理を最後に食べたのはいつだったか思い出せない。食欲が回復してご飯を半分おかわりし、ユンヒは床に横たわった。食べ終わったんなら食器を洗わないと、そんなことしてると牛になるよ、お姉ちゃん。ジュヒの声が聞こえた気がしてユンヒは起き上がると食器を洗いはじめた。

ジュヒは一年前の今ごろ離婚した。五歳の子どもの養育権は前夫に渡った。前夫とその家族が約束を破って子どもに会わせてくれず、家庭裁判所に子どもとの面会交流の履行勧告を求めている状態だった。市庁《シチョン》駅の近くにあるうどん屋でジュヒはゆっくりとそう話した。どんな手を使っても子どもに会ってやると言いながらぎこちない笑みを浮かべた。その顔を見たユンヒはかける言葉が見つからずに水ばかり飲んでいた。

「また気を揉ませちゃったね」。ジュヒの言葉にユンヒは首を横に振った。ジュヒが結婚していた五年のあいだはアメリカに留学していたし、ジュヒの暮らしには関心を持たないように努めていた。ジュヒの結婚につべこべ言える立場ではないと思っていたし、ジュヒの生き方に憤りを感じていたから振り返りたくもなかったのだ。利己的な選択だと知りながらもそうしてきた。

アメリカへの留学前、楽しくご飯を食べようと会った席でジュヒから身ごもったと打ち明けられた。すでに七ヵ月に入ったと。伝えるジュヒの顔に無邪気な笑みが浮かんでいた。ジュヒの彼氏は製薬会社に勤める一回り年上の営業マンだった。ジュヒは笑顔で「彼ったら、ほんとによくしてくれるの」と言った。すでに彼の家で一緒に住みはじめた、結婚式は省略して籍だけ入れるつもりだと言った。

「お姉ちゃんも彼に会ってよ」

それがはじまりだった。中華料理店で二人は言い争いになった。ユンヒはジュヒの無責任さと無邪気さを辛辣に非難し、ジュヒも負けずに応酬した。ユンヒは言ったそばから後悔するような残酷な言葉を吐いた。最初はユンヒの言葉に向き合っていたジュヒは食事代を置くと店を出た。

「お姉ちゃんはさ、私のこと面汚しだと思ってんでしょ。ずっとそうだった」

ユンヒが留学する前にジュヒから聞いた最後の言葉だった。吐いた言葉に対する後悔の気持ちはあったがジュヒへの怒りは収まらなかった。あの子の衝動的な選択と、ちょっとでもよくしてくれる男がいると無条件に心を開いて見せる愚かさが招いた惨めな結果に怒りがこみ上げた。

ユンヒが留学先での生活に慣れていくあいだにジュヒは出産し、子どもに名前をつけ、夫と子どもと動物園に行き、夫の家族の行事に参加した。ユンヒはそのすべての過程をジュヒのフェイスブックで確認した。たまに「いいね！」を押したがコメントは残さなかった。

留学して二年が過ぎたころ、ジュヒからのメッセージがフェイスブックに届いた。

——お姉ちゃん、元気にしてる？

薄い色の吹き出しに書かれた黒い文字をユンヒはぼんやりと眺めた。画面にはメッセージの入力中であることを示す灰色の吹き出しが見えた。長いこと灰色の吹き出しは膨らんでは消え、また膨らんでは萎むことをくり返した。

――元気。そっちも元気だよね？

するとジュヒは笑顔のスタンプを送ってきた。

――うん。ハユンも大きくなったし。私も楽しいよ、お姉ちゃん。

ジュヒはそう言うと子どもの写真を何枚か送ってきた。でこっぱちに小さな目鼻立ち、落ちそうなほっぺ、透明な涎《よだれ》を垂らして笑う清らかな表情の子どもの姿を。

――可愛いね。元気そうでよかった。

ユンヒは韓国がいま午前三時半だという事実に思いを巡らせた。それからもその時間帯になると、たまにジュヒからメッセージが届いた。「お姉ちゃん、元気にしてる？」

大した会話でもなかったが、ユンヒはそんなメッセージをやり取りした日はなんとなく元気が出た。自分から声をかけたことはなかった。助けてくれる人もなく、ひとりで育児をするのはどれほど大変かというねぎらいの一言もかけられなかった。どうしてこんな夜遅くまで起きているのか、もしかして眠れないのではないか、よりどころのない結婚生活はどうなのか尋ねてみたかったが、それもできなかった。自分にはそんな資格がないという思いが大きかったからだった。

リビングの本棚には語学の本が差しこまれていた。『英単語３０００』、『会話をはじめるイングリッシュスピーキング』、『初級中国語のノウハウ』、『すらすら日本語』といった本だった。開いてみると鉛筆で線を引き、メモ書きした跡でいっぱいだった。「invoice ——送り状《ソンジャン》」の横に「死体《ソンジャン》のことではない」と書き入れるやり方だった。ノートにも単語がいっぱい書かれていた。韓国語で例文を書き、その英文をびっちりと書き進めていったノートもあった。「兄弟はいますか?」「はい、姉がいます」「趣味はなんですか?」「趣味は散歩です」「ハワイに行ったことがありますか?」「いいえ、でも行ってみたいです」。ちゃぶ台にひとり向かい、こんな文章を書いていたジュヒの姿が目に浮かんだ。

昨年に社会学の博士号を取得したユンヒは、シカゴにある研究所でポストドクターとして働いていた。任期制の職だから契約が終わると行き場のない状況だった。アメリカと韓国の大学に書類を送ったが面接までたどり着くのは難しかった。そんなときにソウルのある大学から面接を受けにこいと連絡があり、あたふたと荷造りをした。

博士号は取得したがユンヒはいつにも増して空虚感に襲われていた。なにかを遂げたのではなく、失ったような気分だった。もっとも大きな成果を得たときですら、その瞬間を謳歌することも、自らを激励することもできない自分に慣れきっていたし、そんな有様が恨めしかった。だからってこんな感情を打ち明けられる相手がいるわけでもなかった。ユンヒのそばには誰もいなかった。

五年半ぶりのソウルだった。母校の近くにあるモーテルを宿泊先に決め、会わなければいけない人たちに会った。滞在は一週間、四日目に面接を受けるスケジュールだった。ジュヒの顔を見て帰ろうかとも考えたが気が進まなかった。会うのは簡単じゃなかったし、気まずかった。半年ほど前にジュヒがフェイスブックを退会してからはメッセージをやり取りする時間もなくなった。面接を受けて出てくるとカカオトークにメッセージが来ていた。

――お姉ちゃん、いまソウルなの？

ジュヒだった。カカオトークのプロフィール画面に載せた韓国の滞在期間を見て、連絡してきたらしかった。髪をひとつに束ね、窓の外を見つめるジュヒの横顔がプロフィール写真に設定されていた。「友だちではないユーザーからのメッセージなので注意してください」。ユンヒを友だちに追加するボタンを押した。新しい友だちのリストにジュヒが登録された。

――時間があれば、ご飯でも食べよう。

翌日にジュヒの職場からほど近い市庁駅で待ち合わせて、昼食をともにすることにした。はじめて目にする新市庁舎は今にも旧市庁舎に襲いかかりそうな波みたいだった。昼間の日差しを浴びてぴかぴか光るガラスの建物を見ないよう、ユンヒは反対側にあるプラザホテルのほうを見つめていた。

「お姉ちゃん！」。ジュヒの声に違いないのに、ユンヒは声のするほうに振り向けなかった。この状況にふさわしい表情を作ろうと苦労しているとジュヒが現れた。ユンヒの顔を見るジュヒの目が赤かった。

五年半ぶりのジュヒは別人のようだった。長い時間ではあるけれど、そうはいっても二十一歳から二十六歳になっただけだった。まだ二十代だし、薄化粧に染めていないロングヘアをひとつに結んだ姿には若々しい雰囲気があった。それでも自分の前に座るジュヒは、ユンヒの目に見知らぬ人のように映った。ワントーン低くなった声に少し柔らかくなった口調や、動揺してもおかしくない話をしながらも淡々としている姿もそうだし、ユンヒの話を遮らずに最後まで聞く姿もそうだった。

ユンヒがモーテルに滞在していると話すと、ジュヒは最後の日だけでも自分の家で過ごしてほしいと言った。リビングと寝室にわかれているから別々の空間もあるし、歩いてすぐのところに空港行きのバス停もあるとユンヒを説得した。私たちはそんな仲なのだろうかと尋ねたかったが、提案された瞬間に胸が躍り、予想外の動揺に当惑した。

ユンヒも、ジュヒと一緒にいたかった。


五年半前、ユンヒがジュヒと言い争いになったのは母の命日だった。

母が好きだった中華料理店で料理を注文し、杯を傾けるのが二人の命日の過ごしかただった。生前の母は大酒飲みだった。グラスにビールを注いでごくごく飲み干し、清酒を大きな瓶で買ってくると晩酌していた。気が向くと十センチほどの専用グラスではなく、水を飲む大きなコップに焼酎を注いで飲むこともあった。仕事帰りの服装のまま酒を飲み、足の臭いをぷんぷんさせながら冷蔵庫にもたれて眠ってしまう日も多かった。「ユンヒ、お母さんの靴下脱がせてよ。お母さんはね、うちの可愛い子犬ちゃんたちが大好きよ」。酔っ払って自分の懐にかき抱く腕力の強さといったら息ができないほどだった。

母はホテルでメイドの仕事をしていた。「お母さんは百人力」。同僚たちはそう言って母を称賛した。背が高くて力持ちだったから二人がかりの仕事もひとりで解決したし、滅多なことでは疲れもしないとのことだった。振り返ってみると、その言葉は半分だけ正しかった。母は休日になると死んだように眠っていたから。夜ごと酒を飲んでいたのも、母なりの体の疲れをとる方法だったのだろうとユンヒは思っていた。

夜の十時になってようやくジュヒは帰宅した。ジュヒは靴を脱ぎながら玄関に出てきたユンヒに向かってぎこちなく笑ってみせた。二人は並んでリビングに入ると床に座った。

「こうしてると、なんだか昔に戻ったみたい」。ジュヒが言った。

「ほんとに」

「不便なことなかった？　家が狭くて」

「お酒がなかったから買っておいたよ」

「あ」

「一杯やる？」

「ううん、お姉ちゃん。私ね、お酒やめたの。もう一年ぐらいになる。お姉ちゃん飲みなよ。コップ出そうか？」

「そうなんだ。じゃあ、私もやめとく」

ジュヒは寝室で服を着替えてくると言った。

「お姉ちゃんも来たんだし、気持ちだけでも。一杯もらうわ」

二人は小さなちゃぶ台を広げ、向き合って座ると牛肉の醬油煮と味付け海苔を肴にした。一体なにを話すべきか思いつかなくて互いの顔色ばかりうかがっていた。


お互いのことがつくづく嫌になって口をきかなかった時期があった。母が死んで一年にもならないころだった。

ユンヒが大学生になったばかり、ジュヒも中学三年生に上がったばかりだった。ユンヒの考えでは当時のジュヒはすでに道を外れていた。遅刻と早退をくり返し、酒や煙草にも手を出した。男の子たちと酒場でいちゃついている写真を授業中に回して教師にばれた。ユンヒは母校でもあるジュヒの中学校に行くと、自分を可愛がってくれた教師たちに頭を下げて妹への善処を求めた。ジュヒは一週間の停学と学校の掃除を命じられ、ユンヒは処罰の軽さに感謝しなければならなかった。

校門の外には桜並木が続いていた。その道をジュヒは溌剌《はつらつ》と歩いた。停学処分なんて大したことないと言うように。お姉ちゃん、私はこんなのなんとも思ってないよと見せつけるように。ジュヒは桜並木を見上げながら、にっと笑いさえした。制服のスカートは短く、アヒルのキャラクターが描かれたくるぶし丈の靴下に三本ラインのサンダルを履き、ジグザグに歩いてゆくジュヒの姿を見ながらユンヒは疲労感を覚えた。

ユンヒは妹のことが一ミリも理解できなかった。どうしたら食事するみたいに当たり前に欠席できるのか、勉強もしないで試験を受けられるのか、間抜けな子たちとつるんで深夜の零時を過ぎて帰宅するのか、そんな生き方で一体どんな未来を望んでいるのか。叱っても、説得しても、ジュヒは聞く耳を持たなかった。

学校から戻ったジュヒは大音量でテレビをつけると歌番組を見た。

「あんた、なんとも思わないの？」

ジュヒはなにも答えなかった。ユンヒの言葉が聞こえなかったかのように両手で頬杖をついてテレビを見つめていた。

ユンヒはそのへんにあるものを手当たり次第に投げつけた。ジュヒの鞄、ジュヒが借りてきたビデオテープ、ジュヒが小学生のときに紙粘土で作った鉛筆立て、スリッパ、ユンヒのファイルといったものを。ジュヒは避けなかった。両手で頭を抱え、自分に向かって飛んでくるものに打たれながら泣いていた。

それから一年ほど、二人はひとつ屋根の下に暮らしながらも口をきかなかった。どうしても話す必要があるときはメモに書いて食卓へ放り投げておいたし、家で出くわしても互いに見えていないみたいに振る舞った。

　高校に進むとジュヒの荒れた生活は少しずつ静まっていった。外をふらつかずにはいられなかった子が、大音量で音楽をかけて部屋で過ごす生活をはじめた。週に二日はとんかつ屋で夕方のアルバイトをするようにもなった。ユンヒに対する理解しがたい冷笑と憎悪も時間が経つにつれて少しずつ薄れていった。そのころから顔を見て話せるようになっていったが、だからといってよその姉妹みたいに気兼ねなく接せられるわけではなかった。

　ジュヒは高校を卒業するとデパートの化粧品売り場に就職した。ユンヒが大学院の修士課程に進んだのも、大家がチョンセ［賃貸契約時に月々の家賃の代わりに高額の保証金を預け、大家はその利子で収入を得る韓国特有のシステム］の金額を値上げしたいと強引に要求してきたのも同じころだった。母と三人で暮らした家はユンヒの大学院から二時間、ジュヒの職場からも一時間半の距離にあった。むしろチョンセの保証金を返してもらい、その金でそれぞれが住む家を探すほうがいいのではとユンヒは考え、ジュヒも同意した。

　ユンヒが二十二歳、ジュヒが十八歳だったその年の秋、二人は母と暮らした家を出た。当時は気づいていなかったが、同居が終わりを告げるとユンヒとジュヒの関係をつなぐ最後の名目もなくなった。形式的とはいえ残存していた一縷《いちる》の絆が絶たれると、二人は今まで以上によそよそしくなった。母の命日に食事をともにし、互いの誕生日に短いメールを送るのがせいぜいだった。

「静かなところね」。長い沈黙の末にユンヒがまず口を開いた。

「でしょ？　前が大通りなのに、この路地はやけに静かで。北向きなのを除けば、すごくいいところよ。どうせ昼間は家にいないから」

「仕事は大変じゃないの」

「まあまあ。子育てを経験したら、外で働くのはそんなに大変なことでもなくなった」

「社会保険は加入させてもらってるの？」

ユンヒの質問に、ジュヒは面白いことを言うというように笑った。

「もちろん無理よ。お姉ちゃん、私はこんな学歴だし、キャリアも中断してる。若いわけでもないし、どこの誰が社会保険にまで加入させて私を使うっていうの。みんな同じような環境で働いてるよ」。ジュヒは訊くまでもない話をどうして尋ねるのかというように続けた。「最近は大卒の若い子も仕事がないのに、今の職にありつけたのは運がよかったよ」

そう言うとジュヒはグラスに注いだビールを一口飲んだ。「ほんとにおいしいね」。泡を唇につけて笑う顔に幼いころの面影が残っていた。

ジュヒは自分が働く店についてさまざまな話をした。デスクで客を出迎え、飲み物を振る舞い、電話とインターネットで予約を受けるのがジュヒの仕事だった。店とトイレの掃除、食器洗いのような業務も担当していると言った。

「小さいとこは、みんなそうだよ」

ジュヒの言葉にユンヒは頷いたが、そこで働いているジュヒの姿が想像できなかった。話を聞きながらもいまいち実感できなかった。

「でもね、最近は外国人の客が多くて。中国と香港からのお客さん。あ、この前はカナダからのお客もいた。だけど言葉が通じないから……。最近は美容クリニックのスタッフも英語、中国語、日本語は基本なの。そんな子たちがあふれてるもんだから自分のポジションが不安で。私が社長だったとしても。片言の中国語とか、たどたどしい英語ができたほうがね」

ジュヒは冷蔵庫から豆もやしのスープを出すと火にかけた。そしてガスコンロの前に佇《たたず》むと口を閉ざした。ようやくはじまった会話が再び途切れるとぎこちない空気が流れ、ユンヒはスープを沸かす音と冷蔵庫のモーター音に感謝した。ユンヒは壁に背を預けて座り、床に置かれた乾いた雑巾に視線を向けた。ここに一晩泊まると決めたのは無理があったと後悔しながら。この世にジュヒほど扱いにくくて気まずい相手はいないだろう。社会保険は加入させてもらってるの？　だなんて。そういう噛み合わない話だけして別れることになるのは明らかだった。

ジュヒは平鉢に豆もやしのスープをよそって戻ってきた。湯気の立ちのぼるスープから香ばしいにおいが漂ってきた。ユンヒは平鉢ごと抱えると豆もやしのスープをふうふう吹きながら飲んだ。アメリカにある韓国料理屋でもソウルの食堂でも、こんな味に出会ったことはなかった。

「ゆっくり飲みなよ」

おいしいと言いたいのに、どういうわけかその言葉が出てこなかった。他の人にはなんてことなく言っているのに口を塞がれたみたいに出てこなかった。些細なことでも相手がジュヒだと褒められなかった。ジュヒは膝に顎を載せて、そんなユンヒをじろじろ見ていた。ジュヒの額に横じわが刻まれていた。ユンヒはふうふう吹きながら、ゆっくり豆もやしのスープを完食した。ほっとする温もりが体内をめぐる。

「もっと食べる?」

ユンヒが首を横に振ると話が再び途切れた。それぞれの考えに浸り、ちゃぶ台を見下ろしながら。

世の中にはこんな姉妹もいる。毎日連絡を取り合い、遠く離れていてもビデオ通話で会話し、一緒に旅行したり、同居したり、喧嘩してもすぐに仲直りする姉妹。そうやって死ぬまで友だちみたいに、夫婦みたいに、別れられない相手としてつながっている姉妹。ためらうことなく恋しい、会いたい、愛していると言い合える姉妹。

「あのときは二度と会わないって思った」。ジュヒが口ごもりながら切り出した。「男に依存するなっていうお姉ちゃんの言葉に腹が立って」

記憶の中のジュヒは椅子から立ち上がり、顔を真っ赤にしてユンヒに腹を立てていた。アイボリーのニットを着て、お腹だけがぽっこり出ていた。中華料理店の店内では人びとがひそひそ話しながら二人のようすを見物していた。

「私もわかってたんだ、お姉ちゃん。わかってたから腹が立ったの。私はいつも誰かを必要としてた」

そう言うと黙ったジュヒの首と顔が赤かった。

「誰かが横にいないと駄目だった。彼氏と別れると頭がおかしくなりそうだった。よりを戻そうって連絡して、うまくいかないと別の人と付き合う生活だった。嫌なことされても、ひとりぼっちよりはましだから、いいとこだけ見ようって努力しながら。そうやって、ずっと自分を騙してた」

ジュヒがビールを一口ずつ飲みながら話すあいだユンヒは胸が痛かった。私もわかるよ、その気持ち。ユンヒは心の中で思った。ひとりでいるのに耐えられなくて誰かを求めるときってあるじゃない。それは過ちじゃない。寂しいと思うのは罪じゃないもん。わかっているのに、どうしてあんたのそういう生き方が我慢ならなかったんだろう。あんたの中に自分の姿を見てたからだと思う。それにうんざりしてたからだと思う。私もそうだったから。私はただ、そういう気持ちを抑えつけていただけだったから。あんたとあんなふうに別れてアメリカで過ごしてるあいだ、人は寂しくて死ぬこともあるのかもしれないって感じた日があった。そのときにはじめて思い出したのがジュヒ、あんただった。ジュヒを正視できなくてユンヒは黙りこくった。

いつもジュヒのほうだった。喧嘩になっても先にごめんと謝るのは。メモで、携帯メールで、通り過ぎるユンヒの腕を摑んできまりが悪そうに笑っていたのは。ジュヒは以前と同じように、今もこの関係に心を砕こうとしていた。言いにくい話を無理してなんとかつなげながら。それなのにユンヒは、その心にどう応えるべきかわからなかった。

幼いころ運動会は町のお祭りだった。グラウンド沿いにレジャーシートを広げて親子で弁当を食べた。ほとんどの子が家族と一緒だったが全員というわけにはいかず、四、五人の生徒は教室でひとりお弁当やパンを食べた。ユンヒもそういう子たちのひとりだった。それを残念だと思ったことも、寂しいと感じたこともなかった。当時どんな気分だったのか自分に問いかけてみても答えは出てこない。なにも感じられなかったから。ただ与えられた状況で、与えられた弁当を食べていただけだったから。母は行けなくてごめんと言ったが、そうするしかないのだとユンヒも痛いほどわかっていた。

ユンヒが五年生になるとジュヒが入学してきた。母はユンヒに二人分の弁当を渡し、お昼の時間になったらジュヒのところに行って一緒に食べろと言った。秋の運動会とは名ばかりの暑い日で、ユンヒは汗を流しながらジュヒを探した。埃だらけのグラウンドを隅々まで探しながら一年生の父母が集まっている場所に向かった。ジュヒはそこにいた。

白い体操服に白いリストバンドを着けたジュヒが、おじさんやおばさんたちの座るレジャーシートの上で歌っていた。音楽グループのルーラの曲を歌いながらとぼけた顔でダンスまで踊った。大人たちは拍手しながら笑っていて、なぜだかユンヒはその姿が消えてしまいたいほど恥ずかしかった。大人たちの前にはプラスチックのマッコリのボトルがあった。皆、酒に酔って楽しそうに見えた。ジュヒの歌が終わりに近づいたときだった。

「ほら、これあげるから、もう一曲歌ってごらん」

ある女性が千ウォン札をジュヒの手に握らせると大人たちがどっと笑った。「そうだ、もっと歌え」

ユンヒはレジャーシートの中央に進むと千ウォン札を握るジュヒの手を摑んだ。ジュヒは抵抗しながら座りこんだ。ユンヒは力づくでジュヒを押さえつけると手を開かせて千ウォン札を取り上げた。それすらも見世物だと思ったのか、大人たちは相変わらず笑っていた。

「私がもらったお金なのに！」目に涙を溜めながらジュヒが叫んだ。ユンヒは大人たちのほうに千ウォン札を投げつけるとジュヒを引きずり出した。「なんで！」ジュヒは泣きながらもユンヒの後ろからおとなしくついてきた。

「お母さんに、お姉ちゃんが来るのを待って、一緒にお弁当食べなさいって言われた？　言われなかった？」

ユンヒが言えるのはそれしかなかった。どうしてこんなにジュヒが腹立たしいのか、どうしてこんなに気持ちが混乱しているのか自分でも理解できなくて、その言葉ばかりくり返した。

二人はユンヒの教室で母の作ってくれたお弁当を広げた。炒めたキムチと魚肉ソーセージのチヂミ、きゅうり漬けの和え物が入っていた。

「私も海苔巻きが食べたい」。ジュヒはフォークで魚肉ソーセージをぷすぷすと刺しながらそう言うと、ユンヒの反応をうかがった。「他の子はカップラーメンと海苔巻き食べてるし、鶏の丸焼きも食べてるんだってば」。ユンヒの目を見ながら言えなくて小さな声で呟いた。

「じゃあ食べなきゃいいでしょ。さっきのおじさん、おばさんたちのとこに行けば。向こうでもらって食べるなりしなよ！」

ユンヒは立ち上がると大声で怒鳴った。ジュヒはようやく弁当を食べはじめた。涙と鼻水が混ざったぐちゃぐちゃの顔で。運動会が終わってジュヒを連れて帰るあいだ、ユンヒは口をきかなかった。お姉ちゃん、お姉ちゃん。ジュヒは一歩後ろからついてきた。

その晩、背を向けて寝るユンヒにジュヒは言った。

「お姉ちゃん、ごめんね」

なにも言わないユンヒに向かってジュヒが再び言った。

「私が悪かったの。お姉ちゃん、明日は私と遊んでくれるよね？　約束だよ。ね？」

ユンヒは答えなかった。そういうときのそういうジュヒはお荷物のように思えた。同じ年代の子やお姉さんたちと遊びたいのに、自分にまとわりつこうとしたり離れたがらない姿が。でも思い返してみるとジュヒはユンヒにとっても一番近い友だちだった。

階段の最上段に黄緑色のスプリングを置くと階段を一段ずつ降りていった。チューブのねばねばした液体を小さなストローにつけて吹くと透明な丸い風船ができた。退屈しのぎに吹いたリコーダーからは唾がぽたぽた垂れていたし、紙を切り抜いて作った人形はドレスを着てパーティに通った。ガムを噛みながら眠ってしまうと髪にくっついて、その部分をはさみで切らなければならなかったし、真ん中で割って食べる百ウォンの棒アイス〈サンサンバー〉は、いつも真ん中で公平に割れてくれなかった。雨が降って水たまりができると、そこだけ踏みながら歩いた。初雪が降ると外に飛び出して、わあと歓声を上げた。

そして、そのすべての瞬間にジュヒがいた。

幼年期って時間の密度が異なるのかもしれないとユンヒは思った。同じ十年間でも十歳になるまでの時間は、その後の時間とは別の姿かたちをしていると。幼年期をともに過ごし、愛を分かち合った相手とは、その後どんなに長いあいだ会えなくても最後までつながっているものなのだ。現実にはなんの関係もない人間として生きていくとしても。

退屈で長い一日一日がつながってできた時間、どんなに歌ってブランコに乗っても、空想にふけっておとぎ話を作り出しても、自分たちが作家で、監督で、俳優で、観客でもあるごっこ遊びをしても、行けるかぎり遠くまで走っても満たされることのなかったがらんどうのような、あの役に立たない時期をともに過ごしたというだけで。

ユンヒは黙ってジュヒを見つめた。

「少し寝ないと。私が馬鹿な話をしたから十二時になっちゃった」

ジュヒが寝室から布団と枕を持ってきた。ユンヒは歯を磨いて顔を洗うと、ジュヒが敷いてくれた厚い布団に横たわった。敷布団と掛布団は冷たく柔らかかった。低い枕に頭を載せ、ジュヒが食器を洗う姿を見た。高校に入ってからのジュヒは強迫観念にとらわれているのかと思うほど整頓して掃除する癖がついた。ゴム手袋をして足早に家の中を歩き回っていたのが、二人で暮らした最後の時期の記憶に残るジュヒの姿だった。

「電気、消そうか?」

「ちょっと待って」。ユンヒは鞄からアイマスクと耳栓を取り出した。「こうやって寝る癖がついてて」。ユンヒはアイマスクと耳栓をすると横になった。

ユンヒとジュヒは仕事を終えた母が帰宅する時間に合わせて公園に行き、遊びながら待つのが好きだった。母は公園に立ち寄ると姉妹を連れて買い物に行ったり、そのまま帰ったりした。待つことはいつも胸がいっぱいになるほどの苦しみをともなう喜びだった。二人はブランコに乗るときも、うんていをするときも、鉄棒にぶら下がっているときも、母が現れるほうに顔を向けて遊んだ。母が帰るはずの時間が過ぎて陽が沈むと、二人は公衆電話まで歩いていってホテルに電話をかけた。

「公園にいたの？　家に電話したのに出ないから。お母さん、十時ぐらいになりそう。汁を温めて食べたら先に寝てなさい」

二人はいつも母の言うことを聞かなかった。路地の入口にしゃがみこんで母を待ち、それでも帰ってこないと大通りに出た。そこで二人はどんな話を交わしてたんだっけ。母が来ないと二人で歩道を延々と歩いてバス停まで向かった。そこのプラスチックのベンチに腰掛けて21番のバスが来るのを待った。ひたすら待ってやっと一台やってくる運行間隔の長いバスだった。小さかったジュヒはユンヒの腕にもたれて涎を垂らしながら眠っていた。ジュヒの頭のてっぺんからは小さな子どもの汗のにおいがした。

待っても待たなくても母は帰ってきた。「家で寝てなさいって言ったのに、どうして外にいるの。危ないのに、なにしてるのよ。次やったらほんとに怒るからね」。畳みかけるように言いながらも喜びを隠せず、娘たちに頰をすり寄せていた母。母の手を握って家まで歩いた道、必ず母に会えたあの時間をユンヒは痛みとともに思い出していた。大人になってからの人生は、どんなに待っても来ないものをひたすら待たなきゃならなかったから。ユンヒ！　と全身全霊で喜びながら待っていた自分を迎えてくれるわけでも、愛してくれるわけでもなかったから。

暗闇の中にジュヒの顔が現れた。幼いころによく見た、なにを考えているのかわからない表情をしていた。ジュヒはユンヒの横、なにも敷いていない床で横向きに寝ていた。

「隣で寝てもいい？」

ユンヒが場所を空けてやるとジュヒは敷布団に上ってきた。二人はできるだけ距離を置くと布団の両端にそれぞれ横たわった。

「お姉ちゃん」

「うん」

「あの話、覚えてる？」

「なんの話？」

「お母さんが病気だったときに、お母さんの友だちがしてくれた話。みんながとにかく祈ってくれたから、その祈りが天に届いたんだって。中二のガキはさ、それを聞いて、あ、うちのお母さん治るかもって思ったわけ。でも、違ったよね、お姉ちゃん。そのとおりにはならなかった」

ジュヒの声が小さくなっていった。ユンヒは聞き逃すまいとジュヒのほうへ体を少し近づけた。

「祈りが届く世界ってさ、たぶん私たちが生きてるこの世のことじゃないんだろうね。心から願えばほんとに叶うって？　じゃあさ、無念の死を遂げた人は生きたいと心から望んでなかったってこと？」

そこまで言うとジュヒは静かに息をした。ユンヒの答えを待っているかのように。ユンヒは片腕に頭を載せて横たわるジュヒを黙って見た。

「それでもさ、みんながお母さん死ぬなって祈ってくれたこと、それ自体は消えてなくなったわけじゃないって思ったの。祈りは自分なりに己の道を進み続けるんだろうね。この世から自由になって。それがどこであれ、祈りは祈り同士、進むんだと思う。それも違うとしたら……」

ジュヒは過去について話した。結婚生活と離婚に至るまであった出来事、子どもと別れたときの心情、子どもに会わせてほしいと義父母の家を訪ねたこと、そこで聞かされた言葉、裁判所を行ったり来たりした時間、がらんとした夜、なににも頼りたくなくて、せっせと体を動かしながら家を掃除していたときの気持ちなんかを。

ユンヒは耳をすましてジュヒの話を聞いた。もっと詳しく聞こうと質問もしたし、短い相槌も打ちながら。以前だったら腹を立て、自分の判断を下していたような話にもひたすら頷いた。ひとりこんな目に遭いながら最後まで連絡してこなかったジュヒの心はいかばかりだったか、心中を思いやりながら涙をこらえた。ジュヒが目を閉じて話すようになってようやく、ユンヒは我慢できなくなった涙を少しずつ枕の上にこぼせるようになった。

「心の中でよくお姉ちゃんに話しかけてた。たまにお母さんにもね。手首がずきずきするって泣き言を言ったことも、みんなが憎い、むかつくって告げ口したこともあった。でもね、お姉ちゃんと過ごした時間のほうが長いからか、お姉ちゃんが生きてる人だからか、お姉ちゃんに話しかけるほうが多かった」

私も同じだった。無線通信みたいに心の中で語りかけた日々を思い出していた。誰にも言えない話、ジュヒの顔が目の前にあったとしても切り出せないだろう話を呟いていたっけ。でもユンヒはそれをジュヒに伝えなかった。声が少しずつ不明瞭になっていき、やがてジュヒは眠りに落ちた。無防備に口を開けて眠る顔を夜明け前の薄明かりが照らす。

記憶に残らない時間はどこに向かうんだろう……。眠るジュヒの顔を見ながらユンヒは思った。

もうすぐ午前零時という時間にバス停のベンチに座るジュヒを見かけたことがあった。道路を挟んだ向かい側のバス停で降りて家に帰ろうとしたときだった。ジュヒは制服のポケットに手をつっこみ、バスの来るほうに顔を向けていた。ユンヒは見つからない場所に隠れてジュヒを眺めた。初冬の寒さに洟《はな》をすすりながらもジュヒはバス停のベンチに座り続けた。どこに行くつもりなんだろう。四台のバスが到着したがジュヒはどれにも乗らなかった。ただじっと座って地面を見つめていた。ジュヒが誰を待っているのかユンヒにはわからなかった。

ジュヒ、そう声をかけるだけでもできたはずなのに、隣に座ることもできたはずなのに、ユンヒはそれができなかった。自分が近寄ればジュヒがきまり悪い思いをするかもしれないし、どんな話をするべきかわからなかったからだ。ユンヒは勇気を出せないまま踵《きびす》を返して家に帰った。その一件に後ろめたさを感じ続けることになるとも気づかないまま。あれから十年以上の時間が過ぎた眠れない夜、一万二千キロ離れた地の片隅で寝返りを打ちながら、たった十六歳だったジュヒの寂しさから目を背けた自分を憎むようになるとも知らないまま。

遠くからバスのヘッドライトが道路を照らすたびに腰を浮かしてバスが来るほうを見ていたジュヒのあどけない顔が、ユンヒの心から消えることはなかった。

襟の伸びたTシャツ姿で小さくいびきをかきながら眠るジュヒの顔をユンヒは長いあいだ見つめた。ジュヒの頭を支える小さな手も。

季節は初秋だが明け方の空気は冷たかった。子どものころと同じようにジュヒは掛布団を足で蹴っていた。ジュヒが目を覚まさないように気をつけながら掛布団をかけてやった。昔もそうしたように。ユンヒはジュヒが寒い思いをしないように、寒さで目覚めないように、暖かくぐっすり眠るようにと願った。薄ら寒い夜、せめて布団だけでもかけてやれる相手としてジュヒの傍らにいる事実がユンヒの心に小さな灯りをともした。

ジュヒの深い息遣いを聞きながらユンヒも目を閉じた。

砂の家

1

私たちはパソコン通信の友だちだった。三年間同じ高校に通っていたけど互いの実名や顔すら知らなかった。モレ（砂）はモレだったし、コンム（空無）はコンムでしかなかった。

私たちが所属していたコミュニティはパソコン通信の千里眼《チョルリアン》にある、「B高校九九年度入学組」だった。シスオペと呼ばれる管理人が加入にあたっての質問を出し、自分の好みに合う人間だけを選ぶ三十人限定のコミュニティだった。ずっと文章を載せている人は全体の四分の一にも満たなかったけど、それでも四つ五つの文章がほぼ毎日アップされていた。実名を明かさなくていいだけでなく、非公開だったから私的な内容が多かった。

それなりの親近感は形成されていたが、そのコミュニティは高校に通っていた三年のあいだ、一度もオフ会を開かなかった。二〇〇〇年にはダモイム、翌年にはフリーチャルといったコミュニティサイトが流行した。千里眼もそれまでのフォーマットを一新したが、ダモイムやフリーチャルに勝つには力不足だった。そのあいだに会員数は半分まで激減し、高三を終えるころにはコミュニティの熱も冷めていた。シスオペは大学一年の夏休みにコミュニティを閉鎖すると告知した。

——でも名残惜しいし、うちらもオフ会しようよ。

コンムのメッセージに誰も反応しなかった。

——ひとりでもいいから待ってる。〈キム・ソンギュンベーカリー〉の前で、六月二十日の夕方六時に会おう。グレーの〈ジャンスポーツ〉のリュックを背負っていくから。

土砂降りの日だった。道の向こう側に見えるベーカリーの前に、グレーの〈ジャンスポーツ〉のリュックを背負い、大きな黒い傘をさした男子がほんとうに立っていた。高校での三年間、一度も見かけなかった顔だった。その子はきょろきょろしたりせずにじっと正面を見つめていた。白いラインが一本描かれたライトグリーンの半袖シャツに白いハーフパンツ姿で、ビーチサンダルを履いていた。

私が近づくと、その子は一歩後ずさった。その子の傘から落ちたしずくが私の顔に跳ねた。冷たかった。

「ごめん、人が来るとは思ってなかったから、びっくりして……」

「私のほうがびっくりしたよ」

「誰も来ないと思ってた」

「中で待とうよ。すごい雨」

私たちはベーカリーのイートインテーブルに向き合って座った。〈ジャンスポーツ〉のリュックが見えなくて帰ってしまう人がいるかもしれないと、リュックを窓辺に立てかけたまま。ぎこちないのは最初だけで、話をはじめるとすぐに昔からの友だちみたいに打ち解けた。

「きみが一九九九年の最後の日に書いた文章、覚えてるよ」

「どんなのだっけ？」

「Y2Kが怖いって。寝なきゃと思うんだけど眠れない。世界が終わるかもしれないのに、みんな余裕の顔してるのが歯がゆいって書いてた」

「私が？」

コンムが頷いた。

「高一の夏休みに、朝までチャットしたの覚えてる？」

「うん」

答えてからぎこちない笑みを浮かべた。リアルな世界で会う仲じゃないからと、あらゆる話をしたからだ。掲示板の雰囲気もそんな感じだったから、一年ほど過ぎるとオフ会をしようと言う人もいなくなった。実名を明かし、陽のあたる場所で会いたいとは思わなかったからだろう。私たちはそこに一時間ほど座っていた。

「ご飯行こうか？　誰も来なさそう」

「そうしよう」

ベーカリーを出ようとしていると、ショートヘアの女の子がこちらに歩いてきてコンムの鞄を指差した。どこかでしょっちゅう見かけた顔だった。

「千里眼？」

「うん」

コンムがそう言って私を見た。少し慌てた表情だった。私はその子をどこで見かけたのか思い出そうとしていた。私たちが歓迎しなかったからか、その子はこちらの顔をうかがいながら話を続けた。

「掲示板、さっき見たの。もしやと思って来てみたんだけど……」

グレーの生地に「チャジュ仏文02」と書かれた大学の学科のゆったりしたTシャツとネイビーのハーフパンツ姿に、三本ラインのサンダルを履いていた。どこかで転んだのか脛に血の跡がついていた。

「ラッキーだった」

そう言って笑う口元に歯磨き粉の跡が見えた。そのときやっと、その子をどこで見かけたのか記憶がよみがえった。小柄な細い体、いつもパッチンピンで前髪を後ろに留めて、制服のスカートの中に体操服のズボンを穿いていた子。

「私はモレ」

モレは三年のあいだ、ひたすら音楽にかんする文章を書いた。ほとんどが一度も聞いたことのない外国のミュージシャンについての内容だった。たまにひとりふたりが反応するだけで大部分のメンバーはなんの関心も示さなかった。それでも書き続けた。内容も適当に書いたものなんかではなかった。自分の文章にめったにコメントをもらえないのと関係なく、他人がアップした文章に一番コメントをつけていた。笑わせようという意図で書かれた文章にも真剣なコメントを寄せていた。

「三年のとき、十組だったよね？」

モレが尋ねてきた。そうだと答えると、廊下でよく見かけた、廊下の窓辺に立っていた姿を覚えていると言われた。

私たちはホルモンタウンに行くと焼酎を一本頼み、豚の腸詰めを塩コショウで炒めた白スンデを食べた。コンムと私は話をしながら少しずつつまんだが、モレは集中して熱心に食べた。無表情で口元についたソースを拭いもせずに。

締めのチャーハンまで食べ終わると、私たちは〈アンダンテ〉に向かった。暗めの照明に布張りのソファがある喫茶店だった。昼間はとんかつにスパゲッティ、クリームスープのセットを、夕方はジュースやビール、コーヒーに紅茶、パフェなどを出す店だった。

なんで病んでる人間が家族を作るんだろうか。

私は愉快に話すコンムを見ながら、彼が投稿した文章を思い出していた。コンムは頻繁に書くタイプではなかったけれど、たまに自分の想いを書き綴った長い文章を投稿した。自分の経験を自分の言葉で語れる彼の能力と、どこまでも自己憐憫《れんびん》を警戒する態度に心引かれた。コンムの文章がアップされると内容が気になってクリックしていたし、何回も読み返した。彼の書いた文章のいくつかが、歩いているとふいに浮かんでくることもあった。顔のない、文章でしか存在しなかった人が目の前で豚の腸詰めを食べ、ビールを飲んでいるのが不思議でもあった。

私たちはソファに座って高校時代の話をした。どうして遠足や修学旅行、合宿の日になると毎回のように雨が降ったのか、給食がお粗末で背が伸びなかった、建て替えるからって桜の木をすべて切り倒してしまったのは残酷だったといった話を。そんな会話から互いに共通の友だちがいて、モレと私が同じ中学校の出身だという事実も知ることになった。

「中学のときに見かけた記憶がないんだけど」

「だと思うよ。中二の終わりに転校してきたから」

「どこから転校してきたの？」

「小三からＬＡで暮らしてたの。で、また韓国に戻ってきた」

「ああ」

思い出せそうで思い出せなかった。幼いモレの顔がうっすらと目の前をちらついた。高校に入る前に会ったことがあるのは確かなようだが、いい記憶ではなかったという印象だけがぼんやりと浮かんできた。

モレとコンムは馬が合うようだった。コンムにシニカルな言葉で人を笑わせる才能があるとすれば、モレはぼうっとしたところがあって面白かった。二人は大学も近かったし、家もバスでひと区間の距離だった。名前も知らない間柄だったけど、高校時代はずっと同じバスを利用していたし、動線も似ていたからお互いの顔はよく知っていた。

きみがモレだったとは。きみがコンムだったとは。そんな言葉を交わす二人は楽しそうだった。私たちはMSNメッセンジャーのIDと携帯の番号を交換した。

私は〈アンダンテ〉から歩いて帰れる距離に住んでいたけど、モレとコンムはバスに乗って帰らなきゃいけなかった。並んで歩み去るあの子たちの姿をじっと見守った。また会う機会があるかはわからなかったけれど、すごく楽しい時間を過ごした気がした。

帰り道、ずっとモレの顔がちらついていた。同じ中学校から同じ高校に進んだ子はいくらもいなかったのに、どうして覚えていないんだろう。転校生。ゴミ捨て場の近くを通りかかったとき、どこではじめてモレに会ったのか思い出した。

ゴミ捨て場。その日、頬を殴られたんだった。

学校の周りとグラウンドを清掃する学校全体の週番の日だった。バスに乗り遅れたせいで週番の朝礼に十五分遅刻した。ゴミ捨て場に到着すると雰囲気はすでに凍りついていた。週番の担当教師は生徒たちを前に立たせて怒っていた。寒い日だった。私は着いてすぐに頬を殴られた。しばらく前が見えないほどだった。彼がもっと殴るのか予測してみた。何発ぐらい殴られるんだろう。あとどれぐらい、こんなふうに殴られるんだろう。

そういう状況についてはもう諦めていた。残念な大人の残念な行動にすぎない。いや、残念ですらない不幸な人間の加虐趣味でしかないから。私は落ちた眼鏡を拾ってかけると、ほうきとちりとりを手にした。頭がじんじんして屈辱を覚えたが、その感情を表に出すまいと努めた。

そのとき、ぶかぶかの制服姿で保温弁当箱を持った、違うクラスの週番の生徒が歩いてきた。百四十センチにも満たない身長、長いスカートからのぞく脚は鳥のようにか細かった。担当の教師は身を躍らせるようにしてその子の頭をひっぱたいた。彼は倒れて立ち上がったその子の頬も殴った。

その子は真っ赤になった顔で、その場に立ち尽くして泣いた。肩を震わせて泣くその子のもとに他の週番が近づいていった。たぶん慰めの言葉をかけたのだろう。その子は泣いて、泣いて、また泣いたが、その姿は私を居心地悪くさせた。自分が痛いのを隠さない態度が癪《しゃく》にさわった。こんなふうに殴られたこと、今までなかったんだろうか？　その子の大きな制服と痩せた体、赤く歪《ゆが》んだ小さな顔が不快感とともに迫ってきた。

どうして今になってその記憶がよみがえったのだろう。しかも同じ高校の、同じ廊下をすれ違っていたのに、どうしてそのときのことを思い出せなかったのだろう。


モレにはモレだけが持つ重力があった。

モレじゃなかったら私たち三人はあの日を最後に会うこともなかったか、何度か会ううちに疎遠になっていっただろう。モレはＭＳＮメッセンジャーに三人のルームを作って夜ごと話しかけてきたし、毎日メールを送ってきた。私を呼び出して、コンムがアルバイトをしていたとんかつ屋へ一緒に行ったりもした。積極的だなと思いながらも、私はそんなモレの関心を歓迎していた。

仲良しの友人二人は遠くの大学に進学してしょっちゅう会えなかったし、大学では心を寄せられる友人に出会えなかった。寂しさはどうすることもできないのだと考えていた。人に執着するようになると傷つくし、ぐちゃぐちゃになるし、ひねくれると思っていたから。ねちねちして歪んだ人間になるくらいなら、いっそのこと超然としている孤独な人間になるほうを選びたかった。

モレとコンムは私がアルバイトをしていた町の映画館にもよく遊びにきた。二人は家の前で落ち合うと、一緒にバスに乗って映画館までやってきた。私を待ちながら映画のパンフレットを読んだり、炭酸飲料なんかを分け合ったりしていた。アルバイトが終わると三人で映画を観た。

最終バスを逃すと、二人一緒に家まで歩いて帰ることもあった。一定の距離を置いて並んで歩く後ろ姿を見ながら、二人は好き合っているのだろうと漠然と思った。互いに熱い眼差しを向けたり、暗示を与えるような言葉を交わしたりしていたわけではないけど、四六時中くっついていられるほどの好意は決して小さな感情ではないと思っていた。モレとコンムは夏休みが終わると地下鉄で毎朝一緒に通学するようになった。朝の授業がない日でも学校で課題をしたり、作業をしたりしてお互いの時間にわざわざ合わせていた。

モレは夜になると好きな音楽を流すインターネット放送を立ち上げた。リスナーは私たち二人だけだった。MSNにログインして、本を読んだり、作業をしたりしながらモレがかけてくれる音楽を聴いた。

そういうときの時間は音楽で満ち満ちていた。床に寝転がって目を閉じ、モレが選曲した音楽を聴いていると、誰かがすぐ近くに座って私の手を握ってくれているみたいだった。短いときは三十分、長いときは五、六時間も続く放送を聴きながら私は眠りについた。なんていうバンドの曲なのか、なんていう歌手の声なのか、誰の演奏なのかは重要じゃなかった。私もコンムも誰の音楽なのかはあまり尋ねなかった。

ある日はコンムがひとりで映画館にやってきた。コンムは窓にぴったり張り付いて立つと外を眺めた。

「モレは?」

「知らない。俺たちセットかよ」

「どっかに隠れてんじゃないの?」

「じゃあ、探してみれば」

コンムは笑いながら言った。黙っていると険しく見えたが、笑うと小さな目が三日月の形になって穏やかに見えた。二人で私の家の方角に向かって歩いた。なんとかして会話を続けようとしたが途切れがちだった。コンムと二人きりで会うのは千里眼のオフ会以来だった。私たちは薬局の前にある階段の踊り場に座った。

「あのときさ、オフ会の告知文をアップしたとき」

「うん」

「きみに来てほしいと思ってた」

コンムはスニーカーのつま先で地面をぽんぽんと蹴った。

「なんで?」

「なんとなく一度は会ってみたかった。ああいう文章を書くのって、どんな人なのか」

「私もコンムが誰なのか気になってた。最後まで迷ったけど」

会わないほうがいいのではと思っていたが、会うチャンス自体が失われることになって気が変わったのだと私は言った。出てきてよかったと思うかというコンムの問いに私は頷いた。

「二人といると楽なんだよね。人といるのに、どうしたらこんなに気楽でいられるんだろう？　そう思うし。これっていつまで続くのかな」

「お前って、いつも年寄りじみたこと言うよな。いつまで続くのかが、そんなに重要か？」

コンムは関係が続いてほしいという願いを幼稚だとあざ笑っているのだと当時の私は思っていた。

「うん。私はそうなの」

私もできるだけ冷たい口調で答えた。二人ともしばらくなにも話さなかった。私だって未来は幻想でしかないってわかってる。私たちは今を生きるだけ、すべての終局を推測するのは愚かだってこともわかってる。それでも。

「大学の前に引っ越すつもりなんだ。遅すぎたのかもしれないけど。できるだけ距離を置いて暮らしたい。金銭的な援助なんかは、あの人たちに期待もしてないし」

「コンム」

「俺は生まれ変わるんだ。あの人たちの感情の掃き溜めとして生きるつもりはない」

その言葉を口にするコンムの目尻が細かく震えていた。顔を見ながらこんな話をしたのはそのときがはじめてだった。

「あなたなら、きっとできる」

私はコンムの目を見ながら言った。コンムは私の視線を避けて踊り場を見ていた。私たちはなにも言わず、そうやってその場にしばらく座っていた。十月の夜風は冷たかった。コンムは季節にそぐわないハーフパンツを穿いていたが、かさかさに肌荒れした膝がのぞいていた。

私はいつもコンムに対してやるせなさを感じていた。はじめてあの子の文章を読んだ日から実際に会ってともに過ごす中で彼に期待し、失望や寂しさを感じながらも、やるせない思いは消えずに残り続けた。あの子がものすごく苦労してきたのを知っているせいかもしれない。頑張って、頑張って、また頑張ってきた時間はそのまま顔に刻まれていて、だから私もあの子に対しては誠実でありたかった。コンムはこんな人だ、あんな人だと不誠実に決めつけたくなかった。


しばらくしてコンムは部屋を借り、私とモレを呼んで引っ越し祝いをした。引っ越し祝いとは名ばかりで、部屋では思う存分に話すことすらできなかった。廊下には「静粛」、共用のシャワールームには「二十二時以降はシャワー禁止」と書かれた警告文が貼られていた。部屋に入って一言、二言交わすとすぐに他の部屋から咳払いが聞こえてきた。

「紙みたいにぺらぺらの壁だから」。コンムが言った。

「それでも窓があっていいね」。モレが言った。

ベッドの横には三人が立っていられるスペースしかなかったけれど、南向きなので陽当たりが良かった。私たちはベッドに並んで腰掛けると静かに話をした。部屋に差しこむ日差しがかなり強くて左の頰と肩が温まった。私の横にはモレが、モレの横にはコンムが座った。私たちはそうやって座り、コンムが撮った写真をパソコンのモニターで見物した。コンムは高校を卒業してから貯めたお金で、当時はまだ誰も知らなかったデジタルカメラなるものを買い、写真を撮っては閉鎖前の千里眼コミュニティにアップしていた。

私たちはカーテンを閉めてパソコンのモニターを眺めた。

群れをなして飛び立つ鳥、鉄道と枕木、水たまりに映る雲、電線、信号、プラスチック瓶、廊下、陸橋、交差点、窓、野良猫、ゴミ袋、ベンチ、バス停、看板、地下鉄のプラットフォーム、鳩、誰かが脱ぎ捨てていった靴、マネキン、蜘蛛の巣、椅子、木、店の照明、停まっている自転車……。

これが映像だったらなんの音もしないんだろうなと思わせる情景だった。コンムの写真には人がいなかった。人のいない時間を見計らって撮ったのか、交差点の写真ですらもそうだった。もの寂しくて荒涼として見えた。それなのに、なにひとつ美しいところのない写真なのに、私は釘付けになって見るしかなかった。その写真はコンムの文章に似ていた。

「どうして人がいないの？」

写真をすべて見るとモレが尋ねた。

「なんとなく」

「なんで？」

「自分の伝えたい言葉を言うために、人を利用することになりそうで」

コンムはそう言ってカーテンを開けた。

「じゃあ、私から撮ってみてよ。なにも考えずに、ただ撮ってみて」

窓から強い日差しが降り注いでコンムもモレも顔を歪めた。コンムはためらっていた。

「撮ってみなよ」

コンムはそう言うモレの手を撮った。

「気にしないから、好きに撮ってね」

私たちがコンムの部屋を出て中華料理店に向かって歩いているとき、店でジャージャー麺を食べているとき、コンムが通う大学のキャンパスを散歩しているとき、コンムは時折モレの写真を撮った。

その日のモレはジーンズに白いニット、黒いコーデュロイのジャンパーを着ていた。髪は肩まで垂れていて、ばさばさの前髪は目を刺すほどに長かった。自分の顔よりも大きなプラタナスの落ち葉を手にうっすらと笑う十九歳のモレ。しゃがみこんで地面を見るモレの後ろ姿。

私たちは長いことキャンパスをぶらついた。学生会館の一階にあるコンビニであんまんを食べ、温かいテジャワのミルクティーを飲んだ。暖房がきいている休憩室のソファに座って校内誌や新聞をめくった。コンムとモレは並んでソファに座っていた。

帰宅するモレと私は地下鉄に乗った。モレはうつむいた姿勢で眠った。微動だにせず眠るモレを眺めた。袖がまくられたコーデュロイのジャンパーと、その袖の端からのぞくあの子の小さな手を。モレから蚊取り線香を焚いたあとの灰のにおいがした。

「コンムのこと、しょっちゅう考えるんだ」

目覚めたモレが寝言みたいに言った。

「コンム、好きなの？」

モレは首を横に振った。

「私はコンムと同じくらい、あなたのことも考えてる」

モレはまっすぐ私を見ながらそう言った。シミもない清らかな顔に、同じくらい清らかな表情が眩しかった。なんのためらいも不安もない顔。私が持てない顔。私の目に映るモレは医者の父親、愛情深い母親に賢い妹を持つ、町一番の高級マンションのもっとも広い家に住む箱入り娘だった。アルバイトをしなくてもお小遣いをもらって余裕のある生活を送れる人だった。モレが少しでもひけらかす態度を見せていたら、あの子を物質主義者だと思いながら自分を慰めることもできたかもしれない。

でもモレは自分の環境を少しも誇示しなかった。地下商店街で買った三千ウォンのTシャツを着ていたし、コンビニで売っている乳液を使っていた。それでもあの子には裕福な家庭で育ったにおいがした。あの子の余裕は物質ではなく表情と態度に現れていた。モレは人をやたら疑ったり、ネガティブに捉えたりしなかった。どんなことにもびくびくしたり、無理したりしなかった。寛大だった。

その寛大さは富んだ者だけが持てる態度だと当時の私は思っていた。高級車や豪華な家よりも贅沢なものだと思っていた。

コンムの部屋に行ったとき、私はお世辞のひとつも言えなかった。狭すぎるだけでなく、シングルベッドのマットレスは沈んでいた。二重窓じゃなかったから長い冬を越すのは大変そうだったし、所々に小さな蟻が目についた。床が水平じゃないせいで目眩がするほどだった。こんなところでコンムはどうやって暮らすのかと途方にくれてなにも言えなかった私と違って、モレは天真爛漫《てんしんらんまん》な顔で部屋を見回した。南側に窓があるから陽当たりがいいというあの子の言葉は、こんな部屋に住むことは絶対にないであろう人間だから言える台詞だった。他人事だから、それでも労りの言葉はかけてあげなきゃいけないから、そんなことを言うのだろう。私はモレを冷たく見つめていたと思う。

コンムと私のことを考えているというモレの言葉を家に帰りながら噛みしめた。ふいにある恥ずかしさを、顔が真っ赤に染まり、肩までひりつくほどの恥ずかしさを覚えた。

コンムが引っ越してから地元よりもソウルで会う機会が増えた。ソウル市内のあちこちや地下鉄で行ける山、樹木園、漢江《ハンガン》、月尾島《ウォルミド》やソウル近郊のお寺にも行った。〈ミンドゥルレヨント〉というカフェの個室を予約して、カップラーメンを食べながら試験勉強をしたりもした。

同じころに私たちはミニホームページをはじめた。私はミニホームページのダイアリーに日々の出来事を短く記した。モレはミニホームページのアルバムに好きなバンドや歌手の写真をアップし、彼らの紹介文と自分の感想を書いた。音楽をいくつか購入してBGMに設定したりもした。コンムはアルバムに春、夏、秋、冬というフォルダを作り、季節ごとに撮った写真を友だち限定公開で投稿した。

コンムの写真に登場する人物はモレだけだった。たまに私抜きで出かけた場所でモレを撮った写真がアップされることもあった。コンムが撮ったモレはいつも光を浴びていた。秋だろうが、冬だろうが、モレが写っている写真には陽だまりがあった。無表情でも、しかめ面でも、日陰に座っていても、どういうわけかモレが登場する写真にはある種の光が、温もりが宿っていた。写真の中のモレは波に反射する光のようにきらめいていた。

コンムの写真は文章の代わりに語っていた。

写真を撮るようになってからコンムは文章を書かなくなった。毎日コンムのミニホームページに立ち寄る私は、以前のようにコンムの文を読みたがっている自分の心を見た。

どうして理解しなきゃいけない側は、いつも決まっているんだろうか。

高校生のコンムは千里眼コミュニティにそう書いた。その文章は数日にわたって私の中で転がりながら心を傷つけた。私はいつも理解しようとしている側の人間だったから。

どうして母は大勢の人が見ている地下鉄の改札口で延々と私を突き倒したんだろう。立ち上がると殴り倒し、立ち上がるとまた殴り倒すことをくり返したんだろう。早くしろと言ったのに、私の歩くのが遅くて母についていけなかったから。私がぐずぐずしていたからだろう。いっぱい殴られたじゃない。そのたびに理由は私のほうにあった。

どうして父は酒に酔って帰宅すると私を起こして、お前は生まれてきちゃいけない子だったと言ったのだろうか。私が未熟児で生まれたせいで最初からものすごい金がかかったと、私を不良品って呼んだっけ。怒っていたけど悲しそうに見えた。生きていくのがつらくて、そんなこと言ったんだろう。お金もないのに、子どもが欲しいわけでもなかったのにできちゃったから大変だったんだろう。

幼い私は両親を理解するために歯を食いしばって必死に頑張った。もっといい子になれば、立派な子になって迷惑でしかない自分の存在に対する借りを返せれば、状況は変わると思っていた。幼い私にとって両親を理解しようと努力するそうした行為は、両親は大して私のことを愛しておらず、だから単なる八つ当たりの対象にしたのだと認めるよりはたやすかった。大人たちがそうするしかなかった理由を少しでも明らかにすれば、その分だけ自由になれる気がしていた。自らを納得させるために嘘の理由でもいいから作って信じたかった。コンムの文章を読みながら考えた。私は、私を少しも理解しようとしない人間のことを理解しろと強要されていたのだと。

大人になってからも誰かを理解しようと努力するたびに、実はその努力は道徳心からではなく、自分が傷つきたくなくて選択した、ただの卑怯さではないのかと自問した。どうにかして生き残るために子どものころ使っていた方法が習慣で慣性となり、今も作動を続けているのではないだろうか。思慮深いとか大人びているという言葉は適当じゃなかった。理解、それはどんなことをしてでも生きてみようと選択した方法だったのだから。

コンム。

コンムの本名や顔も知らなかったときから、私は心の中でコンム、と呼びかけていた。互いに細い糸でつながっているような気がしていた。

2

モレとコンムの関係が軋《きし》みはじめたのは私たちにとって二度目の夏からだった。モレがあれを食べたいとか、どこかに行こうと言うと、コンムはそんな金はないと気まずい思いをさせた。コンムはひねくれ、そんなときのモレは沈黙を守ったまま先に席を立ったりした。それでも次に会うと、前回の出来事はすべて忘れてしまったように何事もなく振る舞った。

葛藤を曖昧にしてやり過ごす仲直りがくり返され、私は少しずつ二人に腹を立てるようになった。感情のもつれに入り混じるお互いへの愛情が第三者である私の目にも見えていたから。その愛情が三人の枠の外へと私を追い出しているようで、争いの脈絡を二人だけで共有しているようだったから。

その日の私たちは〈ロッテリア〉でかき氷を食べていた。窓の外を引っ越し業者のトラックが通り過ぎ、それを見ていたモレがコンムに尋ねた。

「子どものとき、何回引っ越した？」

「小学校だけで三回転校したと思う。そっちは？」

「生まれてからずっと同じ町に住んで、それからアメリカに行ったでしょ。韓国に戻ってからも引っ越しはしてないから二回だね」

「言葉はアメリカに行ってから勉強したんだよな？」

「うん。子どものときは簡単だから」

「行くとき、怖くなかった？」

「コンムはそんなことなかったの？　ずっと転校が続いて……」

「お前に訊いてんだろ」

「怖かったよ。怖くないわけがないじゃん……。わざわざ言葉にしないとわからないの？」

「いつも避けるからだろ。お前はいつもそうじゃないか」

モレは答えなかった。コンムはプラスチックのスプーンを置いた。

「喧嘩するなら私がいないときにやって。私まで居心地悪くさせないで」

「そんなつもりはなかったんだ」。コンムが言った。

「私、帰るね」

モレはそう言うと席を立った。コンムはモレのほうを見ようともしなかった。私もコンムを置いて席を立った。喧嘩になったり感情が傷ついたりするような原因はなかったはずなのに、散々な気分で別れた日だった。

その日からしばらくモレはインターネット放送を立ち上げず、メールやMSNメッセンジャーも寄こさなかった。モレが動かないと私たち三人はもう会うことができなかった。会う時間や場所を決めるのはいつもモレの役目だったから。関係が続くかはモレにかかっているように見えた。

私はコンムのミニホームページのアルバムに入ると、漢江《ハンガン》のほとりに佇《たたず》むモレの後ろ姿を長いこと見つめた。からし色のニットの帽子をかぶり、足首まである黒いダウンコートを着ていた。

「ペンギンだね」

腕組みしたコンムがモレを見ながら無意識に言った。川辺に吹く風は強くて、私たちは互いの些細な言葉にもいつも以上に大笑いした。風で頭がじんじんして、私は凍りついた耳を両手で覆った。いくら考えてもその記憶しかなかった。どうしてあの寒い日に漢江へ行ったのか、そこでなにをしたのか、なにも思い出せなかった。ペンギンだね、その一言と冷たい川風、わけもなく笑いたくなった心だけがコンムの写真に刻まれていた。


モレから連絡をもらったのは早朝だった。〈ロッテリア〉で喧嘩別れしてからいくらも経っていなかった。病院の一階に着いたとき、モレはすでに待機室に到着してコンムの横に座っていた。二人は黙って座っていた。私は遠くからあの子たちの姿を眺めた。コンムになんて声をかけるべきかわからなくて、少しためらってから近寄った。

コンムは震えていた。

「少しは寝たの？　食事はした？」私の問いかけにコンムは頷くばかりだった。「家に戻って少し横になりなよ」。もう少しなにか言うつもりだったのに、そんな言葉しか思いつかなくて私はそれっきり黙った。

「ヒョヌ」。そのときモレがコンムに呼びかけた。「ヒョヌ」

コンムはモレの肩に額をあてると目を閉じた。

「ヒョヌ」

モレはコンムの背中をさすった。二人はそうやって長いあいだ座っていた。モレが本名でコンムを呼ぶのを見たのは、そのときがはじめてだった。コンムの本名をモレの声で聞くなんて、なんだか変だった。その名前が耳慣れないのか、その名前で呼ばれるコンムが見慣れないのかはわからなかった。

コンムはなにも食べられないと言った。モレが差し出したオレンジジュースに数回やっと口をつけると私たちのもとを離れた。私とモレは病院前の屋台でトッポッキを立ち食いし、地元行きの地下鉄に乗った。モレの顔は青白かった。

「夜中にバックしてきた車に轢かれたんだって。運転手がお酒を飲んでて。路地に人がいて不幸中の幸いだったよね。轢き逃げになってたら、現場で亡くなってた可能性もあったって」

「今の容体は？」

「医者はいつも最悪の事態を想定して言うから。助かるかもしれない」

「ずっと、ひどい人間だと思ってた」

モレは頷いた。私たちはしばらくなにも言わなかった。

「さっきね、コンムのお父さんを見かけた。遠くからだったからなにを話してるのかは聞こえなかったけど、コンムのこと怒ってた」

「ほんとにお父さんコンムだったの？」

「うん。家の近所で何度か見かけたもん、あのおじさん。コンムはずっとうつむいてた。近寄って、あのおじさんがなにを言ってるのか聞いたんだ」

そこまで言うとモレは口をつぐんだ。なにか言おうとしているようだったが唇は震え、顔は上気していた。地下鉄のドアの前に立ってポールに摑まり、ふらつきながらモレは笑顔で泣いていた。私は鞄から薄手のマフラーを出すとモレに渡した。

「洟《はな》かんでもいいよ」

私の言葉にモレは声をあげて笑った。知らない人の顔みたいに感じられた。それは私の知っているモレの顔じゃなかった。

モレの涙が収まるまで私たちは別々の方角を見つめていた。

「私のことを見たの」。モレはポールをぎゅっと握って言った。「コンムが私を見たの。そこで」

「……」

「あのおじさん、私がいるの気づいてたのに、そのまま行っちゃった。溺愛している長男がICUにいるんだから、どんなにつらいのか想像もつかないけど……」

モレの言葉に私は自分の耳を疑った。モレも知ってるじゃないの。コンムのお兄さんがコンムにどんなことをしてきたのか、コンムに対する彼の虐待を容認していた父親がどんな人間なのかも。それを知っているくせにコンムよりも父親の気持ちを真っ先に気遣っているみたいで、私は平静でいられなくなった。

「あの人の気持ちまで考えたくないし」

モレは私の表情をうかがいながら、なだめるようにこう続けた。

「それでも、あんまりひどく思わないで。いま一番つらいのは、あの人たちじゃない」

モレの純真な態度に腹が立った。どうやったらあの人たちを理解しろと私に向かって強要できるんだろう。どうやったらそんな言葉をなんでもなさそうに言えるんだろう。

「あんまりひどく思わないで、だなんて。あんまりひどい人間だから、あんまりひどいって言ってるんでしょ、じゃあなんて言うのよ？」

「私は……」。モレが硬い表情で言った。「私はただ、コンムのことが心配なだけ。すごく傷ついてるみたいに見えたから、さっきのコンム。あの人たちを非難した分だけコンムの傷が癒えるなら、私だって非難するよ。でも、そうじゃないでしょ」

「モレって、ほんとになにもわかってないんだね」

私の言葉を聞いたモレは顔を背けた。その言葉がどれほどモレを苦しめるかわかっていた。

私はわざとその言葉を口にした。なにひとつ不自由なく育ったあんたみたいな子が私たちをどう理解できるのか、あんたがどれだけ思慮深い人間だとしても絶対に理解できない領域があるのだと言いたかった。

あんたになにがわかるのよ、あんたになにが。それは心のねじれた人間特有の誇示の仕方だった。

職業軍人だったコンムの父親は決定的な時期に進級できずに除隊した。正当な対応をしてもらえなかったという思い、より高い地位に上れなかったという怒りは、自分はどこまでも無視されているという確信に変わった。

彼が口を開くとコンムの家族はやっていたことを中断し、彼を見なければならなかった。テレビを見たり、雑談したりしてはいけなかった。食卓のおかずをつまんでもいけなかった。彼が話しているときに他のことをするのは彼を無視する態度だったから。炊いたご飯に芯が残っていたり、トイレの床に水気が残っていたりするのもすべて、彼には自分が無視されているという間接的な証拠に見えた。

彼の一日三食は抗がん剤治療を受けている妻が用意した。彼女が死の直前に至ってもなお、彼女の用意した食事を食べていた。通院に付き添ったこともなかった。脂汗を流してシンク台にもたれかかる母親の横でコンムはご飯を炊き、野菜の下ごしらえをした。のちにコンムは卑怯だった自分を後悔していたが、そんな父親と兄から自分を守れない母に怒りも感じていた。

コンムの父親にとって長男とは自らの分身であり、唯一無二の愛だった。高身長に端正な容貌、優秀な学業成績、残酷な性格、どこをとっても弱みのない姿を申し分なく思っていた。臆病で幼稚、些細なことにもすぐ涙を見せるコンムは、彼がもっとも目を背けたい自分自身の一部だった。

コンムの兄は四年間の授業料が免除になる奨学金をもらって、ある私立大学の法学科に入った。コンムが高校生になった年だった。彼は三年にわたって司法試験を受けたが全敗した。自身に向けられる父親の期待、死んだ母親をどう哀悼していいのかわからなかった己の無知、自分の欲に追いつかない能力が彼を苦しめたとコンムは言った。

いつだったかはコンムをひとしきり殴ったあと、俺とお前が逆だったとしても殴らなきゃ気持ちが晴れないだろうと言ったそうだ。


コンムは兄の意識が戻るまで病院に毎日通った。危険な状態から脱して一般病棟に移ったときも兄に付き添っていた。コンムは気持ちが弱いから、私はそう理解しようと努めながらもそこまでする必要はないのにと思っていた。こんなふうに中途半端な形で和解したらあの地獄に逆戻りするのではと心配だった。でもコンムにはその気持ちを見せなかった。

コンムは兄の世話をするようになり、モレはインターネット放送を再開した。三人のMSNも同様だった。互いが互いに対して言葉で表現できない微妙な感情を抱きながらも、傍目には冗談を言いあったりしていた。

モレも私も理解していた。コンムには二本の手がある。そしてその手を掴んであげられるのは私とモレの二人だけだった。

コンムの兄は一般病棟に移って一ヵ月で退院した。コンムは後期の授業を休学し、大手の予備校に講師補助として就職した。

私はコンムのミニホームページにある、彼の兄の事故後に投稿されたアルバムを見た。その時期に撮られた写真は遠景が多かった。遠くに見える高架道路、高層階から撮った街路樹、路地の先に捨てられたオーディオ、小指の爪ほどの大きさをしたコンクリート造りの病院……。コンムの被写体はフレームの中心にいなかった。

モレを撮った写真もそうだった。モレは病院の駐車場を横切って出口に向かって歩いていた。Tシャツにハーフパンツ、スニーカー姿にセミロングのヘアを後ろで結んだモレがフレームの左上に小さく写っていた。もう一歩でも進んだら確実にフレームの外へ消えてしまう被写体だった。

私は長いこと写真を見つめた。別れの挨拶をして私たちに背を向け、窓の外を見下ろしていたコンムの心情がそのまま写し出されていた。

コンムの推薦で、私も彼が働く予備校の講師補助の職を得ることができた。コンムは月曜から土曜まで、私は金曜と週末だけ働いていた。

私たちは幅六十センチほどの折りたたみデスクで採点し、並んでコピーをとった。食事の時間になるとボリュームたっぷりの軽食屋で、具をご飯に載せた丼やチャーハンを食べた。日に日に寒くなっていった。私たちは予備校の休憩室の自動販売機で温かいテジャワを飲んだ。

「こうしてると去年を思い出すな」。コンムが言った。「二人が大学に遊びに来てさ、学生会館で一緒にあんまん食べて、テジャワ飲んだよな」

「そうだったね」

「休学したら時間が増えるかと思ったんだけど違った。ほとんど毎日出勤で、休みの日は寝るだけ」

私は他愛のない話をするように、ずっとコンムに訊きたかった質問をした。

「まだお兄さんと会ってるの?」

コンムは一瞬ためらったが答えた。

「いや」

「……」

「嘘じゃないよ。あのときはどうしようもなかった。兄貴とはああいう形でけりをつけたんだと思ってる」

コンムは無表情に言った。嘘を言っている顔には見えなかった。

「あのさ……俺、冬になったら入隊する。モレには改めて言うつもり」

「コンム」

「大丈夫だろ。実家が軍隊だったじゃないか」

コンムはそう言うと、うっすらと笑った。

「それも冗談だって」

彼のグレーのスニーカーを見つめた。コンムがいつも履いている靴だった。

「コンム……なんでもかんでも我慢しないでね」。私は言った。「悪いことが起こっても自分は耐えられるからって、そのまま我慢するの、やめなよ」

「覚えておくよ。その代わり、そっちも忘れるなよ。今お前が言ったこと」

「私の心配はいいから、そっちこそちゃんと覚えておいて」

泣き出しそうな顔を見られたくなくて私は席を立った。我慢するなと言いながらも、実際は涙をこらえるのが習慣になっている自分の姿を見ながら。

二十歳の私にとってコンムが入隊する二年は生きてきた時間のほぼ十分の一で、大人になってからの時間とほぼ同じ長さだ。自分の選択でコンムと出会い、日常を分かち合い、ふにゃふにゃの生地にでもなったみたいに自分の心を少しずつちぎって彼に伝えてきたのだから、コンムは私の一部を有しているわけだ。そういう意味ではコンムと離れている私は完ぺきな私だとは言えなかった。二十歳の私にはそういう形の愛着が重たく感じられた。

それからコンムが軍隊に入隊するまでの期間ほど、私たち三人が楽しく過ごした日々はなかったように思う。どこかからモレがもらってきたフリーパスでロッテワールドに行ったり、朝まで飲み明かしてそれぞれ始発で帰宅したりした。酔ったモレの話を聞くコンムの表情は穏やかだった。その穏やかな表情の中にモレへの感情を押し隠しているように見えた。

その日もモレの大学前の地下にある居酒屋で酒を飲んでいた。冬休みだからか客は私たちだけだった。五百ミリリットルのビールで早くも酔っ払ったモレが寄りかかってきた。

「変わらないものはないんだって」。モレが言った。「私ね、その言葉が好きだった。時間とともにどんなことも変わる。永遠なんてないって言葉があるでしょ。でも、二人に会ってからその言葉が嫌いになった。どうして変わんなきゃいけないの？　どうして過去にならなきゃいけないの？　コンムの写真みたいに、ある瞬間にただそのまま留まっていたい気持ちもある」

「いつに？」コンムが訊いた。

「コンム、あなたがよたよた歩くとき。あんなふうに歩く人、今まで見たことなかった。ほんとに独特な歩き方するよね。コンムみたいにバスケが下手な人もはじめて見た。よし、見てろよ、必ず見てろよって言うんだよね。ばっちりフォーム決めといて結局ノーゴールだなんて、どうしろって言うのよ。コンム見てるとさ、ほんとに笑えるし、あきれちゃうし、面白くて……」

コンムはモレの顔を直視できず、ナプキンを幾重にも折っていた。

「さっき、来る途中にコンムには言ったんだけど……」。モレが言った。

「モレ、彼氏ができたんだって」。コンムがモレの言葉を受けて言った。「いい人だって。モレの学科の先輩なんだけど、サラリーマンで、俺も顔見たことある人だよ」

そう話すコンムの顔を見ながら私はなんて言うべきかわからずにいた。笑顔で祝福するべきなのはわかっていたけど、どうしたらコンムの前でそんなことができるだろう。私は酒のせいで赤く火照ったモレの顔を眺めた。

私とモレは午前零時になる前に居酒屋を出るとバスで帰宅した。モレは半分酔った状態で、どうやってその人と出会ったのか話してくれた。一方的な求愛と愛情深い彼について。同年代の子たちとは比べ物にならない成熟した考え方と行動について。モレの話を聞きながら居酒屋の片隅に座ってナプキンを折っていたコンムの手を思い出していた。私はコンムほど必要以上に成熟した人間を知らなかった。そんなコンムの心がどうしてモレの目には見えなかったのだろう。コンムはどうしてモレとの距離を縮められなかったのだろう。

コンムが入隊する数日前に久しぶりに集まったのが、入隊前に三人で顔を合わせる最後となった。スンデとホルモンの炒め物を食べ、町の入口付近を歩いた。カメラを持ってきたコンムはあちこち撮っていた。大きな雪片が舞う日だった。

「私も撮ってみる」

モレは私たちの後ろを歩きながら写真を撮った。ポーズを要求されはしなかったが、コンムはのっそりと突っ立ってモレの被写体になってあげていた。

家に戻ってからモレは、コンムの見送りに行けなくなったとMSNで連絡してきた。母親の手術がコンムの入隊する日と重なったとのことだった。顔を見て言いたかったけど、いざとなると切り出せなかったともあった。コンムはモレが来ると言ったとしても断っただろうと返信し、私にも来るな、ひとりでちゃんと行けると書いてきた。

入隊の日、私たちは兄妹みたいに軍の訓練所へ一緒に向かった。曇り空の日だった。雨は降っていなかったが空は雲に覆われていて、朝なのに薄暗かった。腕組みした私たちはグラウンドのスタンドに並んで座ると、三々五々集まってくる人たちを眺めた。笑い、さざめき、抱擁し、涙する人びとの姿を、私とコンムは映画を観るように見守った。

「雪が降りそう」

私はそう言ってコンムを見た。黒い野球帽の下で真っ赤に凍りついている彼の耳が見えた。モレも一緒だったら、ここまで侘《わび》しくはなかっただろうという気になった。モレだったら、あなたが他の人を羨ましいと思わないくらい精一杯の見送りをしてくれただろうに。素敵な言葉を送り、我慢しないであなたのために泣いてくれただろうに。

どうして私は思ったとおり話せなくて、悲しくてもまともに泣けない人間として隣に座っているのだろう。こんな私が、あなたにとってなんの慰めになるのだろう。コンムの横で鼻をくしゅくしゅさせながら、私は奇妙な焦燥に駆られていた。スピーカーから案内放送が流れてくるまで私たちはそうやって座ったまま、大した話もできずにいた。

「行くから」

コンムは立ち上がると笑ってみせた。私は中腰の状態で彼を見上げた。

「これ、お前が使えよ」

コンムは被っていた野球帽を私の頭に載せてくれた。短く刈った髪があらわになった。彼は自分の頭をつるりと一度撫でると手を振った。

「元気で」

私は手も振れず、その場に立ち尽くしていた。モレが言ったとおりによたよたと歩み去るコンムを見つめながら。コンムは少し歩くと振り返り、また歩いては振り返った。小さくなっていくコンムを私はぽつねんと見ているだけだった。最低の見送りだった。コンムが一団に紛れて建物に入っていくころには柔らかな雪が降りしきっていた。

コンムの荷物を預かってくれる人がいなくて、パソコン以外はすべて我が家に送られてきた。パソコンは大学のコミュニティ掲示板を介して売ったそうだ。何着もない服、心理学専攻の書籍、ノート、弁当箱、バスケットボールがすべてだった。カメラはモレが預かった。

コンムが入隊する数ヵ月前、科の先輩が軍隊で自殺した。彼は正午に完全武装で練兵場を十周走る罰を受け、戻ってくると自ら命を絶った。彼が自殺した日の最高気温は三十八度だった。

彼はシャイで小柄な人だった。隣の席で授業を受けたことがあったが、どうして学科の活動に参加しないのかと私に尋ねてきた。忙しいので。少しつっけんどんな口調で答えた。そうなんだ。今度ご飯行こうよ。おごりたいんだ。そう誘う彼に私は応じなかった。

学生会館のロビーに遺影が置かれ、追悼する人びとが線香をあげた。その前でひざまずいて泣いている先輩もいた。済まないと言い続けながら。お前がこんなに苦しんでいるあいだ、そうとも知らずにのうのうと暮らしていた、申し訳ない、申し訳ないと言っていた。私はその横に立って線香をあげた。

それからすぐに彼がいじめの被害者だったという手書きの張り紙が掲示された。書いたのは彼の友人だった。最後に会ったとき見るからにやつれていたし、何度も死にたいと言っていた。最後に彼をいじめた先任は調査を受けたが特に処罰されることもなかった。明らかになったのは最後の日にあった出来事だけだが、いじめは継続して行われていたはずだ、なにがあったのかきちんと明らかにすべきだと書かれていた。

私はこの話をコンムとモレにしなかった。先輩の死を話の種にしたくなかったからだ。彼の無念を知らしめるためだろうが、自分が慰められたい利己的な理由からだろうが、先輩の死を話題にした瞬間から彼の苦しみは人びとの心を刺激する、ただの同情ネタになると思った。誰も同情を求めてはいない。彼の人生を単に気の毒で悔しいものだったと結論づけ、彼の名前を単なる虐待された被害者に差し替えることはできなかった。

他の選択はなかったのだろうか。私は長いあいだひとりで考えた。他の選択。目の前に死という選択肢ひとつだけが置かれている状況で、彼はどんな気持ちだったのだろう。彼を死ぬまで苦しめた加害者たちはどんな人間なのだろう。処罰されずに再び民間人に戻って、自分がどんな罪を犯したのか死ぬまで自覚できないまま生きていくのだろうか。そうでなければある瞬間に気づくのだろうか。

「人間は変われる。そう信じてなかったら、心理学を勉強しようとは思わなかっただろう。自分自身を諦めない限り人は変われる。他人を変えることはできなくても、少なくとも自分自身なら」

大学一年の終わりに専攻を決めるときコンムはそう言った。人間に関心がある、人の心がどんなふうに作動しているのか知りたい。生まれつきの部分は変わらないだろうけど、同じ経験をしてもそれを解析し、反応し、回復する方法は変われることもできると信じているのだと。私はコンムが人間に抱いている楽観が不思議だったし、たまに彼のそういう言葉は本心ではないのだろうと疑った。あなたがどんなふうに育ったのか知ってるけど、そんな嘘で自らを騙すのかと訊きたかった。加害者も変われる？　別人に生まれ変われる？　あの人たちが変わって生まれ変わったからって、彼らが虐待した人間の傷もなくなるの？　死んだ人間が生き返るの？

そう思いながらも一方では、一瞬でもいいからコンムの言葉に騙されてみたかった。生まれつきの部分は変わらないけど、同じ経験をしても、それを克服する力は養われるのだという信頼みたいなものに。

コンムが入隊してからモレは私の家を頻繁に訪れるようになった。いつも果物や常備菜、ロールケーキなんかを持ってきた。

二人で家にある汁物を温めて常備菜と食べたり、煮干しと昆布で出汁をとって餅を入れたスープを作って食べたりもした。ある日はかぼちゃ粥と、モレが持ってきた大根を入れて魚の煮つけを作ったこともあった。モレは調理道具に慣れていなくて皿洗いもまともにできなかった。それでもなにか一緒に作って食べようと毎回せがみ、なんでもやらせてくれとつきまとった。私たちはシンク台に並んで立って料理を作り、一緒に食べ、モレが持ってきた紅茶を飲んだ。

「二人で一緒に暮らせばいいかも。将来は結婚しないで二人で暮らそう」。モレが言った。

「私は男の人と暮らすつもりだけど」

「男の人とは恋愛だけにしてさ、私と暮らそうよ」

「そっちの態度次第かな」

「本気で言ってるんだけど。私、頑張るから」

「わかった。一緒に暮らす男の人がほんとにいなかったら、そうしようかな」

「それ、社交辞令じゃないよね」

「彼氏がいるのはそっちのくせに、なによ。そんなこと言って、その人と結婚しちゃったりするんじゃないの」

モレはなにか言おうとしていたが口をつぐんだ。モレは彼氏について詳しく話さなかった。私が尋ねると短く答えたが、自分から話題にはしなかった。

モレはコンムが家に預けていったバスケットボールをいじっていた。

「これ、やってみようか？」

風もなく日差しの温かな冬の日、私たちはバスケットボールを手に近所のグラウンドに向かった。すぐ近くからありったけの力で投げてみたけれどゴールに入れるのは難しかった。私の動きがおかしいのかモレは笑っていたが、バスケをする姿をコンムのカメラで撮りはじめた。

「なんで撮るのよ」

「コンムに見せてあげようと思って。今度は私を撮って」

私はボールを持ってポーズをとるモレの姿をクローズアップして撮った。ボールがゴールを外れて笑う顔や、ボールを拾いにうろうろ走り回る後ろ姿なんかを。通りかかった人にモレが頼んで二人の写真も撮ってもらった。少し体を動かしただけなのに汗が出てきたのでコートを脱ぎ、しばらくスタンドに座った。

「コンムが入隊した日、私のせいでがっかりしたんじゃない？」

「誰が？」

「二人とも」

「そんな、お母さんの手術だったじゃない。そっちのほうが大事でしょ」

モレはバスケットボールをいじっていた。

「コンム、どんなようすだった？　最後にどんな話をしたの？　あの日の話、聞いてなかったね」

一団に向かって歩み去っていくコンムのぎこちない後ろ姿が浮かんだ。コンムがどんなようすだったかって？　ずっとひとりだった。ずっとひとりだったよ、あの子は。最初から最後までずっとそうだった人みたいに、ひとりだった。

「コンムは、あなたが好きだった」

モレは無表情のまま私を見た。

「コンムがそう言ったの？」

「ううん、誰が見てもそう思えるくらい見え見えだった」

モレは下唇を噛んだ。嬉しいのか苦しいのかわからない表情だった。

「そう見えたなら面白いね。でも違う。違ったの」

モレは確信をもって言った。

「コンムってさ、繊細でしょ。私によくしてくれたのは間違いない。でもね、そういう感情じゃなかったの。そういう感情だったなら……」

モレはそこまで口にすると、言いかけた内容を忘れたように黙りこくった。そしてグラウンドのほうをじっと見つめていた。

「元気でやってると思うよ。寒がりなのが心配だけど」

モレは答えなかった。私の声が聞こえていないみたいに見えた。モレの膝からバスケットボールが落ちてグラウンドのほうに転がった。ボールを拾おうと立ち上がったモレの後ろ姿を、私はコンムのカメラで撮った。

私の声、聞こえる？

その日の夕方、パソコンのスピーカーからモレの声が聞こえてきた。いつもどおりにモレが立ち上げたインターネット放送を聞いている最中だった。

聞こえてるなら、メッセンジャーにそう書いて。

聞こえてる。私はメッセージを送った。

こうやって話すのってなんかしっくりこないけど、なんとなく今日はこんな形で言いたかった。酔っ払ってるわけじゃないよ。信じて。声、ちゃんと聞こえてる？

ちゃんと聞こえてる。

そしてしばらくモレはなにも言わなかった。浅い息遣いがスピーカー越しに伝わってきた。

気持ちを言葉にしてうまく表現できる人が羨ましい。私はいつもそれが難しくて。誰か、私の気持ちを書き取ってくれないかな。二人もこんな私が歯がゆかったでしょ。もしかすると猫をかぶってるように見えたかもしれない。でも努力してなかったわけじゃない。ただ才能がなかったの。

そこまで言うとモレは話をやめた。小さな呼吸が聞こえた。

コンムがお兄さんの件で病院に通ってたとき、あのとき、絶対に言えっこないと思っていた言葉をコンムに伝えたの。いつも想ってる、一緒にいないときもコンムが今どこでどうしてるか、そればっかり考えてるって。自信がなくなって、声も小さくなって、言い終わったら二人とも黙っちゃって。自分はこんな勇気を出せる人間じゃないと思ってたんだけど、そうでもなかったみたい。

で、お前の望みはなんなの。しばらくしてコンムが訊いてきた。それは質問だったけど、実際は私の告白に対する答えだった。私の気持ちを伝えたかった。それだけ。私も答えた。最初からうまくいくとは思ってなかった。なんとなく予感がすることってあるじゃない。私たちはこれ以上の仲にはなれないって、私もわかってなかったわけじゃない。

じゃあ行くからって席を立とうとしたらコンムがこう言ったの。誤解するな。俺のことが心配で気になってるだけなのに、その感情を勘違いするなって。

誤解だったらこうやって伝えなかったと思う。私は答えた。自分の気持ちを何度も疑ってみたけど確信しか残らなかった。そっちはどうなの、あなたの気持ちは。私が訊いて、コンムは首を横に振った。プライドの欠片もない人間みたいに、もう答え終わっている相手にもう一回答えを要求したってわけ。それで十分だった。いくら尋ねたとしてもコンムの答えは変わらないだろうって、そのときにわかったから。

コンムと一緒にご飯を食べていても、歩いていても、話していても、笑っていても苦しかった。二人の心が違いすぎて寂しかった。この気持ちが冷めればいいって願ったけど、いざ顔を突き合わせてると、この気持ちが消えたらどうしようって怖くなった。どんなに私を苦しめるとしても大切なものだったから。この気持ちを失った自分はどんな人間になるのか想像もつかなかったから。単にひとりが嫌で、寂しいのが嫌で、他人と違う生き方が嫌、だからってなんとも思ってもいない相手と一緒にいる人みたいになりたくなかったから。それが私にとってなによりも恐ろしいことなのに。自分もその中のひとりになるんじゃないかっていうのが。

あなたはそんな人にはならない。私はメッセージを送った。

入隊するコンムには会いに行けなかった。お母さんの手術があったのは事実だけど簡単な手術だったし、妹が行くこともできた。入隊する姿を見たら、かろうじて抑えていた気持ちが緩みだしてコンムを引き止めそうだったし、自分も参ってしまいそうだったから。彼氏とは問題なく付き合ってる。あの人のせいで傷ついたりはしない。私にはこれでよかったんだと思う。正しい道なんだと思う。コンムの言葉どおり、いつも考えて心配してるからって愛とは限らないんだから。

これでよかったんだと思う。正しい道なんだと思う。モレは自分に向かってそう言っているみたいだった。最初のうち小さくて暗かった声は話すにつれて少しだけ弾んできた。その声を聞きながら私はモレに失望していた。傷つきたくなくて自分の選択を合理化し、逃げただけだという気がしたからだった。その気落ちの正体を知りながらも当時の私はそうやってモレを判断しようとしていた。

3

はじめての休暇をもらったコンムは最初に母親の納骨堂に寄った。私たちに会うと、学科の先輩がひとり暮らしをしている部屋に滞在する計画だと言った。冬なのに日焼けするんだ。じろじろと覗きこむ私にコンムは声をあげて笑った。そうやって笑う姿を見るのはいつ以来だろうとほっとした。コンムは水原《スウォン》警察署での部隊生活について話した。部隊に配置される前にいた訓練所での生活も笑いながら話してくれた。

「同期のみんなと仲良くなって面白かった。気が合ってさ」

茹で豚ってこんなにおいしかったっけ、コーラってこんなにおいしかったっけ、と感嘆しながら普段のコンムらしからぬ旺盛な食欲を見せた。コンムは予備校のアルバイトについてあれこれ尋ね、私も積もる話に花を咲かせるのに忙しかった。モレは黙ってひたすら食べていた。私たちの話に笑い、そうなの？　そうだったの？　と時折答えはしたが、会話に積極的に入ってこられなかった。モレもコンムも互いに気まずいようだった。コンムは私としゃべり散らすことでぎこちなさに打ち勝とうとしているようだったし、モレはこの時間が過ぎることだけを願っているみたいだった。コンムへの思いを聞いたあとだったから、モレの表情と行動が見過ごせなかった。

私とモレが会計を済ませると、二人がおごるなんて駄目だよ、ビールでも飲みに行こうとコンムが誘ってきた。

私たちは居酒屋に移動し、コンムのカメラで撮った写真を見た。私がキッチンで料理をしている写真、モレがバスケットボールをしている写真、私が変わった体操をしている写真なんかを見ながら笑い合った。私は写真を指差しながらなにがあったのか、どうしてこんな写真を撮ったのかコンムに聞かせた。

コンムが入隊する前に三人で最後に会った日の写真もあった。スーパーの前にぼんやりと立って雪に降られているコンム。居酒屋でダーツの矢を投げているコンムとモレ。腕組みしてなにかしゃべりながら歩いているコンムの姿。そしてまたコンムが撮ったモレの写真が出てきた。モレはコンビニの前で誰かと電話をしていた。一面が大粒の雪に覆われていたが、隅のほうにモレが立っていた。私やコンムじゃなければモレだってわからないくらい小さな被写体で、姿の半分ほどが雪に隠れていた。

その日のモレはよく飲んだ。やかんに入ったきゅうり焼酎を注文し、小さな焼酎グラスではなく水を飲むコップに注いで飲んだ。モレの顔が以前と少し変わったことに私は気づいていた。そのころからはじめた薄化粧のせいか、少しこわばった顔のせいか、モレをモレたらしめていた雰囲気が薄れたようだった。モレは深紫のタートルネックを着ていた。毛玉がたくさんできたその服を、モレは私たちと出会ってから二度の冬を過ごすあいだ着続けていた。

「これ、受け取って」

コンムがリュックサックから〈maru〉と書かれた紙袋を二つ取り出した。それぞれに薄い黄色のVネックのニットと、紺色のラウンドネックのニットが入っていた。

「一つずつ選んで」

「このお金で自分の服を買えばよかったのに。このブランド高いじゃない」。私が言った。

「就職して稼ぐようになったら、ほんとにいいのをプレゼントするから。今はあげたくてもこの程度だな」

「どっちがいい?」モレが尋ねた。

「先に選んで。私はどっちも好き」

モレは紺色のラウンドネックのニットを選んだ。四角く畳まれたニットに赤らんだ頬を寄せた。

「なにこれ。柔らかいじゃん」。片手は頬杖をつき、もう片方の手で膝に置かれたニットを撫でながらモレはテーブルを見つめた。「私はなんにもしてあげてないのに、こんなことしたら駄目だよ」。モレが言った。「ありがと。感謝してるんだから」。モレはそう言うとすぐ壁に頭を預けて眠ってしまった。

コンムは眠るモレを眺めていた。私が真向かいに座っているのも忘れたみたいに、しばらくのあいだそうやってモレを見ていた。モレを見ることに飢えていた人みたいだった。じろじろ観察するわけでも、ざっと見回すわけでもなく、だからといって愛情深く温かな視線を送るわけでもなかった。もう二度と会えない人の顔を見るみたいに、これからは目に焼き付けておいた顔を引っ張り出して見るしかないみたいに、コンムはモレを見ていた。私はその凝視を邪魔できなかった。

モレの携帯が鳴った。「彼氏」と登録されている番号だった。さらに数回の着信を見てから私は電話をとった。

「どこだ」

「私はウナの友だちのソンミです。ウナはトイレに行ってます」

モレは酔っ払って寝ていると正直に言えなかった。もしかしてこの件で二人が喧嘩になるのではと不安だったからだろうか。モレから彼氏の話はあまり聞いたことはなかったのに、私は本能的に察知したらしい。彼はモレの乱れた姿に腹を立てる人間なのだということを。私は知った。彼は答えなかった。

「もしもし」

「ウナがずっと電話に出なかったので。今どちらですか」

「ここは、ウナの家から近い十字路にあるビアホールです。もう帰るところです」

「いま何時ですか」。彼が静かな声で言った。

「……」

「平日の夜に女二人でなにやってるんですか。心配させるようなことを」。彼は穏やかな礼儀正しい口調で畳みかけるように言った。

「もう帰るところです。私が家まで送りますから、ご心配なく」

「トイレじゃなくて……ウナ、酔っ払ってるんですよね？」

「違います」

確かではないけど小さく笑う声が聞こえた。

「もう出ます。帰ったら電話するように言いますから」

「では、そのように」

彼が電話を切った。

「帰んなきゃ。モレも酔ってるし、もうこんな時間だね」

私の言葉にコンムはリュックサックを背負うと立ち上がった。

「俺がモレを送るよ」

「ううん。一緒に行こう。私も行く」

揺らして起こしてもニットを抱いたモレは席から立ち上がろうとしなかった。眉間にしわが寄っていたけど口元には笑みが浮かんでいた。

「帰ろう、モレ。歩けるよね？」

モレが頷いた。ヒールのあるブーツを履いていたので、足首を捻るのではと心配しながらモレを促した。思っていたほど酔っていなかったのか、モレは私に寄りかからずにちゃんと歩いた。

「今度はいつ会えるかな」。モレは地面を見て歩きながら言った。

「次の休暇のときに会えるだろ」。コンムが答えた。

「今度は私たち、いつ会えるかな」。モレはまたそう言うと顔を上げてコンムを見た。二人は互いを見ながらわけもなく笑った。互いの顔に描いたおかしな絵を見ながら笑う人みたいに。その姿を見ながら私は、ほんの一時だけど以前に戻った気分になっていた。コンムとモレがふざけてからかい合い、笑顔だった以前に。

モレの家までは普通に歩いて十分の距離だった。私たちはできるだけゆっくりマンションの入口まで歩いた。なにも話さず、それぞれ離れて歩いた。そうやってゆっくり歩くことだけが完ぺきな会話だったから、どんな言葉も会話の調和を乱す気がしていた。冷たい空気、街灯の黄色い光、足の裏に伝わる歩道の感触、靴の中の凍りついた足の痛みといった感覚だけをはっきりと感じながら。

マンションの入口に若い男が立っていた。ウールのロングコートにレザーの手袋を着けた背の高い男だった。私たちが近くに来るまで身じろぎもせずにこちらを見つめていた。

「来てたの」

彼はモレの横にいる私たちが見えないみたいに、モレの目の前で携帯を振ってみせた。このせいで電話に出なかったのかと非難しているようだった。モレはポケットに手を入れて黙ったまま彼を見ていた。

「言わなきゃ駄目でしょ」。彼が言った。「ごめんって言わなきゃ」

モレは困っているようすだった。唇を舐めながら彼のコートのポケットあたりに視線を注いでいた。

「謝れば許すから」。彼が柔らかな微笑みを浮かべながら言った。暗闇の中、彼の白くて滑らかな肌と質のいいウールのコートが視野に入った。モレは彼をまっすぐ見ながらなにも言わなかった。彼の要求に反抗する表情だったが恐怖は隠せなかった。その姿が言葉で表現できない感情を私の中に呼び覚ました。

「ごめん」

「なにがごめんなの?」

「電話しなくて、電話にも出なくて」

「それから?」まだ足りないというように彼が訊いた。

「モレ、寒いよ。中に入りな」。私が言った。モレは硬直したようにその場に立ち尽くしていた。「こんなとこに立ってないで、中に入りな」。もう一度私が言うと、モレは建物のエントランスのほうへ歩き出した。

「余計な口出しはしないでください」。彼が穏やかに笑いながら言った。「恋人同士の問題に干渉するなって」

「モレ、行きな」。モレはエレベーターに乗った。「行きな、早く、モレ」。私はエレベーターの窓から見えるモレに向かって言った。振り返ると彼は駐車場のほうに立っているコンムを見つめていた。コンムは彼が見えていないかのようにそっぽを向いていた。私は彼の横を通り過ぎるとマンションの入口に戻った。コンムも後からついてきた。

「駅までタクシーで行って。急げば東大門《トンデムン》までは地下鉄で行けるはず」。私の言葉にコンムは頷いた。彼が持っている紙袋の中にこっそり一万ウォン札を落とした。ポケットには交通系ICカードしかなく、バスは終わっていたので家まで歩かなければならなかった。私は十字路まで戻ると大通り沿いに歩き出した。冷たい風にあたれば頭が冴えて気持ちも楽になるだろうと思ったが、動悸が激しくなるだけで心は落ち着かなかった。

それから数日のあいだ、モレからはなんの連絡もなかった。メッセンジャーにもログインしなかったし、インターネット放送も立ち上げなかった。私はモレがミニホームページのBGMにしている曲をランダム再生しながら横になっていた。

ミニホームページの友人関係が見られる機能を使って、モレの彼氏のミニホームページも覗いてみた。ざっと見積もっても四十はあろうかという友だちからの一言コメントが書かれていた。「かっこいい兄貴、また飲みましょう」「義姉さんとお幸せに……」といった内容だった。プロフィール写真にはモレと彼がパソコンのウェブカメラで撮った写真が使われていた。写真の彼はモレの肩に腕を回していた。モレは年齢より幼く見えるタイプ、彼は年齢より落ち着いて見えたから、九歳差よりもっと離れているように見えた。

アルバムのフォルダはいくつかにわかれていた。自分、家族、中学の友人、高校の友人、学科の友人、サークルの友人、会社生活、マイハニー。私は「マイハニー」のフォルダにアップされているモレの写真を見た。〈シズラー〉や〈アウトバック〉といったファミリーレストランで一緒に撮った写真、デザートカフェの〈キャンモア〉でブランコ席に座っている写真、シネマコンプレックスの入口で撮った写真などだった。写真の下には「彼女を大切にしろよ」「お義姉さんは大学が長期休みなのかな」「おい、犯罪だぞ」「お義姉さん笑ってください」といったコメントが書かれていた。彼はモレのウエストや肩を自分のほうに引き寄せ、モレはどの写真でも硬い表情を見せていた。

コンムは土曜の午後になると、よくコレクトコールで電話をかけてきた。長くても五分ほどだったが、その短い電話が私にとっては大切だった。「この前送ってくれた手紙、よかったよ」。コンムはそういう言葉を欠かさなかった。「何回も読んでる、お前が送ってくれた手紙」。コンムがなにかについてそこまでいいと言うのは、はじめてに近かった。私は授業中や学生会館のロビーで自販機のコーヒーを飲んでいるとき、地下鉄で席が空いて座ったときなんかにノートを取り出しては手紙を書いた。

私の手紙は無味乾燥で単調だった。お昼になにを食べた、夕飯はなにを食べた、地下鉄でこんな人を見た、こんな勉強をしている、予備校でテストを何枚採点したという、とりとめのない話ばかりだった。それでも書くのをやめられなかった。コンムが笑えそうな話は、どんな些細な内容もメモしておいて手紙に書いた。あれってほんとの話か？　笑ったよ、という返事ほどやりがいを感じさせるものはなかった。

どうやってあんな長文をしょっちゅう書いていたのか、今となってはわからない。でも振り返ってみると、あの手紙は当時の私を救ってくれていた気がする。デートの相手もいなくて、大学にはちゃんとした友だちもおらず、お金に困っていたから可愛いサンダルの一足も買えず、しょっちゅう胃もたれして、家庭教師はクビになり、アルバイト先の予備校の同僚とは馴染めなかったけど平気だった。この世の誰かが、私のこういうぱっとしない日常の便りを心待ちにしているという事実のためだったのかもしれない。そんなふうにして大学三年の春は過ぎていった。


「モレとは連絡してる？」ある日、コレクトコールをかけてきたコンムが尋ねた。

「うん。たまに。学期中だから、あの子も私も忙しくて」

「そうか」

「なにかあったの？」

「いや、ただ気になって。モレは元気かなって」

「コンム」

「うん」

「コンムはさ、人を愛するってどういうことかわかる？」

それからどんな会話をしたのか覚えていない。ただ、モレとの喧嘩についてはコンムに話さなかった。私たちが顔を真っ赤にして言い争った日については。

私はあの日の一件について説明してほしかった。私たちの眼前で起きた当惑するような事態について、あれから彼氏とどんな話をしたのかについて。でもモレは口を閉ざし、あの一件から二週間後にようやく何事もなかったみたいにメールを送ってきただけだった。

モレは私のアルバイト先の予備校にやってくると、入口の前で私の仕事が終わるのを待っていた。ショートヘアにパーマをかけた丸い顔が子犬みたいだった。私たちは近所にあったファストフード店の〈パパイス〉に入ると、ハンバーガーを注文して席に座った。

「髪はいつ切ったの？」

「先週。気分転換も兼ねて。どう？」

「今の私にどう見えてると思う？　モレの姿は」

モレは唇を舐めながら私を見た。

「かっこ悪く見えてる。最低に見えてるんでしょ」

「電話待ってたんだよ。家まで送ってあげたんだから、少なくともそっちから連絡するべきだったんじゃない？　ソンミのことだから、どうせ心配なんかしてないだろうとでも思った？」

モレはなにも答えずに前歯でコーラのストローを噛んでいた。しばらくためらっていたモレはやがて口を開いた。

「あんな姿、二人に見せて申し訳なかったし、恥ずかしかった。がっかりしたでしょ、あの日」

「……」

「すごく……おかしく見えた？」

「モレ、私はね、誰かがモレにあんな態度をとるのは嫌。あの人、何様のつもりであんなことするの?」

「電話に敏感なの、あの人。だからあの日は腹を立ててた。それでも私が謝れば、すぐに収まるから。二人に申し訳なかったと伝えてほしいって。普段は大事にしてくれる」

「これからも付き合うつもり?」

「うん」

「自分でも違うってわかってるじゃない」

モレはじっくり考えてから頷いた。

「今のうちに終わりにしな。嫌だよ。モレがあんな人と付き合うの」

「そうしたかったよ、実際は。別れようとも言ったし。でも無理だった。ああやって付き合ってるうちに、今度は私のほうが別れる自信がなくなっちゃったの。こんなに私を好きになってくれた人、今までいたかなって。うまく合わせていきさえすれば大丈夫かなって」

「好きなの?」

「うん。そうみたい」

「理解できない」

「私が情けなく見えるんでしょ。男に操られてると思ってる」

「……」

「私をそう判断して、非難するかもしれないと思ったから言えなかった」

「モレにとって、私はそんな人間だったの？」

「人を好きになると、特別な関係になると、どうすることもできない部分ってあるんだよ。いいことばっかりで、すべてが合う関係なんてあるわけない。ソンミはそういう人を探してるのかもしれないけどさ、それは……」

「モレからそんな忠告は聞きたくない」

「こういう感情、ソンミにはわからないでしょ」

そのときの私は怒っていたのだろうか、悲しんでいたのだろうか。おそらく寂しかったのだと思う。モレの言葉は正しかった。私は人を愛するってどういうことかわからない人間だった。自我を打ち破って他人を抱きしめる自信も勇気もなかった。私に魂があるとしたら、その魂は「安全第一」と書かれたベストを着てヘルメットをかぶっているはずだ。傷つけられてまで誰かをお前の生に取りこむなんて破滅。ベストを着てヘルメットをかぶった魂は私に向かってそう言っていた。


コンムから手紙が来たのはそれから数日後だった。

ソンミへ

何度もペンをとったけど書けなかった。以前は言いたいことをあんなに書いていたのに、いつからか文章を書くのが難しくなってた。そんなときにお前から手紙が届いた。なんでもいいから心の声を書いてみようと思う。千里眼に投稿していたときみたいな感じで。すごく小さかったときに母親とソウルに行ったら（たぶん汝矣島《ヨイド》だったと）、道に集合している戦闘警察［北朝鮮工作員の摘発やデモ鎮圧のために二〇一三年九月まで存在していた武装警察部隊］を見かけた。横には戦闘警察のバスが停まってたんだけど、窓にはぎっちりと格子みたいなのがはまっててさ。全員が棒と盾を手に並んでなにかを待っていて、俺はその姿が怖かった。怖いって言ったらいけないから黙って通り過ぎたんだけど、ものすごくはっきりと記憶に残っていたみたいだ。そんな俺が戦闘警察になるとは。

入隊するって言ったとき、お前、俺に言ったよな。我慢しすぎるなって。我慢はやめろって。お前が俺に向かってなにかをやれ、やるなって言ったのはあのときがはじめてだった気がしたから、必ずそうしようって誓ったんだ。でも相変わらず我慢してるよ、ソンミ。なにを？　いろんなことを。人間に期待するすべてを諦めて、我慢して、そんな感じだ。

ここに来て一番大変だったのはナンバープレートの暗記だった。総警、警正、警監、警衛［順に警視正、警視、警部、警部補に相当］……車種と番号を覚えないといけない。警察署の正門前、日よけのついたコンクリートの壇上で正面を見つめて、階級が上の人が乗った車が入ってきたら挙手敬礼をしないといけない。最初は先任が横でポーズを決めてくれるっていうのかな、少し慣れてくると、ひとりで何時間も立つんだ。俺、よく寝るじゃん。立っているのにいきなりがくんとなって、短い夢を見たりもして。いろんな考えにふけったり。数字に弱いから入ってくるのが総警の車なのか、警衛の車なのか、ごちゃごちゃになったりもしてさ。俺にとって車は黒い車、グレーの車、白い車って程度だったのに、ここに来ていっぱい怒られながら車種に詳しくなった。車種と数字だなんて、正直に言うとまだ完ぺきに覚えたとは言えないけど。

皆はひとりで立つのは難しいって言うんだけど、俺はむしろそっちのほうがいい。そうやって立ってるよ。何時間でも前を見ながら。一体どれだけの苦しみが過ぎたら人生ってヤツを生きられるのか。最近そんなことを考える。過ぎ去ってほしい時間がたくさんあるから。

警察署の正門前にひとり立って、お前が電話で訊いてきた言葉を考えていた。人を愛するってどういうことかわかるかって。愛って言葉をすごく久しぶりに聞いたから少しびっくりした。愛、愛だって。

中学一年だったと思う。江原道《カンウォンド》に住んでいたころ、職業軍人の家族同士で集まる機会が多かったんだ。階級の高い男はリビングのソファ、階級の低い男は床、階級の高い男の妻は食卓の椅子に座って、階級の低い男の妻はシンク台の前でせっせと働く。そのときに知り合った人がいた。

　年齢は二十代の半ばくらいで、いつも困っているように見えた。女たちの会話に入ろうと頑張るんだけどうまく交われなくて、そんな彼女のようすを旦那もいつも不満そうに見つめてた。道でその夫婦を見かけるたびに旦那はかなり前を歩いていて、彼女は荷物なんかを持って後ろから追いかけてた。学校の近くに廃家があったんだけどさ。死んじゃったら路地って言うべきかな。放課後にひとりでそっちのほうへ歩いていった日があって、そしたらその人が路地にしゃがみこんで煙草を吸ってたんだ。俺を見るとびっくりして地面で煙草の火を消した。横には市場で買い物したビニール袋があった。俺が黙って突っ立ってるもんだから、表情を繕うとおいでって手招きしてきて。ビニール袋からアーモンドチョコレート一箱をくれた。近くで見ると遠くから見るよりもずっと若かった。眼鏡をかけてたんだけど泣いたのか目尻が赤く腫れていて。顔全体がむくんでた。そんな人がくれるチョコレートだから断れなくて、それにどういうわけかおいしく食べる姿を見せなきゃいけないって気になって、封を切ってむしゃむしゃ食べた。ほんとにうまかったな。最初は礼儀から食べなきゃと思ったんだけど、気がついたら一箱を完食してた。

　その人はしゃがみこんだまま俺をじっと見ていて。俺もしゃがみこんで、その人を見て。なにを思ったのか、この人だけは俺の話を聞いてくれると思ったのかどうかはわかんないけど、俺は自分の話をした。親父と兄貴が俺を殴るとき、どんな気分になるのか。なんの理由もないのに殴られているとき、その体から幽体離脱するために、その体は俺と無関係だと自分自身をマインドコントロールするために苦労している自分がいると。

その人は集中して俺の話を聞いていた。誰かが自分の話に耳を傾けてくれるだけでも慰められるんだって、そのときはじめて知った。話を終えるとその人は俺を見ながら言った。

あなたを愛しているからよ。お兄さんもお父さんも、あなたを愛しているからそうするの。大人になったらわかると思う。それはすべて愛だって。

俺は立ち上がって路地の端まで歩くと地面に唾を吐いた。口の中に溜まったチョコレートの甘い味が不快に思えて。その甘い味が口の中にへばりついて離れなくて。そのときの俺には愛って言葉がほんとに汚く思えた。汚い言葉だと。愛なんて言葉を口にする人間はどこまでも軽蔑すると心に誓った。

俺は人が人を愛するってことがわからない。もしかしたら愛せるかもしれないけど、それは恐ろしい行為、予測できない怖さのある行為だと思ってる。人は愛っていうアリバイがあれば、なんでもできると考えているんだろうか。

数日後にまた集まりがあった。その人は床に新聞紙を敷いてカセットコンロで豚の肩ロースを焼いていた。着ている水色のブラウスの背中が汗でじっとり濡れていた。顔にも汗が浮かんでいて。皆が乾杯して、笑って、騒いでいるあいだ、彼女はそっちの世界とは無関係の人間みたいに鉄板の脂を拭きながら肉を焼いていた。肉の一切れも口にできないまま、誰が肉を焼いているかなんてこれっぽっちも関心のない人間に囲まれて。一瞬目が合ったけど、俺は知らんふりしてそっぽを向いた。これがあなたの言うところの愛なのかって訊きたかった。

もしかすると彼女はさ、自分にとってはそのすべてが愛なんだってことを言いたかったのかも。その言葉を嘘だ、薄っぺらな気休めにすぎないって非難することもできる。でも誰にそんな資格があるんだろう。人を慰めることすらろくにできなかった孤独な人間に、どんな非難を浴びせることができるんだ。お前から愛って言葉を聞いたとき、あの姿を思い出した。新聞紙の上にしゃがみこんで肉を焼いていた人の濡れた背中を。

書きはじめたときはどうやって一枚埋めようかと思ったのに、書いてみたら全部で三枚にもなったな。俺はひとりでも平気な人間だと思ってたのに、ずっと誰とも話さなくてもへっちゃらだと思ってたのに、お前に手紙を書きながら、自分はもうそんな人間じゃないんだって気がついた。早く顔を見ながら話がしたい。

コンム

振り返ってみると、あれほどコンムが身近な存在だった時期は他になかった。コンムはたまにそういう長い手紙を送ってきた。警察署の正門前に立って正面を見つめながらひとり考えた話を。でもモレについてだけは一切書いてこなかったし、それは私も同じだった。

大学の前期が終わるころ、休暇をもらったコンムが出てきた。冬に会ったときよりもさらに痩せて、日に焼けた顔は知らない人みたいだった。コンムは当時のことを除隊するまで語らなかった。ヘルメットで頭を殴られると痛いだけだけど、盾で殴られると首から頭が引きちぎられて飛んでいきそうだった。あんなに殴られてもまだ頭が体にくっついているのが不思議だったと。

その日はコンムと二人で会った。明洞《ミョンドン》で遅い昼食をとって外に出てみると、いいお天気がもったいないという気分になって歩き続けた。鍾路三街《チョンノサムガ》で列ができていたじゃんけんのゲーム機でお金を使い、仁寺洞《インサドン》を抜けながらフレッシュジュースを買って飲んだ。

「次はどこに行こうか?」コンムの問いかけに、私は景福宮《キョンボックン》を通って付岩洞《プアムドン》のほうに行ってみようと言った。あんなに歩いたのに少しも疲れていなかったし、むしろ力が湧いてくる感じだった。大きな街路樹が延びる坂道を上っているのに元気が出てきた。付岩洞に差しかかると道の端っこに立って、眼下の住宅街をじっと眺めたりもした。

「どこに行きたい?」コンムが再び尋ね、私は白沙室《ペクサシル》渓谷へ続く道が書かれた表示板を指差した。私たちはさらに坂道を上って渓谷の入口に向かった。

渓谷の岩に腰掛けて話を中断し、水の流れる音や木の葉を風が撫でる音に耳を傾けた。雨に濡れた落ち葉が土と混じり合うにおいを嗅いだ。私たちは陽が沈むまでそこに座っていた。上ってくるときは暑かったのに、水辺に長いこと座っていると寒かった。

私はコンムと抱擁したかった。もし隣にモレがいたとしても同じ衝動に駆られていただろう。彼を抱きしめて、本の角を折るように時間の一部を折りたたみたかった。いつかまた広げて見られるように、覚えていられるように。でも二十一歳の私はコンムを抱きしめなかった。濡れた岩で滑らないようにばたつきながら斜面を下りただけ。住宅街を過ぎて陸橋を渡るとバスに乗り、私たちは光化門《クァンファムン》駅で別れた。家に帰ってモレに電話をかけた。〈パパイス〉で喧嘩をして以来よそよそしくなったが、ある程度は互いに機嫌が直ってきたころだった。

「コンム、私と会った話はしてた？」

モレはコンムに会ったと言った。コンムが電話をかけてきて、モレの大学の近くで会って食事をしたそうだ。久しぶりに会ったので少しぎこちなかったけど、一時間ぐらいで以前みたいに冗談も言い合えるようになって楽しかった。コンムは警察署での生活について、モレは学校での生活について話し、またすぐに会おうと笑いながら別れたと言った。

「あんなに楽しく話して別れたのに、変な気分になった」。モレが言った。「どの会話も、以前のイミテーションでしかないって気分」

「モレ」

「以前の私たちを真似してるだけだった。それも必死に。コンムも気づいてたと思う」

「……」

「一年前の今ごろに戻って、自分がどれだけコンムを好きだったか思い出してた」

モレは彼氏と別れたと言った。彼はいつも問題の原因をモレから見出した。本来の自分は我慢強い人間なのに、モレのせいで忍耐力を失うのだと。本来の自分は穏やかで愛情深い人間なのに、モレのせいで暴言を吐くしかないのだと。モレは自分が望む理想的な恋人ではないし、モレが変わらなくては付き合い続けるのは無理だと。でもモレの態度次第でよりを戻す可能性もあるから待っていろと言った。モレがなにかの保険にでもなったかのように。

「あの人は違うよ」

「私もわかってる」

それからすぐにモレはミニホームページを退会した。コンムの写真のコメント欄にあるモレの名前をクリックすると、「退会した会員のミニホームページです」と書かれたページに移動した。

4

私は夏休みから江原道の洪川《ホンチョン》にある寮付きの予備校で講師として働いていた。以前にアルバイトをしていた予備校の講師が洪川に寮付きの予備校を開き、手伝ってほしいと頼まれたのだ。宿泊所が提供されるし報酬もよかった。いざ行ってみると、こんなところに予備校があるのかというくらい人里離れた山奥だった。予備校は低い丘の上に建てられていた。予備校というより小さな総合病院のように見えた。

最初は二ヵ月だけ滞在する予定だったその場所で、私はもう七ヵ月暮らすことになった。お金のためだった。院長は大学生のアルバイトに支払う給料とは思えない金額を提示してきた。七ヵ月のあいだ大学を休学してお金を貯めれば、復学後はお金の心配をせずに学生生活が送れる。そのお金が私の生活にどんな安楽をもたらしてくれるのか期待していた。貯められる金額を見積もるだけで、心に穏やかな安定感が広がっていくようだった。部屋に戻ってもう七ヵ月ここにいるつもりだとモレにメールを送り、モレは理由を訊かずにわかったと返信してきた。

九ヵ月のあいだ、この建物の三階で眠り、二階で授業をして、一階で食事をした。朝の六時半になると体操服を着た予備校生たちが外を走った。私もそのくらいの時間に起きてシャワーを浴び、食事のために食堂へ下りた。講師は講師同士で集まって食事をとった。

私以外は三十代の前半から半ばで、最初から予備校の講師が夢だった人はいなかった。講師たちは私にいろいろ尋ねた。大学でどんな活動をしてきたのか、どんなサークルに所属しているのか、どうして最近の大学生は社会参加をしないのか、どういうわけで個人主義の文化が幅を利かせるようになったのか。私は最近の大学生の代表にでもなった気分で食堂に座っていた。そういう先生方はどうして入試志向の私教育の現場で働いているのかと反論したかったが、沈黙を守った。やむを得ない選択をした人たちに、彼らの生き方の矛盾を理路整然と語るのは残酷な仕打ちだろうから。そういう時間を経ていない人間による批判ほど容易なものはないだろうから。

夫が論文を書いていて生活費とローンの返済のすべてを賄わなければならない講師、ソウルで予備校を開いたが借金の山で、ここまで都落ちしなければならなかった講師、十年にわたって国家試験の準備をしているうちに就職のタイミングを逃した講師……。自分の置かれた立場を愚痴る人もいたが、口をつぐみ、硬い表情で座っているほうが多かった。

そんな話を聞いていると、コンムとモレと〈ロッテリア〉でかき氷を食べていたころが懐かしかった。じゃりじゃりした氷と甘ったるい小豆の味、小さくて硬いトッピングの餅の味、最後に器の底に残った溶けた氷を飲むときの爽快感みたいなものが。

単調な日常は雑念を減らすのに役立った。バスルーム付きの一人部屋にはエアコンまであるし、空気もおいしかった。規則的でバランスのとれた食事で体の調子もよくなり、学生たちも好意的だった。

化学について解説しながら、なぜ自分が化学に興味を持つようになったのか理解した。物質は消えてなくならない。形を変えるだけだ。酸化して灰だけになったとしても、見えない領域でごく小さな部分までなくなることなく存在し続ける。その化学的な事実は幼かった私にとって、この世のどんな慰めの言葉よりも優しく迫ってきた。

「でも人は消えてなくなる」。私の言葉を聞いてモレはそう答えた。「消えてなくならない人間はいない。人間の物質性は残っているとしても」

だからあなたの言葉は私にとって慰めにならない。モレは私にそう言っているようだった。月日が流れたけれど、私はモレのその言葉を鮮明に覚えている。モレは私がなにを言っても、そう？　そうなんだ、と聞いている人で、そうやって他の意見を提示するタイプではなかったから。モレはそのころから少しずつ変わっていったのだと思う。私が毎日少しずつ変わっていったように、モレもまた出会ったころのモレとは別の人間になるしかなかったようだ。

その時期にモレとたびたび電話しながら、モレは私が思っていたような単純な人間ではないのだと悟った。私よりも悲観的な一面をモレに発見した日もあったし、あの子の奇妙なメランコリーに腹が立った日もあった。モレはたまに泣いたり、ひねくれて攻撃的に話してきたりもした。でも愛情深い素地が消えてなくなったわけではなかった。私たちは日々の会話の中で混じり合っていた。当時はわかっていなかったけれど、これから身につけて生きていく視点を比べ合い、分かち合い、ときには拒否し、ときには受け入れていた。いつにも増して開かれていた。でもモレはすべてを私に見せてくれたわけではなかった。私がそうだったように。

崖っぷちに垂れ下がるロープみたいに、つながっているという感覚だけで安心感を与えてくれる人がいる。当時は気づかなかったけど、私にとってモレはそういう存在だった。そんな人が自分には何人いただろうか。私をこの世とつなげてくれている、私をこの世にしがみつかせてくれている、そんな安心感を与えてくれた人が。でも、モレにとっても私がそういう存在だったかは確信がもてずにいる。

以前ほどではなかったけれどコンムに手紙を書き続け、コンムは土曜日になるとコレクトコールをかけてきた。三十代半ばの数学の講師とも親しくなり、いろんな話をした。彼女は一歳になったばかりの子どもを実家の母親に預けて、ここにやってきたと言った。なるべく早くお金を貯めて戻るつもりだ、私のことを末の妹みたいで可愛いと言った。気づかないうちにそんな彼女に好感を持っていたみたいだった。

予備校を去る前日の夜だった。彼女の部屋に招待された。彼女が隠していたパック入りの焼酎を一緒に飲んだ。彼女はいくらも飲んでいないのに壁にもたれて俯いた。

「なにを考えてたのか知ってますよ」。彼女が言った。「私たちと食堂に座ってたとき、講師の控え室で私たちが話してたとき、イ先生がなにを考えていたのか」

攻撃するつもりなのだと感づいた私は観念した。結局こうなるのかと思いながら。私がなんて言うべきかためらっていると彼女が続けた。

「人生に失敗したと思ってんでしょ。どうしてそんな人生送ることになったんだろうって思ってるんでしょ。でもね、全力で頑張ったんです。私たちみんな。一瞬、一瞬。それがベストだった。諦めてたわけでもなかったし」

「部屋に戻ります。飲みすぎですよ」

「自分は特別な人間になるとでも思ってんでしょ。その若さで、もう金目当てでここに来たくせに。少なくとも私は違った。世間知らずの、小娘のときからこんな世界を覗きこんだりはしなかった、少なくとも私は」

「そうですよ、先生。私はお金が好きなんです。お金が欲しくてここに来ました」

「出てけ」

私は席を立つと自分の部屋に戻った。人に期待しないと決めたのに結局は期待していた自分を責めた。

来たときは夏の盛りだったのに、いつの間にか季節は真冬で道が凍っていたのを覚えている。市外バスに乗って家路につきながら、自分が元いた場所に帰るのだという実感が湧かなかった。寮付きの予備校のほうが身近に感じられたし、帰らなきゃいけない場所は知らないところのように思えたからだった。

コンムの定期休暇にモレの大学近くの喫茶店で再会した。ほぼ一年ぶりに三人が集まった日だった。

「背、伸びた?」私が尋ねるとコンムはそうだと答えた。「二センチ伸びてたよ、この前測ったら」

でも激痩せしたモレには、どうしてそんなにやつれたのかと尋ねられなかった。コンムも訊かなかった。私たちは向かい合って座り、互いを笑わせようと頑張っていた。大丈夫そうに見せようと努めながら。モレは鞄からカメラを取り出すとコンムに渡した。

「これはもう自分で保管して」。モレが言った。「私は写真を撮る趣味もないし、コンムが休暇のたびに会うわけじゃないんだから」

コンムは特に表情を変えることもなくカメラを受け取った。

「じゃあ、それでは……」。コンムはカメラの電源を入れると私たちにカメラを向けた。

「そうやって私を撮るのも、もうやめて」。モレが言った。

コンムは肩をすくめるとカメラを膝に置いた。なんでもなさそうなふりをしていたけど傷ついた表情は隠せなかった。モレは自分の発言に戸惑っているようだった。

「コンムの写真は好き」。モレが言った。「今まで撮ってくれてありがとう。コンムが撮ってくれた私の写真を見ると……」。モレは少し間を置くと再び口を開いた。

「正直に言うと、あんなふうに二人がいなくなって少し寂しかった」

モレの言葉に私たち二人は言葉を失った。

「じゃあ、私たちは寂しくなかったとでも思ってるの」

「ソンミ」。コンムが私に目配せした。

「コンムは軍隊にいて、私はお金を稼ぐために江原道に行ってたんだよ。じゃあさ、私が江原道に行く前はそんなに仲良かったっけ？　しょっちゅう距離を置こうとしてたじゃない。モレは……私がモレよりもずっと強い人間だと思ってるの？」

「ソンミ」。コンムが私の腕を摑んだ。

「ソンミは私が弱い部分を見せるの嫌がってたでしょ。そのくせ私のこと正直じゃないって言うし。私はどうすればいいの。寂しかったら寂しいって言えばいいんじゃないの。なんで私は、ソンミの前で寂しいとも言えないの？　私だって人間だよ。それもすごく不完全な人間。寂しいって言ったからって、ソンミを責めているわけじゃないんだし」

「それならそのときにそう言えばよかったじゃない」

「ソンミが江原道に行ってから彼氏とよりを戻したのもあって、肩身が狭かった。憎まれるんじゃないかって怖かった」

「私が怖かった？」

「私にとって大切な人だから」。モレが言った。「壊したくなかったから」

涙をぬぐうモレを抱きしめた。モレの体は風邪をひいたみたいに熱かった。薄いニット越しに肩と背中の細い骨が感じられた。どうしてモレはこんなに意気地なしなんだろう。当時の私は思っていた。泣いているモレを慰めながらも、本音ではいつも以上にモレを断罪していた。

完全に抜け出せる状況だったのに自分からまた入っておいて、私とコンムの前では寂しいだなんて泣き言を言うとは。モレの背中をぽんぽん叩きながら私は思った。この世にはどれほど多くの本物の苦しみが存在することか、それなのに、たかがこれしきで子どもみたいに泣くなんて。

そんな私たちの向かいにコンムが座っていた。膝に置かれたカメラを見ながら。モレが泣き止むまで私たちはしばらくなにも言わなかった。

「もう以前みたいには過ごせないだろう」。コンムが言った。「他の人とも付き合って、卒業したら仕事もはじまるだろうし、そしたらたぶん、かなりの確率で寂しくなるだろう」。コンムはそこまで言うと私をじっと見つめた。

「だからいつかお前たちに、コンムみたいなおっさん、顔も見たくないって言われたらすがりつくつもりだから。ちょっとでもいいから俺と遊んでくれよって、濡れた落ち葉みたいにへばりついて離れない」

「おじさん、ちょっと離れてよ」。モレがズボンをはたく真似をしながら小さく笑った。

私たちはようやくそれぞれの生活の話をした。モレは人生初のアルバイトをはじめ、コンムは昇級してようやく警察署の屋上に上がれるようになった。

「自殺の恐れがあるから、下二つの階級は屋上に上がらせないんだ」

屋上ではじめて見た水原の夜景がどんなに美しかったか、夜空があんなに美しいとは知らなかったと彼は話した。今では時間ができると屋上に上がって外の景色を見ていると。そう言うコンムの顔は元気そうに見えた。

私たちは積もる話に花を咲かせ、ピザ屋に行ってピザを食べた。大きなピザ一枚を注文して私が二切れ、コンムが五切れ、モレが一切れ食べた。以前だったらピザ三切れにサラダまで食べていたモレだった。

「先に帰るね」。モレが言った。「ちょっと疲れた」

モレは十字路まで歩いていった。コンムと私は通りに立ってモレの後ろ姿を眺めていた。一度くらいは振り返るかと思って立っていたのに、モレは一度も振り向かなかった。

私たちは缶ビールを買うと、コンムのキャンパスにある丘陵へと向かった。陵墓みたいな丘に敷かれた芝生は枯れていて、丘の中央には木の階段があった。まだ寒い時期だったけど、私たちは丘に座ってビールを飲んだ。

「モレ、どうしてあんなに痩せたのか知ってる?」私が尋ねた。コンムは首を横に振った。

モレがあの男とよりを戻したのは感づいていた。連絡が途絶えがちになったときから予測していた。休暇中だったコンムはモレに会って直接聞いたと言った。

「モレはさ、自分がお前のことを裏切ったと思ってる」。コンムが言った。「それでも今日はよく食べてたよ。この前に会ったときは食べるふりばっかりしてた。そのときよりは肉もついたし」

「そうだったんだ?」

「回復するよ。よくなっていく姿を俺たちに見てもらいたいと思ってるはずだし」

コンムは枯れた芝生を撫でさすった。その姿を見ながら、私の知らないモレとコンムの心に思いを馳せた。モレの回復を願うコンムの心は、私のそれとどれくらい似ていて、どれくらい異なるのだろう。私はためらいながら口を開いた。

「私はコンムとモレがうまくいけばと願ってた」

私はそう言うと、手を伸ばせば触れられそうな距離にいるコンムを見つめた。コンムはわかっていると言うように穏やかに笑ってみせた。

「こうする側の人間だから、俺は」

「……」

「俺がどんな人間か知ったら離れていくだろうから。そんなふうにモレがいなくなるのは耐えられない」

コンムは姿勢を変えるとしゃがみこんだ。

「それで、今のモレは元気そうに見えるの？」

コンムは自分の膝に顔を埋めると首を横に振った。コンムはその日、私にカメラを預けた。

家に戻ってコンムのカメラに保存されている写真を見た。普段はモレが保管して、コンムが休暇で出てくると渡す形だったので、そこにあるのはすべてコンムとモレの写真だった。どれがコンムの写真で、どれがモレの写真か、正確に知る方法はなかった。二人が撮った写真は似ていたから。

高い場所から撮った写真が多かった。建物の屋上と小さく人間の頭頂部が見えている写真。63ビルに上って撮った漢江の写真もあった。西の空に陽が沈むようすを時間ごとに数十カット撮った写真だった。空に浮かんだ白い点みたいな月を撮った写真と、青空に滲《にじ》む雲を撮った写真も多かった。車道の脇の植物、メタセコイア、プラタナス、レンギョウの木を撮った写真もかなりあった。

カメラケースから出てきた他のメモリーカードの写真も見た。渓谷、石段、舗装されていない砂利道、竹林と石造りの古い城があり、草がまばらに生える空き地が見えた。バスから撮ったらしい風景写真もあった。誰かが手のひらで軽く払いのけたみたいなイメージだった。雲と月と山がどれも速力に勝てずにフレームの中でつぶれていた。長く伸びた月が明るい曲線を空に描いていた。被写体を捉える時間と光が足りなくて撮りそこなった写真だった。

そして海が現れた。空は灰色で波が高かった。砂浜に茶色い海草とゴミが打ち寄せていた。画長い砂浜の彼方に防波堤と灯台が見えていた。仔細に眺めると灯台の前に人が立っていた。画素数が十分でないせいで、いくら写真を拡大しても人だとしか確認できなかった。モザイク画のように色紙を四角く切って作った人みたいだった。それが海の写真の最後だった。

別のメモリーカードも開いてみた。最初の写真は私たちが卒業した高校だった。学校の塀の上にカメラを置いて撮ったのか本館と講堂、朝礼台とスタンド、グラウンドの全景が写っていた。学校前の商店街、バス停、当たり前のように行き来していた通りとコンムの大学のキャンパス、茶色いサンダルを履いたモレの足、コンムが住んでいたマンション前のあずまやの写真が続いた。石造りの城壁が現れた。城壁の外に車道と家、商店街の建物が見えた。拡大してみると「水原結婚式場」という看板が見えた。

それからは観光客が撮ったような下手くそな写真が続いた。人気のない貯水池の写真と制服姿で下校する子どもの後ろ姿、野良猫……。真昼から撮っていた写真の明度は徐々に低くなっていった。まだ日没前だが薄紙を切り抜いて貼りつけたみたいな月が浮かんでいる時間、水原警察署の姿が画面に現れた。

そこから完全に陽が沈むまで警察署の建物が続いた。十枚ほど見ると、暗闇に浮かぶ警察署の写真になった。四角い窓はどれも灯りがともっていた。屋上に佇む人が見えた。暗すぎて人の形だとしか見分けられなかったが。その人影は次の写真では消えていて、それがメモリーカードの最後の一枚だった。

5

四年生の前期が終わるころ、久しぶりにモレが家にやってきた。

「寝てた？」

「うん。モレを待ちながらうとうとしてた」

「じゃあ、もう少し寝て。私も隣で横になるから」

私の部屋に敷いた布団の上に二人で横になった。腰が痛いと言うと、モレはうつ伏せになれと言って指でマッサージをはじめた。張っていた筋肉がほぐれ、すっきりしてきてそのまますぐに眠ったらしかった。目覚めると隣に横たわってこちらに視線を注いでいるモレが見えた。私を見る目にモレ特有の愛情深さが滲んでいた。

「なにをそんなに見てるの」

モレは答えずに私の髪を黙って撫でた。私は目を閉じてモレの手が撫でるに任せた。モレの腕が動くたびに布団も撫でられる音がした。モレの手つきに合わせて私はゆっくり呼吸した。

「バイトしながら学校通うの大変だったでしょ」。モレが言った。「休みの日はぐったりして寝るだけで、なんにもする時間なくて」

私は頷いた。

「離れているときも、近くにいるときも、ソンミのことたくさん考えてた」

私は目を閉じたままモレの話を聞いていた。

「私にとってソンミは、いつも強い人だった。なんでも自分の力で解決して。私みたいな意気地なしでもないし。同い年だけどお姉ちゃんみたいな人だと思ってた」

モレがそんな話をするのははじめてだった。

「そういうソンミだって人間なのに。つらくても表に出さなかっただけなのに。私が幼くて気づけなかった」

私は目を開くとモレの顔を見た。長く伸びた前髪がモレの目を刺していた。

「私を心配してる暇があったら、ちゃんとご飯食べなよ」

「私の友だちのソンミ」

「なに」

「愛してる」

「なに言ってんの」

私は起き上がるとモレを見て笑った。モレがTシャツを後ろ前に着ていたからだった。モレはそんなの大したことないというようにTシャツから袖を抜くと、ぐるりと回して着直した。

「もうすぐ誕生日でしょ」

モレは鞄からあれこれ取り出すと床に並べた。ファイストのCD、イサベル・アジェンデの小説、チェ・スンジャの初詩集、そしてラップで包装されたモレの顔ほどのクッキー五枚だった。

「一体どうしたの」

モレはラップをはがしたクッキーを一枚、私に差し出した。でこぼこで不細工なチョコクッキーだった。

「私が作ったんだ」

「分けて食べよう」

私は部屋にちゃぶ台を広げて牛乳を二杯注いだ。モレのクッキーは甘じょっぱかった。一口食べると頬が痛くなるほど唾が出てきた。口の中ですぐに崩れない、ねっとりした食感だった。半分こしたクッキーを両手で持って、モレは熱心に食べた。なにかをそれほどおいしそうに食べるモレの姿は久しぶりだった。

何度もおいしいとくり返す私を見ながら、モレは三日月のように目を細めて笑っていた。あのときモレはなにを考えていたのだろうか。

私たちは大きすぎて食べ切れないと思っていたクッキー一枚を、食い意地の張った人みたいに完食した。

「これ受け取って」。モレはセロハンテープで幾重にも封をした封筒を手渡した。

夜の九時になるころだった。モレは乱れた髪を手ぐしでざっと整え、帰り支度をした。ゆったりしたTシャツのおかげでがりがりに痩せた体は目立たず、実際に少し肉がついたようすだった。スニーカーを履き終えたモレが下駄箱の前に立っていた。ヤシの木が描かれた黄緑色のボックスTシャツにジーンズ、肩まで伸びたぼさぼさの髪。いつも背負っていたアイボリーカラーのリュックを手に、あの子は私を黙って見つめていた。

コンムから電話があったのは真夜中だった。

「ソンミ」

私は起き上がって座ると携帯電話に耳を傾けた。電話越しの不規則な息遣いを聞きながら、コンムが涙をこらえているのだと想像した。

その日の私たちは互いになんの慰めの言葉もかけられなかった。どちらも涙を流すこともできず、まとまらない言葉をそのまま少しずつ吐き出すだけだった。自分がどんな感情なのか理解できないまま、それから数ヵ月を過ごした。コンムに手紙を書かなかったし、コンムもまた連絡を寄こさなかった。

熱帯夜が訪れるころ、私は生まれてはじめて金縛りにあった。目を閉じていてもすべてが見えて聞こえているのに体を動かせなかった。金縛りが解けて起き上がると手が震えていた。もう眠れなかった。暗い部屋でぽつねんと朝日を待つ日が多くなった。

冷凍庫に保管していたモレのクッキーを少しずつ、すべて食べ、チェ・スンジャの詩集を一篇ずつゆっくり何度も読み返していると、ようやく秋になった。秋になってコンムと何度か電話できるようになった。授業を聞いて、テストを受けて、アルバイトに行って、インターネットでTOEIC講座を聞いた。書店で買ったチェ・スンジャの二冊目、三冊目の詩集を鞄に入れて持ち歩き、気に入った詩を覚えたりもした。モレとコンムと三人で歩いた汚い川辺や裏通りがその詩集の中にあった。二十年前、私たちと同じようにその場所をさすらった人びとの心が、その秋の私を支えていた。

コンムの除隊休暇の日、私は警察署の向かい側で彼を待った。寒いけれどのどかな日だった。私たちはチキンを食べ、水原城に登ってしばらく歩いた。日陰のベンチに座ったコンムの顔は静かだった。年齢を重ねて、苦労を重ねて、そんな表情しか残らなかった人の顔だった。一瞬で若さを奪われた人のように、だからなんの期待も恐れも残っていない人の顔でコンムは私を見た。

「復学はしないつもりだ」

「どういうこと?」

「大学に行き直そうかと。電車の運転士になりたい。受験勉強をやり直さないとな」

「……」

「このままでも生きてはいけると思う。でも、こんなふうに他人の心に接するのは違うと思うんだ。これじゃあ駄目だって気になった」

「その学位で他の仕事を探すこともできるじゃない」

「これがベストなんだ」

コンムはそう言うと笑ってみせた。私はそれ以上コンムの決定にああだこうだ言うのをやめ、コンムにカメラとメモリーカードを返した。

当時の私は、卒業後の自分がまともな勤め先も見つけられないとは想像もしていなかった。無理なローンを組んで大学院に進むとも、そこではじめて恋愛し、卒業して就職し、長いあいだ付き合った男と婚約破棄し、しばらく酒の力を借りないと眠れない日々を過ごすとも知らなかった。何事もなかったように三十歳のハードルを越え、最初からずっとその年齢で生きてきた人みたいにしらばっくれるとも、チェ・スンジャの詩集を読みながらかろうじて持ちこたえていた二十二歳の秋みたいなものは、若き日の幼い感傷だと過去の自分を評するとも知らなかった。

そのすべてを知らないまま二十二歳の私はコンムと水原城のベンチに座っていた。でもこれから少しずつ距離ができていくだろうコンムと自分の姿を想像するのは、当時の私でもさほど難しくはなかった。

モレがくれた手紙を私はすぐに開けなかった。セロハンテープで幾重にも封をした封筒を開けるのがどういうわけか怖かったらしい。どんな内容が書かれているのかもわからないのに、自分から進んで開封する勇気が出なかった。一晩眠り、目が覚めてようやく読んだ。

ナビ（蝶々）へ

ナビへ、って書いてからしばらく考えてた。なんて言うべきなのか。今さらなにを言っても言い訳にしかならないけど、それでもベストを尽くして言い訳してみたい。

いつかあなたに訊いたよね。どうしてハンドルネームをナビにしたのかって。あなたはこう答えた。ナビはこの世に生きるすべての名無し猫の名前なんだと。どうして猫のことをナビって言うのかは知らないけど、皆が道ゆく野良猫に向かってナビ、って呼びかけるあの声が好きでナビにした。怒りながら、わめきながら、ナビ、ナビとは声をかけないでしょうって。だから私もあなたのこと、ナビ、ナビって愛情深く呼んでいたような気がする。

あなたは名前のない猫に自分を重ね合わせていたんだろうか。雨が降れば雨に打たれ、お腹がすいてゴミ箱を漁る、名無しの猫だっていう理由で被害を受ける、あの道端の猫たちに自分を重ね合わせていたんだろうか。

私たちは十九歳の夏に出会った。今は二十二歳の夏だから、二十代前半の時間を一緒に過ごしたわけだ。あ、違った、私たちは十六歳のときからパソコン通信でお互いを知っていたから、もう少し時間をさかのぼることになるね。電話線をパソコンにつないで青い画面が立ち上がるとわくわくした。あそこでは自分の好きなものについて、いくら話しても構わなかった。他のメンバーが掲示板に書いたどの文章も、なんだか自分への言葉みたいで。だから全部にコメントつけてたんだけど。

あの日オフ会の告知を目にしなかったら、私は死ぬまであなたとコンムを知ることはなかったはず。同じバスに乗っても、地下鉄で隣り合わせに座っても、お互いが誰なのか知ることはなかっただろうし、お互いの世界に存在しないままだった。起こらなかった出来事には未練もないわけだから、私は二人を知らないまま、それなりに以前と変わらず過ごしていたと思う。授業に出て、まっすぐ家に帰って飽きるまで音楽を聴きながら。それが人生なんだと思いながら生きていたはず。安全にね。

あの日、ものすごい勇気を出してオフ会に向かった。約束の時間に一時間も遅れてたし、土砂降りだったから誰も待っていないと思ってたのにコンムが言ってた鞄が見えた。もしやと思ってパン屋に入ったら、ちょうど二人が出ようとしているところだった。リアルではじめてなのに会えたのが嬉しくて、二人がナビとコンムでもっと嬉しかったんだと思う。

二人といると私のいいところが自然に出せた。だからこんな錯覚もした。私はよくなってる、以前とは別人になったと。あなたたちには好きだと思ってくれるような姿しか見せたくなかった。それから自分にも。

そうやって自分で自分を締め出していったのかもね。二人に見せられないくらい憎たらしくて、情けない姿を締め出した。以前からそうだった。どうして自分がそんなに恥ずかしかったんだろう。どうして自分がそこまで愚かに見えたんだろう。あっちに行って。私はその子に言った。自分にも、誰にも見えないところに隠れてなさい。どうしてお前は死なないの？　消えてなくならず、私の中にそっくりそのまま残っているの？　そうやって自分をぞんざいに扱うのが大人になるってことだと思ってた。

昔の出来事は忘れて、消してしまって、こだわらないようにして、私の中に閉じこめられているその子が寒がったらさらに眼を背けて凍え死ぬことを願ったし、空腹を訴えたらそのまま飢え死にすることを願いながら、穏やかな人になったかのようにうわべを装っていた。でも、それがなんだっていうんだろう。その子は私自身なのに。

ナビは私が幸せに暮らすと思ってたでしょ。これからもっといい人生を送るだろうと。まるで未来を予知できる人みたいに確信をもって言ったよね。そんなふうに言ってくれる人はあなたがはじめてだった。ナビが私にとってどれほど大きな存在だったか想像もつかないと思う。その事実が常に喜びだったわけではないけれど。

あなたの一言に執着して気持ちが沈んだりもしたから。ナビが江原道にいたとき、毎日帰りを待ちながらあと何週間でまた会えるって考えてたのに、メール一本でもう七ヵ月ここにいることになったって言ってきたよね。あなたの人生だし、あなたの選択なのに、変なんだけどナビに捨てられた気分になったんだ。ある夜なんて腹が立って。私を顧みない冷酷さに腹が立った。その晩は眠れなくて、横になりながら考えた。ナビが憎いだなんて。あり得ない。その夜、自分はこれまでずっと心の中で他人を責め立てながら生きてきたって悟ったの。そうやって責め立てるのと同じ分だけ相手に依存していたってことも。

私のことを息もできないくらい追い詰めた彼氏にさえも私は依存してた。自分の力ではまともに立っていられないから、いつも誰かに寄りかかろうとしてたんだ。寄りかかっている壁が何度も何度も崩れて、実は壁じゃなくて自分を傷つける石の塊だったと気づいても。それを払いのけて起き上がり、自分の力で立っていようとすることができなかった。モレは自分自身に謝るべきだよ。いつだったか私に腹を立てながらそう言ったよね。

ごめん。窓の外に陽が昇るようすを見ながら私は静かに言った。ほんとにごめん。ナビ、私はLAに戻るつもり。一瞬でも帰りたくなかった場所だけど、あそこで再出発しようと思う。気持ちをすべて説明してみせられなくて、こうするしかできない私を赦《ゆる》して。

重力も摩擦力も存在しない条件下で転がした球は永遠に転がり続ける。

いつかのあなたの言葉を私はたびたび思い返していた。永遠にゆっくりと転がり続けるボールについて考えた。その粘り強さを想像してみた。目を閉じてその姿を頭に描いてみたら、不思議なんだけど薄ら寒い孤独を感じたんだ。ごろごろ転がっていくその姿が、どういうわけか寂しそうに見えて。でも私たちは重力と摩擦力のある世界に生きているからラッキーなんだ。進んでいても止まれるし、止まっていてもまた進み出せる。永遠には無理だけど。こっちのほうがましだと思う。こうやって生きるほうが。

人って不思議だよね。互いを撫でさすることのできる手、キスできる唇があるのに、その手で相手を殴り、その唇で心を打ちのめす言葉を交わす。私は、人間ならどんなことにも打ち勝てると言うような大人にはならないつもり。

あなたたちがくれた時間と心を私は忘れられないし、これからも忘れない。

元気でね。

モレ

モレの手紙をくり返し読みながら、その丸くて子どもみたいな字を手でさすりながら、二度とモレには会えないだろうと直感した。

モレの手紙を握って道を歩いていると、自分が踏みしめている地面が数メートルずつ沈むのを体感した。モレは私に依存していると思っていた。私の目に映るモレは他人がいなければ生きていけないひ弱な人間だった。関係に対するあの子の誠実さがたまに卑屈に見えたりもした。

人から致命的な傷を負わされた経験がないから、どこまでも愛情深くいられるのだとも思っていた。そうした確信のすべてが記された心の中のカードを覗きこみながら、私はカードの裏面に書かれた言葉を読んだ。私は責め立てる人、理解しようとしない人、誤解して断罪する人、自分は愛されないと信じこんでいる人、誰よりも精神的な面でモレに頼っていた人、この事実のすべてを否定していた人……。

三人で最後に会ったときに痩せた体で泣いていたモレが浮かんできた。あの日のモレの言葉や涙は意気地のなさからじゃなくて、勇気からのものだったと私はようやく悟った。苦しんでいる当事者を含め、その苦しみが本物か偽物かを判断する権利は誰にもないことも。

人が私を失望させるのだといつも思っていた。でももっと苦しいのは、自分の愛する人を失望させた自分自身だった。私のことを愛する準備ができていた人にまで背を向けさせた、自分自身の荒涼とした心だった。愛してるよ。私はささやいた。愛してる、モレ。

私は三十三歳になり、もう当時のことをしょっちゅう思い出したりはしない。特別なエピソードもないこの話を誰かに聞かせたこともない。誰もが人生の中でいくつかの橋を渡るように、当時の私もコンムやモレと長い吊り橋を渡っていたのかもしれない。私たちは橋の端からそれぞれの地へと足を踏み出し、その橋は人生の他の橋と同じように私たちが足を踏み出した瞬間に消えてしまった。橋の上で私たちが浮かべた表情や歩み、声、欄干に体を預けた姿とともに。

当時はわからなかったけれど、私の心の中で長い時間をかけて成長した恐怖はそのときから本格的に大きくなりはじめたようだ。絶対に傷つけたくない人を傷つける可能性もあるという恐れ。それが自分の独りよがりにもなり得るという事実は、私を用心深い人間にした。あるときからまったく人に近づけなくなり、遠くでもたもたするだけになった。私の引力が誰かを引き寄せるかもと不安で後ずさりした。

わかっているのに。互いを傷つけながら愛するのだとも、完全だからじゃなくて、不完全だから相手を愛するのだともわかっているのに、体がそう反応した。

私は情が薄くて、冷たくて、自分を守りながらモレを愛したし、運のいいことにそのままの姿を愛してもらえた。愛ほど不公平な感情はないだろうと私はたまに思う。どんなに愛し合っていても、相手よりたくさん愛している人と、相手のほうがたくさん愛してる人が存在するのだと。どちらかが惨めだからでも、どちらかが卑劣だからでもなく、愛とはそういうものだから。

こんなふうにすべては薄れていきながらも少しだけ鮮明に残っている出来事がある。

私が洪川の寮付き予備校で働いていたとき、モレが訪ねてきたことがあった。モレは栗色のコートを着て、大きなボタンのついたウールのクロスバッグを掛けていた。私たちは村の中華料理店でチャンポンと酢豚を食べ、温かい麦茶を手に石油ストーブの横に座っていた。半透明のフィルムで覆われた窓ガラスに正午の日差しが降り注ぎ、日差しを浴びたモレの細い髪の毛がきらめいていた。石油ストーブの横で暖められた空気が揺らめく姿が見えた。私たちはなにも言わず、気だるそうに座って陽にあたっていた。

「いいね」

「ほんとに」

そんな言葉を交わしながら見るモレの顔が知らない人のそれみたいで、私はドアのほうに視線を向けた。モレもそんな私の気持ちに勘づいたのを私は知っていた。モレはなんでもなさそうな表情を作ろうと頑張っていた。おそらく私もそうだったと思う。

立ち上がると私たちは長いこと歩いた。初雪が降る前で、散歩できるくらいの寒さだった。モレが訪ねてきたのが嬉しくて、一緒に過ごす時間も心地よかったのに、私はモレと歩きながらまたひとりになりたいと考えていた。

バスの窓側に座るモレを見上げていた自分を思い出す。もう少しだけ我慢すればひとりになれると時間を計算しながらあの子を見ていたとき、モレは上気した顔の眉間にしわを寄せながら微笑んでいた。しばらく下を向いていたモレが顔を上げた。微笑みの消えた赤い顔で私を見ていたモレは窓のカーテンを閉めた。まだバスは出発していないのに。

そのときの情景を今も覚えている。あの子を見送ったらすっきりするとばかり思っていた気持ちが、ある恐れに変わった瞬間を。バスが走り去ったあとも私はターミナルに佇んで、モレの乗ったバスが停まっていた場所を見つめた。そこにはなにもなくて、私は冷たい風に身を震わせた。

告白

ミジュは修道士になる前の俺が最後に付き合った彼女だ。交際期間は約二ヵ月、向こうが別れを切り出して関係は終わった。

それからもちょくちょく会ってはいた。恋人として二ヵ月、友人としては十年以上になるから、一時は恋愛関係にあったという事実はもはや冗談のように思えたりもする。修道会に入会するときもミジュは祝いにきてくれた。礼拝堂の隅で黄色い小菊の花束を手にしていた姿が目に浮かぶ。カトリックの礼法をはじめて目にしたせいか、かなり面食らっているようすだった。当時は二人とも二十代半ばだった。

大学では同じ学科に通っていたが、学部制［韓国は入学時に学部だけ決まっていて、進級時に成績順で専攻が決まる学部制を採用している大学が多い］だったからお互いのことを知らなかった。口承文芸の授業で神降ろしによってシャーマンになる儀式の現地調査に向かった日、はじめてミジュに会った。ゆったりしたグレーのパーカとジーンズに白いスニーカー姿のミジュは古民家の靴脱ぎ石に座って儀式を見守っていた。化粧っ気のない顔とショートヘアは、どちらもかさかさして見えたのを覚えている。

その日、ミジュは儀式が終わるとシャーマンになにかを問いただしていた。午前零時を過ぎたころだった。シャーマンは年配の男性だったが、どうもミジュの神経を逆撫ですることを言ったみたいだった。ミジュは担当教授と現地の住民、一緒に口承文芸の授業をとっている学生の皆が見ている前でシャーマンに向かって声を荒げた。教授はシャーマンと住民に平身低頭して詫びた。どうしてそんなことをしたのか今も謎だが、俺は走り去るミジュを追いかけた。「ちょっと」。俺が呼んでるのにミジュは振り向きもせずに歩き続けた。「もうバスは終わってますけど。どうするつもりですか?」。ミジュはようやく振り返ると言った。「私にもわかりません」。あまりにも行き当たりばったりに思えて、俺は口をぽかんと開けたまま彼女を見つめた。二人でバスターミナルのベンチに座って、うとうとしたりしながら始発を待った。始発のバスでソウルに戻るあいだ、俺はミジュの肩に頭を預けて涎《よだれ》を垂らしながら寝ていたらしい。今もそのときの話をしながら笑い合ったりする。

三十二歳になった今も相変わらず年に一、二回は会って食事をし、お茶を飲む。「私、すごく太ったでしょ」。ミジュはそんな言葉で話をはじめる。そんなことないと答えながらも毎回びっくりする。会うたびにミジュは少しずつ膨れ上がっていった。健康的に太るのではなく、どこか具合が悪い人みたいにむくんでいた。俺の育った地方ではそういう贅肉を腫れ物と呼ぶ。腫れ物がくっついた顔の温かい眼差しだけは昔のままだったが、そのせいで逆に胸が痛んだ。

ミジュは三十歳になったころに詩が入選してデビューし、昨年は詩集も出した。詩はよくわからなかったけど、読み終えて修道院の周りをしばらく歩き回ったのを覚えている。詩集を読みながらはじめて会ったときのミジュ、ぼうっとした顔で儀式を見物していると思ったらシャーマンに向かって怒鳴り出したミジュの姿を思い返していた。二人のあいだでは笑い話みたいになっているけど、ほんとうのことを言うと、あのときの俺はそんなミジュを遠目に眺めながら胸が痛くて、その理由がわからないことに戸惑っていた。ミジュの詩を読みながら俺はあのときと同じ気分を味わっていた。ミジュは詩の感想を尋ねてこなかったし、俺も特になにも言わなかった。そしてつい最近、俺は生涯を神に捧げる終生誓願をした。


「ジョンウン」

「なに？」

「あなたの神さまって、殺人犯も赦してくれるの？」

「心から悔い改めればな」

「悔い改める。どんな漢字を書くんだっけ？」答えようとするとミジュが続けて言った。「自殺した人は？　あなたの神さまは自殺した人間も叱ったり、罰を与えたりするのかな」。ミジュはテーブルをじっと見つめていた。彼女がこんな話をするのははじめてだったし、俺はなかなか口を開けなかった。

「もういいの。なんか重い話になっちゃったね。ところでさ、ジョンウン……」。そこまで言いかけるとミジュは黙ってカフェのレシートをちぎった。気づかなかったふりをしてその都度やり過ごしてきたが、ミジュが何かを言いかけてやめるのはこれがはじめてではなかった。

「ミジュ」。俺は彼女をじっと見つめた。

ミジュが財布からなにかを取り出した。一枚の小さなプリクラだった。制服姿の少女三人がいたずらっ子のような表情で笑っている。ミジュは真ん中でピースしている子を指先でつついた。「これが私」。それから両脇の子を指しながら「この子がジュナで、こっちはジニ。三人いつも一緒だった」と言うとプリクラを俺の前に差し出した。窓の外は霧雨が降っていた。

ミジュとジュナ、ジニは高校一年で同じクラスになったのをきっかけに知り合った。三人とも同じ中学の出身だが、当時は顔見知り程度の間柄だった。家が近く、同じバスで高校に通ううちに自然と仲良くなった。表向きはそんな理由からだった。

高校に入学して間もない、ある日のことだった。登校中、ミジュは生活指導の主任教師に頭を殴られて地面に倒れこんだ。「ピアスをしていた」という理由でだ。彼女の耳たぶにあるほくろをピアスだと思ったようだった。驚いたミジュは起き上がることもできずに泣いた。そんな彼女の前で、ジュナは教師に低い声で抗議した。

そして「それが大人に対する態度か！」と声を荒げる教師に向かってミジュに謝れと迫り、「殴ったくらいで騒ぐな！」と言う教師を無視するとミジュのスカートに付いた埃を手でパンパンと払った。「あんな卑怯な奴のせいで泣かないでよ。大した人間でもないくせにイカれて騒いじゃってさ」。そう言ってミジュの肩に腕を回し、優しくとんとんと叩いた。

ミジュにとってジュナはそんな存在だった。

あれから、当時の年齢と同じだけの時間が流れてもなお、ジュナが自分の味方でいてくれた記憶をそう簡単に忘れることはできなかった。

あのころのミジュは、自分の意思をどう言葉で表現したらいいのかわからない、そんな少女だった。無念で腹立たしいことがあっても、涙を流すかせいぜい不平を呟くだけで、大抵はなにも言えずに飲み込んでしまった。自分の考えを主張する術を知らなかったので、周りからは当たり障りのない性格だと思われていたが、ミジュ自身は吐き出せない自分の言葉にがんじがらめにされている気がした。自分の考えをはっきり言えるジュナが羨ましかったが、一方ではそんなジュナといることに居心地の悪さを感じたりもした。

それからジニ。

ジニといえば、ほっそりと長い腕が思い浮かぶの、とミジュは言った。水中を歩く人みたいに両腕を大きく揺らして歩く姿と、いつも小学生に間違われていた幼い顔立ち。声は小さかったけれど面白い話をするのが上手で、笑い転げているときなんか小鳥みたいだった。

ミジュの目に映るジニは、透明な水の中に潜む小さな淡水真珠のようだった。自らを包み込む水のように輝き、完ぺきな球体にはなれないながらも、丸く柔らかな真珠。

ミジュの書いた文章を最初に読んでくれたのもジニだった。シャープペンシルで書き散らしたミジュのノートを持ち帰り、タイピングもしてくれた。「これも読んでみて」。ジニは読んで面白かった本をミジュに貸し、読み終わるのを待っては感想を語り合うのが好きだった。いつだったか二人で梁貴子《ヤングィジャ》が書いた小説の話をしたとき、自分の好きな一文を指先でなぞりながら読んでいたジニ。

ジニは物語の脇役に対する関心が高かった。重要でない登場人物の立場から物事を見るのが好きだった。物語のテーマや題材を掴むことが読書のすべてだと思っていたミジュは、彼女の話に、小説を読んでいるときとは違う種類の面白さを感じた。ミジュが書いた文章を見せたときも、ジニは彼女の流儀で読んだ。自分でも意図していなかった部分やわかっていなかった部分が、ジニの目を通して露わになる瞬間。それがミジュには不思議だった。

ジュナがいつも味方してくれる頼もしい存在だとしたら、ジニはほかの人にはわからないミジュの小さくとがった部分をそっと撫でてくれる友だちだった。ストレートな物言いでやや荒っぽい行動をとるジュナと、静かに自分の世界に浸るのが好きなジニのあいだに、ミジュがいた。

ジュナはジニのことが好きだった。話すのが好きなくせにジニの話には黙って耳を傾け、ジニの前では遠慮がちに振る舞っていた。

「ったく、出来損ないなんだから」。ジュナがふざけてミジュに言った言葉に対して、ジニは顔を真っ赤にして怒った。

「出来損ないなんて言わないほうがいいよ。そうやって相手を見下すような言葉を使うことないでしょ」。そんなふうに怒るジニの前で恥じていたジュナの表情をミジュは覚えている。ジュナは、良く言えばミジュといるときのほうが気楽に接していたし、悪く言えばジニのほうをもっと大切にしていた。ジュナは冗談でもジニのことをからかったりいじめたりすることはなかったし、ジニの言うことには言い返したりしなかった。

三人グループだとこんな感じなのかな。ミジュはときどき自分がジュナとジニという特別な関係にくっついているおまけなのかもしれないと思った。二人のあいだにはミジュが割って入ることができない、理解し合うところがあった。そう思っていることをジニに伝えると、彼女は自分のほうがおまけだと思っていたと答えた。「だって、二人は気のおけないって言ったらいいのかな、一緒にいて気が楽でしょ。私が割り込めない空気があるし」

「ううん、あたしのほうが仲間はずれだよ。二人だけで本を貸し借りして楽しそうに話したりしてたでしょ。そういうとき、あたしは話に入れなかった」。ジュナまでがそんなふうに言い出し、三人は笑い合った。三人という集まりのなかでは誰かしらが疎外感を抱かざるをえないけれど、口に出して話題にしてしまえば少しだけ心が軽くなる気がしたからだ。

「ほんとだよ。私は二人とも同じくらい好き。どっちかが一番でどっちかが二番とか、そんなふうには思ってない」。ミジュは言った。

「そう？　あたしはあんたよりジニのほうが好きだけど」。ジュナはそう言うと意地悪く笑った。ジュナのそういう冗談にミジュの心はいつもズキンと痛んだ。冗談という包みをほどくと、ほんのわずかだったとしても自分に向けられたジュナの悪意を感じとることができたからだ。まだ幼い時分の残忍さだったのだろうか、あるいは愛情と悪意を同時に感じとるのが癖になっていたからだろうか。ほんとうはどちらのせいだったのか、ミジュにもわからないままだ。だからといってジュナの愛情に嘘偽りがあったわけではない。むしろひたむきで献身的な愛情だったと言ったほうが正しい。

家に遊びにきたミジュに食べさせようと、暑い夏の日にコンロに向かってキムチチャーハンを作り、上に載せる目玉焼きまで焼いてくれたジュナ。寒い日にぶるぶる震えるミジュを見て「あたしは平気だから」と、自分のマフラーを巻いてくれたジュナ。風邪をひいたミジュに、ゆっくり休めばすぐ良くなるからと言って宿題を代わりにやってくれたジュナ。「そのペンかわいいね」と言うと「あんたにあげる」と、なんでも譲ってくれたジュナ。自分の勉強が遅れているのに、ミジュがお願いすれば理解できるまで時間をかけて丁寧に説明してくれたジュナ。そんなジュナの愛情は温もり以上の熱を持っていた。

ジュナの家は放課後にいつも三人が集まる場所だった。学校が終わるとジュナの家で三人で寝たり、試験期間中に勉強すると言って集まっては、ずっとおしゃべりすることもあった。長期の休みに入ると、住んでいるも同然にジュナの母親の焼肉店で手伝いをしたり、ご飯を食べさせてもらったりもした。バスルームにある歯ブラシ立てには三人の歯ブラシが並んでいた。ジュナの部屋にはミジュとジニのパジャマ、問題集やノートが当然のように散らばっていた。ジュナは物理学科か数学科へ進みたがっていた。「問題を解いていると自分がなくなっていく気がする。雑念も完全に消えて夢中になるって言えばいいのかな、とにかく面白いの」。ジュナは早く高校を卒業して大学に行きたがっていた。起きる時間や寝る時間、そして着るものも自由にしたいのだと言った。

文系を選択したミジュとジニは二年生になっても同じクラスになったけれど、ジュナだけは理系に進んだ。ジュナは理系コースの新しい友だちと過ごすようになったので、休み時間に二人の教室まで来ないことも多かった。

「あの子たちと私たちと、どっちがいいの?」と詰め寄るミジュを前に、ジュナはけらけら笑いながら答えた。「あっちはただの友だちだよ」

「じゃあ、私たちは?」

「わかんないけど、あたしたちは単なる友だちどうしとは違うじゃん」。ジュナは目を合わせずに言った。

「ジュナの言うとおりだよ」。ジニが言った。「ただ友だちがほしくて一緒にいるわけじゃないでしょ。お互い好きだからでしょ」

そう言ったジニのことをジュナがぎゅっと抱きしめた。「あんたもそう思っててくれて嬉しい」というジュナの言葉に、「私も」とミジュは二人には聞こえないくらい小さな声で言った。
学校にある桜の木の下で三人は写真を撮った。春の遠足からの帰り道に明洞《ミョンドン》に寄り道もした。中間試験が終わると東大門《トンデムン》に繰り出してジーンズやTシャツを買ったり、学校の講堂の屋根に並んで寝転がったりもした。交換日記をはじめると、回転が早い日には一日で三人とも書き終わってしまうこともあった。週末には繁華街に出かけてうどんを食べたり、お小遣いが貯まるとゲームセンターやカラオケで遊び、当時流行っていたプリクラを撮った。蛍光カラーのイエローやレッド、ブルーのウィッグを被った姿がおかしくてころころ笑い転げながら。飽きるほど遊んでもまだ一緒にいたくて、結局はジュナの家に行ってテレビを見たり、ジュナが作ってくれたご飯を食べたりして三人で眠った。

同じクラスで二人きりの時間が増えると、ミジュはジニについてさらに多くのことを知るようになった。ミジュの目に映るジニはとても感受性豊かな人だったのに、表面的にはむしろ鈍そうに見えた。自分の感情と同じくらい、他人の感情にも敏感に反応するせいだったのかもしれない。「私はデリケートだから気を遣ってね」と主張するのではなく、相手が心穏やかでいられるのなら自分が窮屈な思いをしようとかまわないという調子で、自分の繊細さを隠そうとしていた。なんでもないふうを装って相手の話を聞きながらも、顔を赤くして唇を噛みしめるジニの姿をミジュは覚えている。

ジニが机につっぷして寝ているとき、グラウンドを横切って歩いて行くとき、指先でボールペンをくるくると回しているとき、ミジュは自分がジニを理解していると感じていた。あなたは誰も傷つけまいとする。どうせ誰のことも傷つけられないだろうけど。ジニと一緒にいると、ミジュの心にはそういった安堵感がゆっくりと広がっていった。あなたは私にとって無害な人なのよ。

そのころがミジュの人生で一番幸せな時期だった。ミジュの幸福はジニについてなにも知りえないことで保たれていた。ジニがどんな痛みを抱えていたのか知らずにいたから、その錯覚にとらわれていたからこそミジュは幸福でいられたのだ。

ジニの十七回目の誕生日、三人は〈バーガーキング〉でハンバーガーを食べ、市立文化センターの前にあるグラウンドへと歩いて向かった。グラウンドのスタンドに座ると、二人はジニのためにバースデーソングを歌った。どういうわけか笑顔がいっぱいの一日だった。三人はいつも以上にきゃあきゃあ騒ぎ、なかなか家路につこうとしなかった。陽が短くて、まだ六時なのに周囲は薄暗かった。

「話があるの」。ジニがグラウンドのほうを見つめながら言った。「私がなにを言ったとしても、あなたたちなら理解してくれると思って。だから……」

「なに？」ジニの言葉をさえぎってジュナが尋ねた。「なんなの？　早く言ってみな」。ジュナが催促した。

「こんなこと、話せっこないって思ってたけど……でも、言いたかった。二人を騙したくなかった」。暗くてはっきり見えなかったけど、ジニの顔が上気しているようにミジュには思えた。ただ事ではないようすに、それがどんな話だろうと言わないでくれればいいのにと願った。

長いことためらっていたジニが切り出した。

「私ね、女の人が好きなの」

「どういう意味?」ジュナが訊いた。

「私、レズビアンなの」

「ジニ、あんたがレズってこと?」ジュナが訊き返した。

「そうよ」

「おえっ」。ジュナが吐く仕草をして笑った。「冗談はやめなよ。あたしが信じると思ってんの?」ジュナは再び笑ったが、ジニは静かに首を横に振った。

「冗談なんかじゃないのよ、ジュナ。話すべきか、ずっと考えて打ち明けたんだから。これが私なの」。ジニは消え入りそうな声で言った。これが私なの……。ジニは左の胸に右の手のひらを押し当てていた。その部分に開いた穴から胸の中があふれ出さないように、食い止めなきゃとでもいうように。

そんなジニの姿にミジュは言葉を失った。こういう状況に遭遇したとき、どうしたらいいのか誰も教えてくれなかったからだ。胸に手を押し当て、硬直したように座っているジニにどんな言葉をかけるべきかわからなかった。

「ミジュもなんか言いなよ。じーっと見てばっかりいないで、なんか言いなってば」。ジュナが言った。

「私は……私……」

もし時間を巻き戻せるならあの瞬間に戻りたいとミジュは心の底から思う。あの瞬間に戻れたら、話してくれてありがとう、私はあなたの味方だ、もうそうやって寂しくつらい思いはさせないと言うだろう。でも当時のミジュは口ごもるばかりで最後まで言葉にできなかった。

「反吐《へど》が出る」。ジュナはそう言って立ち去った。リュックを背負い、グラウンドを横切っていったジュナの後ろ姿をミジュは今も覚えている。

ジニは手の甲で涙を拭うとミジュの顔をしばらく見つめた。十七歳じゃなくて十一歳だと言われても頷けるほどにあどけない顔だった。ジニの顔にはその年代特有の生気がなかった。どこまでもあどけない顔に老人の表情を張りつけたみたいだった。

言葉を失ったミジュは制服のスカートをまさぐるばかりだった。レズビアンという人たちがいるのは知っていたけれど、それはとても遠い存在だと思っていた。ジニは自分について勘違いしているんだろうとミジュは考えた。もっと正直に言うならば、ジニは「そういう人たち」のひとりであってはならなかった。

「ジュナの口の悪さは、よく知ってるでしょ」。ミジュは言った。ジニはなにも言わずにグラウンドのほうを見つめていた。

「でもさ、ジニ、さっきの話はほんとなの？」ミジュの問いに、ジニは身震いするように小さく頷いた。

ミジュのほうを見ずにリュックを手にすると、ジニはバスの停留所へと歩き出した。いつもなら一緒に帰っただろうけど、なんとなくそんな気分になれなくて、おばあちゃんの家に寄らなきゃいけないとミジュは嘘をついた。やっぱりジニはなにも答えず、ひたすら前へと歩いていた。

「誕生日おめでとう」。ミジュはバス停に向かうジニに叫んだ。「また明日ね！」。ジニは聞こえなかったかのように振り返ることなく、前に向かってゆっくり歩いていった。ジニのグレーのリュックには、三人で撮ったプリクラを入れたプラスチックのキーホルダーがぶら下がっていた。小さなキーホルダーはジニの歩みに合わせて小刻みに揺れていた。

周囲はあらゆる方法でミジュを気づかった。担任はミジュを個別に呼んでジニの身に起こったことを伝え、気持ちが落ち着くまで家で休んではどうかと勧めさえした。ミジュはジニの出棺を最後まで見守ることができた。しばらくしてまた学校に通いはじめると、同級生たちがミジュの心の傷を心配していた。両親もまた、精いっぱい彼女をなぐさめた。他人の目に映るミジュは、一番親しい友人を失くした可哀想な少女だった。ジニは遺書を残していなかった。

そのころの記憶は多くの部分が消し去られている。スナップ写真のようにある情景が浮かぶことがあっても、それもはっきりしたものではなかった。しばしば吐いていたり、他人の視線に苦しさを感じていたりしたこと。教室で、クラスメートと同じ空間で息をしていることを意識するだけで脂汗が流れてきたこと。そんな記憶がよみがえってくるとミジュは言った。周囲の人間たちはミジュを通じて、自分たちが知らなかった、ジニが抱えていた悩みを知りたがっていた。ミジュならジニの死を説明できると信じているようだった。彼らは最初は遠慮がちに、だが、そのうちかなりずうずうしくジニのことを尋ねてきた。ミジュは、ジュナも別の場所で同じような質問を受けているのだろうと思った。

ジュナはミジュに近づかなくなっていた。葬儀場でも、火葬場に向かうバスでも、火葬場でも、そのほかの場所でもそうだった。ジニの亡骸が焼かれているあいだ、ジュナは壁際でうつむいて立っていた。ミジュが近づいていっても、ジュナはみじろぎもしなかった。「ジュナ」。腕に触れたミジュの手をジュナは振り払った。

そんなことがあったあとでも、世界はなにも変わらなかった。七時半までに学校に行き、朝も放課後も補習を受けて、帰宅するのは夜中の十二時だった。時間が経っていくことを、時の流れに従って心を刺す痛みが鈍くなっていくことを、ミジュは望んだ。そのころからだったかもしれない。ミジュが将来に期待しなくなったのは。大人になったらどんなことをして、どういった経験を積んで、少しでもいい人間になろうと考える気持ちが消え失せてしまったのは。自分にはこれから訪れる未来を楽しむ資格などないという気持ちが、心の深いところに根を張ったのは。ただ時が過ぎ去っていくことを、十七歳のミジュは強く望んでいた。

衝撃が過ぎると悲しみが押し寄せてきた。ミジュは、自分はジニに見捨てられたのだと信じ込んでいた。ジニ、あなたがあんな風に私を傷つけるなんて。あんな冷たいやり方で私を捨てるなんて、私のもとを去るなんて。なにも言わないで、たった一行の遺書も残さないで。あなたは私に書いても書いても埋まらない空白を残した。私にあなたの遺書を書かせるという罰を与えた。行かないで、と腕を掴むチャンスさえくれずに。

そんな考えから逃げるためにミジュは受験勉強に集中した。時々マンションの広場に行っては泣き、家に帰って問題集を解いては間違ったところをノートにまとめた。勉強に集中するという名目で部屋のドアを閉めっぱなしにしておくことができ、誰とも話をしたくない日はひとを避けて過ごしもした。ミジュが話をしたい相手はジュナだけだった。だが、ジュナはあらゆる方法でミジュから遠ざかっていった。ミジュがジュナの教室を訪ねると、ジュナは疲れているとか、宿題をしないといけないとか、別の友だちと話さないといけないことがあるとか言い訳をしてミジュを避けた。学校から帰るときも、ミジュと同じバスには乗らなかった。

三年生になる直前の冬、ミジュは泣きながらジュナの家を訪ねた。パーカを着て、スニーカーを履き、凍った路面で滑りそうになりながらジュナの住むアパートに足を向けた。袖で涙をぬぐい、なんでもないような態度を必死に装いながらジュナの家のある三階に向かった。呼び鈴を押して待っているとジュナの母親がドアを開けた。

「ジュナ、いま家にいないのよ」。母親は疲れているようだった。靴箱に黒いスニーカーが見えた。そのスニーカー以外にジュナが外に履いて出る靴なんてなかった。

「ジュナの部屋に忘れ物があって。ちょっと部屋に入って……」

「なにを忘れたの？　とってきてあげる」

「おばさん」

「ミジュ」。そう言って、母親は首を横に振った。くぼんだ目は赤く充血していた。「あんた、もうすぐ高三でしょ」。母親は温かい手のひらでミジュの冷たい頬を撫でた。「もう家に帰りなさい。寒いんだからそんな薄着で出歩いてないで」。手からはにんにくのにおいがした。

ジュナが不在というのは嘘だと気づいていた。母親も、ミジュが気づいていることを察していた。ジュナは以前と同じようにはミジュと会おうとはしなかった。

ジュナが陸軍士官学校に進んだと、ミジュは人づてに聞いた。ルールなんて誰よりも毛嫌いしていたジュナが軍人になる決心をしたという事実に、ミジュは驚かされた。進学を決心した理由を尋ねたいと思ったが、そんな話をするにはジュナは今や遠い存在になってしまっていた。

時間が心の痛みを鈍らせてくれるようになるとはよく言うが、それは往々にして正しい。だが、時が過ぎれば過ぎるほど、事の真相が明らかになるにつれ、時間がより深い傷を与える場合もある。この世からいなくなってしまったジニについて、ジニが味わった苦しみについて、ミジュは大学に入ってからようやく目を逸らさずに向き合えるようになった。しっかりしているふりをしていたが、弱いところのあったあの子が感じた苦痛はどれほど大きなものだったのだろうと、ミジュは想像すらできなかった。あの子がどれほど勇気を出してカミングアウトしたのか、そのとき自分とジュナがとった行動がどれほどむごいものだったか、ミジュはあの出来事から一年半が経ってやっとまっすぐに認めることができるようになった。ジニが自分を見捨てたのではなくて、自分がジニを見捨てたのだという事実を、ミジュは苦悶しながら受け入れた。なにも知らなかったからの行動であったなど、言い訳にならなかった。後悔の涙を流し、自分の心を慰めるようなことはしたくなかった。どうしようもないままに流れ落ちる自分自身の涙がうとましくてしょうがなかった。

大学一年の夏、ミジュは地下鉄六号線でジュナにばったり会った。ショートヘアのジュナは制服を着ていた。ミジュがおろおろしていると、意外にもジュナのほうから笑顔で近づいてきた。なんのためらいもないようすだった。以前のジュナとはすっかり変わっていた。

「元気だった?」。ジュナが尋ねた。

「うん。ジュナは?」

「私は元気」

「楽しい？　学校」

「もちろん。同級生もいい子ばかりだし、先輩にも恵まれてるし」

「そっか。よかった」

「入学のお祝いも言えてなかったね。志望してた大学でしょ」

「まぐれだよ。私は……」

「そのジーンズ、東大門で一緒に買ったやつでしょ？」

ミジュは頷いた。高校時代の話をするのはジニの死後はじめてのことだった。ジュナは何事もなかったかのように「私たち」について話していた。

「もう降りなくちゃ」。ミジュが言った。

「電話番号変わってないよね？」

「うん」

ミジュは電車を降りると、ジュナのほうに向き直った。そんなミジュを見て、ジュナは微笑みながら手を振った。もう、会って話をする機会はないと思っていたのに、こんなふうにまた話すことができてミジュの胸は躍った。ひょっとしたらジュナと仲直りできるかもしれないという思いがひそかに芽生えた。一緒にご飯食べに行こうとミジュが勇気を出してメッセージを送ると、ジュナはそれに応じた。

ミジュの大学と、ジュナの士官学校は地下鉄で十五分の距離だった。二人は月谷駅《ウォルゴク》や石渓《ソッケ》駅で待ち合わせて、食事をしたりお茶を飲んだりした。誘うのはいつもミジュのほうからだった。誘って断られたことはなかったが、ジュナのほうからは連絡をよこしたこともなかった。ジュナはミジュの話に頷いたり、ときには笑ったりもしたが、そんなジュナと別れた後のミジュはいつも胸が締めつけられた。それでもジュナの言葉や態度をしきりに思い返し、自分が恨まれていない証拠を探し出そうと戦々恐々としていた。

二人ともジニの話題は出さなかったし、ジニを連想させるような思い出もいっさい口にしなかった。それは二人だけの暗黙のルールだった。そのルールを守ることで二人は面と向かって話ができた。

しかし、ジニのことに触れずに二人が語り合えるような思い出はなかった。「私たち」という言葉にはいつもジニが含まれていたので、結局ミジュとジュナが一緒に過ごした高校時代の思い出はないに等しいものとなった。すっかり変わった表情や口調を見せることでジュナは、ジニがいたころの自分と、今の自分が別の人間なんだと示そうとしているようだった。そうやって必死にあがくジュナの姿を見ながら、ミジュは唇を噛みしめた。私たちは正直になれないんだ。心を開いて話せることはなにひとつないんだ。ミジュはそれに気づきながらも、他にどうすることもできなくてジュナにくっついていた。顔を合わせることで胸が締めつけられても、ジュナにすがりつくしかない時期があった。

そうして半年ほどが過ぎたある日、二人の家のあいだにある公園でミジュは偶然ジュナを見かけた。公園といっても、奥まった場所にあるうえに遊具もあまりなかった。その遊具も大半が壊れていて、ブランコ四台のうちまともなものは一台しかなく、シーソーの下にあるタイヤはほとんど土に埋もれてしまっていて、二台ある木馬も地面にささって動かせなかった。その公園の朽ちた木のベンチにジュナが座っていた。一月だというのに、ウインドブレーカーにトレーニングパンツ姿だった。ミジュと目が合うとジュナは「キム・ミジュ！」と叫んで手を振った。シャワーを浴びたばかりなのか、ジュナの髪は濡れていた。十七歳のころのジュナみたいだ、とミジュは思った。

ジュナから微かに酒のにおいがした。ミジュが隣に座ると、ジュナはミジュの両腕を両手でぎゅっと握った。ひどく歪《ゆが》んだ顔にうっすらと笑みを浮かべていた。「キム・ミジュ、あんたは……」。握る力が強くて腕が痛くなってきた。ジュナは思った以上に酔っているようだった。ミジュは体をよじってジュナの手を振りほどこうとした。「放してよ」。ジュナは、手の力をゆるめてミジュの顔を見つめた。訓練に行ってきたのか、ジュナは日に焼けていて、鼻も皮が剝けて赤くなっていた。いい子ぶっていた顔が、昔に戻ったみたいだった。そうよ、これがジュナ。ミジュは思った。懐かしかったが、いざあらためてその顔を見た途端、怖くなった。「ジュナが軍人になるとはね」。思わず口にした言葉だった。

「私が士官学校に行くってときに、あんたは知らんぷりだったじゃん」

「避けてたのはそっちでしょ」。なんとか耐え忍んできた寂しさが悔しさとなって一気に爆発した。自分の心臓が強く脈打っているのが聞こえた。

「見るのもうんざりだったから。あんたの顔」。ジュナが睨みつけながら言った。ミジュは涙がこみ上げてきたけれど負けたくなくて、ジュナが傷つきそうな言葉を思いつくまま並べはじめた。

「ジニになんて言ったか、知ってるのは私だけだから避けてたんだよね」。ほんとうはそれだけが理由ではないと思っていた。

「私がなにを言ったっていうの？　なにを？」

「自分が一番よくわかってるくせに」。ジュナに対してそんなことを言えるとは思ってもいなかった。顔を見るのもうんざりだったというジュナのひとことで、ずたずたになった心の欠片ひとつひとつが鋭く突き立った。

「わかってるよ。あんた、あたしのせいだって言ったじゃん。あたしのせいでジニが死んだって。違う？　それならいっそのことはっきり言えばいいのに、なにそんなにじっと見てんの？あんたの目……その目つきのせいでどれだけ最悪な気分だったかわかる？」

「全部がジュナのせいだなんて思ってなかったもん。私たちのせいでしょ、私たちの。だからあなたと洗いざらい話したかったの」

「なによ、抱き合って大声で泣きわめくとかしたかった？　あたしたち？　あの子、あんたのせいで死んだんだよ。ひどいヤツ」

「勝手なこと言わないで。私がクズみたいに言わないでよ、あなたは、私を……」

「あんたがあのとき、どんな表情でジニを見ていたかわかってる？　ジニが人間じゃないみたいに、軽蔑するように見てたんだよ」

「だって知らなかったんだもん、気づけなかったの」

「認めるとなにが変わるの？　ジニが生き返る？　あんたにとっては全部どうってことなかったんでしょ。ジニ、ごめんね、えーんえーん。それでもってあんた自身を許すんでしょ。そうすれば気が楽だから。あんたはそういう子だから」。そう言うジュナの視線は怒りに満ちていた。「あんたは前からあざとい感じだった。ううん、偽善的だったんだよね。他人がどう思っているのかだけ気にしてさ。自分以外の人に関心なんかあったの？」

「そういうジュナは？」

「あたし？　少なくとも、自分があんたじゃなくて嬉しい。あんたみたいな人間じゃないっていうのがね」

「そういうふうに残酷な言い方をすれば、気が楽になるの？」

「笑わせないでよ。一番残酷なのはあんただったじゃない」

「ジュナはさ……自分をわかってないのよ。自分の傷しかわかってなくて、私があなたのせいでどれだけ苦しんだかなんて見当もつかないでしょ。前からそうだった。他人を傷つけるの、あなたは。壊しちゃうのよ」

ジュナはその言葉を聞き、息を飲んだ。なにか言おうとしていたが、しゃくりあげるように息を吸い込んだせいで言葉が出てこなかった。ジュナはぎゅっと握りしめた両手をベンチの上に置き、すすり泣いていた。体を震わせながら悶え苦しむ、渇いた泣き声だった。

「ミジュ、あんたはね、ジニを、あんたが……」。あとが続かない文章を吐き出そうともがいているジュナを置いたまま、ミジュは立ち上がった。ベンチにうなだれて座っているジュナが、いつになく小さく見えた。

「もう、会うのやめよう」。そう言うミジュの体ががたがたと震えた。つぐんだ口からうめき声が漏れ出た。ミジュは公園と路地を抜け、大通りに向かって歩いていった。暗闇の中で、車庫に向かうバスがスピードを出して走っていた。ミジュはひたすら前を向いて歩いていった。涙が止まらなくて、車庫の前で立ち止まって泣いた。

あの日、どんな表情をしてジニを見ていたのかミジュ自身はわかっていなかった。だからといってあのときどんな心情であの子を見つめていたのか、忘れたわけではなかった。ジュナの言ったことが正しかった。ジュナがジニに放った言葉よりもっと残酷な言葉を、ミジュは目でつきつけたのだ。ミジュはその事実をこれ以上否定できなかった。最終バスが来るまで、ミジュはそこに立ちつくしていた。

「ジョンウン」。ミジュが俺の名前を呼ぶ。「あなたなら聞いてくれると思ってた」

ミジュがなぜ俺に話したのかは訊かなかった。勇気を出して打ち明けるまでミジュが向き合ってきた時間が、どれだけ冷え冷えとして、どんなことをしても逃れようのないものであったか俺は想像もつかなかった。

ただ、いつか俺たちが恋人同士だったころ、俺の肩に落ちたミジュの涙を思い出した。手をつないで、俺の肩に頭を預けて寝ているとばかり思っていたミジュの体が、かすかに震えていたことを。そのとき俺はなにも訊かなかった。ミジュの体に長いこと閉じ込められていた物語を、体の中からミジュを震えさせ、涙させたその物語を、俺はようやく聞くことになったのかもしれない。

あの日、ミジュはシャーマンにこんなことを言っていた。「あなたに、あの子がわかるんですか？　私にもわからない子を、あなたがどうしてわかっていると言うんですか？　あなたはなにもわかっていない、なにも」。その前のやり取りは聞いていなかったが、ミジュはそう言って古民家を飛び出した。その騒然とした状況の中でミジュを見遣るシャーマンの表情は悲しげだった。おそらくミジュは、自分に向けられたシャーマンの眼差しに耐えきれなかったのだろう。人は時折、他人の表情の中に抗えない悲しみを感じるから。相手の話に自分が悲しみを感じるという事実が、相手にとってはまた別の羞恥《しゅうち》になるということを忘れたまま。

ミジュの言葉と、ミジュを見遣るシャーマンの表情が俺の心を動かした。二十歳の俺は、どうして惹かれたのかわからなかったし、ミジュは、その気持ちを同情だと言った。俺の憐憫《れんびん》が度を過ぎていて、これ以上は恋人として会えないとも言った。納得できない理由だったが、物事を納得するには十年以上の時間がかかることもあるそうだ。自分のことを同情する人間に向かって、ミジュがなにを言えただろうか。

被造物《つくられしもの》に慰めを求めないでください。修道士になったとき、俺の担当をした修道士にそう言われた。聖櫃《せいひつ》の前に進んでください。神に話してください。彼の言葉にある一定の部分同意し、神に俺の存在を預けようと思った。神の臨在には、明らかに彼が言うところの慰めが存在した。それでも。

こんな夜もあった。誰かに寄りかかりたい夜。自分を誤解し、からかい、非難して利用するかもしれない、そうして自分を落胆させ、傷つけることもできる人間という被造物に、自分の心を開いてさらけ出したくなる夜があった。誰かに話をすることでしか救われない心が存在するかもしれないと、俺の神に密やかに打ち明けた夜があった。

俺たちはお茶を飲み干してかばんを手にする。救いとか罰とか、天国とか地獄とか、ましてや愛とかいう話はもう口にすることなく。俺たちはドアを開けて外に出る。それぞれの傘をさして別れの挨拶をし、たがいに背を向けて歩き出す。そうやって歩んでいく。

差しのべる手

ヘインがジョンヒとばったり会ったのは、ひときわ寒かった六回目の集会後だった。市庁《シチョン》駅に向かっていたヘインの目に、道路の向こう側に建つ聖公会教会が飛びこんできた。夜の教会は照明でぼんやりと浮かび上がっていた。その姿を見ようとヘインは足を止めた。どれくらいの時間そうやって佇《たたず》んでいたのか、集会が終わって市庁駅へと歩く人波の中から薄いコート姿の女がヘインをじっと見ていた。眼鏡を押し上げて彼女を仰ぎ見ながらヘインはどんな顔をするべきかわからずにいた。

女は会えて嬉しいという表情を浮かべながらも、こちらに歩いてこようとはしなかった。ヘインは会釈した。するとようやく女は近づいてきてヘインと呼びかけた。ミトンをしたまま差し出してきた女の手をヘインは握らなかった。女はコートのポケットに手を戻すと口を開いた。

いつ以来かしら？

ほんとに。

ヘインは彼女から視線を逸らすと歩道ブロックを見下ろした。

こんなふうに再会するなんて……。

お元気でしたか？

私は……。寒いし、どこかでお茶でも飲まない？

ヘインは首を横に振った。

いいえ。行かないと。

そうね、いきなりすぎた……。

失礼しますね。さようなら。

しばらく歩いてからヘインは振り返った。さっきと同じ場所に立って自分のほうを見ている女の姿が見えた。表情も見えない遠くから二人は互いを見つめた。

あの人と再会する確率はどれくらいになるだろう。こんなふうに偶然に、道を歩いていたら、ソウルの真ん中で再会する確率は。ゼロに近い。二度と会えなくて後悔する確率はどれくらいになるだろう。その質問にヘインは確答できなかった。思い直したヘインは女のもとへ戻った。女に名刺を渡し、再び市庁駅へと向かった。

――ヘイン、今日は寒かったけど無事に帰った？　二度と会えないと思っていたのに、ああやって短い時間でも会えて嬉しかった。おやすみ。

ヘインはメールに返信しなかった。女の電話番号を携帯電話に登録してからカカオトークを開くと、電話帳と同期して友だちに自動登録された「キム・ジョンヒ」という名前とプロフィール写真が表示された。ジーンズに白いシャツ姿の女がギターを弾くプロフィール写真をスクロールして他の写真を見た。演奏会場で五人の女がギターを演奏している写真、車のハンドルを握って笑っている写真、山の頂上で撮った写真、パラグライディングをしながら撮った写真などがあった。

ややこしい話ではない。女はヘインの義理の叔母だった。女は叔父とともに親代わりとしてヘインを育てた。六歳から十歳になるまで四年間。ヘインが十七歳になった年に叔父と死別した女は別れの挨拶もないまま行方をくらました。

私はいつでもあなたの味方。世界中があなたから離れていっても私はそばにいるからね。

女の言葉をヘインは長いことくり返した。守れもしないのにどうして言ったんだろう。どうしたらあんなことができたんだろう。もう二度と会えないって一言を告げるのがそんなに難しかったのだろうか。あなたが私にとってどんな存在か、あなたのほうがよくわかっていたじゃないの。

そうやって女を憎んだ時間も過ぎ去った。もうヘインにとって女は惜しみない愛情を注いでくれた偉大な人でも、別れの挨拶もないまま消えた残酷で卑怯な人でもなかった。女はどんな人間だったのだろうか。考えてみると女について知っていることは特になかった。ただただ好きだったわけでも、地獄に落ちろと憎んだわけでもないし、家族でも友人でも、だからといって全然知らない人でもなかった。彼女はヘインの心の中で完全に死んでしまった人なのに、ある瞬間になると再び生き返る昔からの他人だった。

*

四歳までは祖母と母が、五歳のときは父方の伯母が自分を育てたとヘインは聞いている。だが女の家に行くまでの記憶は不思議なほど空白に近かった。大木の下でチョコレートを食べている情景がヘインのもっとも古い記憶で、そこには女がいた。

工業高校を出てエンジニアとして働いていた父が、どうして急に発明家になる夢を叶えようとしたのかは謎だと母は言った。父が渇望していた夢はあらゆるものを貪欲に吸いつくした。安定した職場を、貯金を、チョンセ［賃貸契約時に月々の家賃の代わりに高額の保証金を預け、大家はその利子で収入を得る韓国特有のシステム］の保証金を、妻の夢を、子どもの幼年期を。新聞の片隅に花札二枚分の大きさで掲載された粗雑なアイディア商品。それがあらゆるものを差し出して作った父の人生のすべてだった。

妻が二人分働いているあいだ、ひどい親だと言われながら借金を返そうと苦労しているあいだ、子どもがあっちの家、こっちの家を転々としているあいだ、二十代前半の女がヘインを預かって育てているあいだ。

大人になってからヘインは、女にとって自分の存在がどれほどの重荷だったかを理解した。一緒に暮らしはじめたときの女はまだ二十一歳だった。幼いヘインから見れば大人だったが、いま考えてみると話にならないほど若かった。あれは婚家の圧力によるベビーシッターだったのだと思うと顔が赤くなった。大学を卒業するころになって母にこの話を切り出した。どうやったら新婚だった女に義理の姪を預けようと思えるのだと。養育費はちゃんと払っていたのかと。

母はためらいながら答えた。母と父は二人とも伯母にずっと面倒をみてもらいたいと思っていた、特にこちらから頼んだこともなかった。女が望んだのだと。女をひどく嫌っていた父は断固反対したが、ヘインも女と暮らすと意地を張ったのだと。当時どんな理由から女について行ったのか、女がどうして自分を育てると申し出たのかはわからなかった。

振り返ってみると女は同年代の子たちのようによく遊んでいた。煙草を吸い、友人と会い、ダンスをするのが好きで、よく笑い、よく泣いていた。友人に会いに行くときはショートヘアにムースをつけてヘアスタイルを固定し、ファンデーションは塗らずに真っ赤な口紅を塗った。若奥さん、鼠《ねずみ》でも捕って食べたのかい？　近所の人が真っ赤な唇に小言を言うと、えっ、私は猫でも梟《ふくろう》でもないのにどうして鼠を捕って食べるんですか、捕って食べる？　と笑って応酬した。ヘインは女と遊んでいると、女が遊んでくれるんじゃなくて一緒に遊んでいるような気分になった。

女は五階建てマンションの五階に暮らしていた。屋上に上がると団地や通学路が見渡せた。女は灰皿を手に屋上の手すりにもたれると煙草を吸った。そのあいだヘインはかけっこをした。屋上の片側から走って反対側の手すりにタッチし、また反対側の端まで往復しては手すりにタッチした。他の子と競争でもしているかのように。しばらく走って息が切れると手を前に突き出し、はあはあと言いながら犬の真似をしたりもした。そんなときに自分を見ながら笑う女の姿が好きだった。ぼさぼさの髪に、近くで見ると煙草の火の粉でいくつも小さな穴が開いた薄いTシャツを着て、サンダル履きのまま微笑を浮かべながら自分を見ていた姿をヘインは今も思い描くことができる。

二人はバスに乗るのが好きだった。漢江《ハンガン》を渡るバス。窓を開けると髪がなびき、煤煙が入りこんできたけど、においで、感触で季節を感じられた。63ビルを見るたびにまた高くなったような気がしたし、漢江は海だと言われても信じられるほどヘインの目に広く大きく映った。ヘインは座席から飛び出た黄色いスポンジをいじりながら車窓を見学した。

女と一緒に女の友人に会いに行くこともあった。卒業式場、婚約式場、結婚式場、以前の職場の同僚との会食、友人の新居お披露目のような席について行った。誰？　誰かに訊かれると女はいつも私の姪と答えた。次に来る質問は一様に自分の子どもはいつ作るつもりなのかだった。女は時期が来ればできるでしょと軽く受け流していた。

どこかの家のリビングで女と女の友人たちがソテジワアイドゥルの曲のテープをかけてダンスしていた姿も覚えている。昼食に中華料理の出前を取り、コーヒーを淹れて飲み、皆で一緒になって踊った姿を。女はヘインの両手を握って笑いながら踊った。片手でヘインの手を持ってくるくると回し、反対に自分が回りもした。そうやって踊ってから床に寝転ぶと部屋がぐるぐる回転した。吐きそう！　声をあげながらヘインはお腹がよじれるほど笑った。ヘインがそうやって声をあげて笑い、顔が真っ赤になるほど興奮して遊ぶのは滅多にないことだった。女の前では笑ってはしゃいでいても、他の場所ではそうなれなかったから。

学校でも他の大人の前でもヘインはいつもすぐに緊張した。臆病で気が小さくて、先生に質問されるともじもじするのがお決まりだった。なにもしてなくても叱られて罰を受けるのではと不安に襲われた。

母に会うときも緊張した。そんなヘインに対して女は、お母さんはどれだけあなたに会いたがっていたか、そっけない態度をとるんじゃないとたしなめた。でも気まずいからって母を嫌っていたわけではなかった。いや、むしろ母のことは大好きだし恋しかった。母が目の前で笑っていても恋しかった。一日をともに過ごして母と別れるとき、泣くまいと我慢しながら後ろを振り返ったときの気分はよく思い出せないけれど。でも母の前ではいい子の自分、大人っぽい自分を見せたくて頑張っていたのは覚えている。

当時の母はヘインに対していつも済まないと思っていたし、ヘインはそんな母になんて言ったらいいのかわからなかった。子どもはある年齢になるまで無条件に親を許すから。許さなければという義務感もなく、ごく自然に。理由なんてなくても無条件に親を愛するように、子どもの心は大人の凝り固まった心と違って、自分の親を判断も非難もできないのだとヘインは思っていた。

こんな日もあった。

ポケットに入れないと手がかじかむほど冷たい風が吹く日だった。学校から帰って玄関のベルを鳴らしたがドアは開かなかった。叔母さんはすぐに戻るだろう、そう思ったヘインは廊下にしゃがんで体を縮めた。でもいくら待っても女は帰ってこなかった。もしかして昼寝でもしているのかとベルをもう一度鳴らしてみたが、やはり応答はなかった。一階から五階まで行ったり来たりしながらヘインは女を待った。そのうちに諦めて玄関の前に再びしゃがみこんだ。いつも鍵を持ち歩くようにという女の言葉が思い出され、言うことを聞かなかった自分が恨めしくなった。手足が凍りつき、肌はちぎれそうなほど痛くなったころに女が帰ってきた。

女は階段を上って五階に着いた瞬間、ヘインの名前を大声で呼びながら駆け寄るとヘインの手を握りしめた。なんてこと、どうしよう、足を踏み鳴らしながら鍵で玄関を開けた。玄関に立って靴も脱がないうちから女は尋ねた。ヘインの凍りついた手を、自分の手でひっきりなしに温めながら。

いつからあそこで待ってたの？

ヘインは首を横に振った。

学校終わって、すぐ帰って来たの？

うん……。

じゃあ、あそこでずっと待ってたの？

頷くヘインを女は胸に引き寄せた。

ごめんね、叔母さん。

なにが？

女がこわばった顔でヘインに尋ねた。

鍵……忘れて。

女は玄関にしゃがむとヘインを見上げた。

誰がそんなこと言えって言ったの。私が悪いのに、どうしてヘインが謝るの。

女はヘインの手を握りしめたまま玄関にしゃがみこんで子どものように泣いた。真っ赤になった顔を涙と鼻水が伝った。大人がそんなふうに激しく泣くのを見るのははじめてだった。女がどうして泣いているのかよく理解できないまま、ヘインは面食らって立ち尽くしていた。自分を気遣っての涙らしいとは思いながらも、誰かが自分のためにここまで心を痛めることもあるのだという事実が、ただただ不思議だった。

　手がこんなに凍りついて……。

女は自分が遅くなった理由を話したがヘインは忘れた。理由なんてものは重要じゃなかったから。彼女の手の中で自分の凍りついた手が温もったから、それで十分だった。

＊

記憶の中の女と叔父は今のヘインよりも若かった。

二人は友だち同士のように仲良く過ごしていたが、ヘインの目にあれほど楽しそうに映っていた二人の姿は、大人たちには無礼な態度として受け止められていた。夫婦のあいだに上下関係がなく、女が五歳も年上の夫を敬わないという内容が怒りとともに話題に上った。大人たちは気の強い女が純真な末っ子をたぶらかしたという言葉を使った。たまにしか顔を見られない父も盆や正月の席には必ず参加して女を見ると舌打ちしていた。

ヘインは台所での祖母と伯母の会話をはっきり聞いた。全羅道《チョルラド》の女、そう、そう、父親が軍隊でぼこぼこにされて死んだんだって、あの変てこな宗教を信じて銃を持たないって言ったんですって……。それでもどうしようもないだろ、うちの子ったら恋は盲目っていうけど、どこからあんなのを連れてきたんだか……。反対された結婚はするもんじゃないわよ、子どももできないし、腹立たしいったら、昔だったら実家に帰されてるわよ……。母は二人の言葉に同意も否定もしなかった。自分が非難の対象にならなかったことに安堵していたのだろうか。

女と叔父がいない席ではさらに露骨な話が飛び交った。静かな子どもだからって耳がないわけではないのに。

つまりアカの娘なんですってば。それをお母さんは気が弱いから許してしまって、だからこんなことになったんじゃないですか。よりによってあんな家と。妻の話ではヘインを育てながら煙草まで吸ってるそうですよ。あり得ないでしょう。飲み屋の女じゃあるまいし、家庭の主婦が煙草を吸いますか？　家で遊び暮らしながら、あいつが稼いできた金で一体なにしてるんだか。いつまでヘインをあそこに預けなきゃいけないんだか。私ももどかしくて。

そんなことがあると背筋を伸ばせなくなるほどの胃痙攣に襲われた。冷や汗が出て耳鳴りがした。

家族の中にああいう人間はいないのに、ヘインはほんとに変わってるね。弱いし、神経質だし。

伯母の言葉を聞きながら、ヘインは母と一緒にリビングの片隅で膝を抱えて横たわっていた。仲良くしなきゃと言うくせに、大人には皆で一緒になって憎悪する相手が必要らしかった。叔母とまともに話したこともないくせに、叔母がどれほど愉快で楽しい人かも知らないくせに、叔父とどんなに楽しく暮らしているか見て見ぬふりしながら、叔母が叔父の人生を駄目にしたと言っていた。

彼らは叔父がどんな人生を送っているかちゃんと見ようとしなかった。いや、見られなかったのだろう。ヘインの知る限り、その中に叔父より幸せな人間はいなかったから。自分の経験の範囲でしか想像できない無能力のせいで、彼らは自分が経験した人生だけを根拠に叔父の不幸を憶測で語っていた。

叔父と女は互いを笑わせようと生まれてきたみたいだった。向かい合って話しているときりがなかったし、言葉の代わりにおならをやり取りすることもあった。どちらのほうが相手を笑わせられるか競っているように振る舞うときもあったが、ヘインはそんなとき涙を流して笑った。二人がどんなふうに年齢を重ね、老いてからはどうやって相手を笑わせようと頑張るのか、見ることは叶わないのだとヘインは改めて思った。

叔父はアマチュアの魔術師だった。彼は自分の美人助手になってほしいとヘインに頼み、ヘインは喜んで叔父とショーに登場した。観客は女ひとりだけだった。蝶ネクタイ姿の叔父と白いタイツを穿いてワンピースを着たヘイン。いくらも残っていない写真にヘインはその姿を見つけた。写真のヘインはおたまじゃくしのようにぽっこり突き出たお腹に深刻な表情を浮かべていて、叔父はジェスチャーをしながら笑っていた。

細かくちぎった紙をもとの形に戻してみせたり、空っぽの箱から咲き誇る真っ赤なバラの花を取り出したりしながら、まるで驚きと喜びしか知らない人みたいに大げさな表情を浮かべながら、叔父は当時の自分よりも年上になったヘインを見つめている。

人生とは奇妙な種類の魔術のようだとヘインは思った。期待もしていなかった存在が現れて傍らにいると思ったら一瞬のうちに消えてしまう。黒くて空っぽの箱から白い鳩が出てきたと思ったら、魔術師の合図ひとつで消えるみたいに。普通の魔術は消えた鳩を再び生き返らせるが、人生という魔術はそんな逆行の驚異を見せてくれたりはしなかった。一方向にだけ進行する魔術。それは無から有へ、有から無へは進むが、再び無から有へとは進まない、明確な法則に則っていた。そのルールをわかっているからこそ花が咲けば笑い、鳩が魔術師の手の甲にとまれば感嘆するのだ。

でも実際はなにも消えていなかったとしたら。消えたのは巧妙なトリックのせいだとしたらどうだろう。そしていつか普通の魔術と同じように、永遠に消えたとばかり思っていた鳥や花、うさぎが魔術師の手によって再び現れたとしたら。舞台の上にまた別の舞台が、逆行の魔術が可能な舞台があるとしたらどうだろう。

＊

高校二年の修学旅行から戻ると、職場にいるはずの母がリビングのソファに座っていた。

ヘイン、聞いて驚かないでね。

ヘインはリュックサックを背負ったまま母の話を聞いた。

事故だって。

悲しみはいつからはじまったのだろうか。今のヘインは思う。床に座って泣いていても、嘔吐していても、それは悲しみからではなかった。そこにはそうやって泣いている自分を無表情に眺めるまた別の自分がいた。泣きながらも頭の中は空っぽのままでむしろ静かだった。気を取り直さないと。元気にならないと。泣きやまないと。母のそんな言葉を聞きながらヘインは、葬儀が終わるまで連絡ひとつ寄こさなかった大人たちの決定が信じられなかった。

お前のためだったのよ。

悲しむ機会を与えなければ苦しみも減るだろうと大人たちは思ったようだ。後からそっと教えてやるほうがまだましだろうと。心がそんなに簡単なものだったら、どんなによかっただろう。塞げば塞がれ、閉めれば閉まるのが心だったら、そうしたら人間はどんなに身軽になるだろう。

女の携帯電話はずっと電源が切られていた。送ったメールにも返信はなく、音声メッセージを残しても同じだった。それでもいつかは連絡がつくだろうと期待していたが、女は最後まで連絡を寄こさなかった。そして電話番号を変えた。

時が過ぎてヘインは女にこう伝えたかった。あのとき自分がつらかったのは叔父が亡くなったからだけではなかったと。あなたが叔父をどれだけ愛していたか知っていたから、あなたにとって叔父がどんな意味を持っていたか知っていたから、だからあんなに苦しかったのだと。

女がなにも言わずに姿を消したこと。そのシンプルな事実が当時の自分にとっては解けない宿題だったとヘインは思った。そんな行動をとった気持ちもわかると理解し、乗り越えるには女の存在は大きすぎた。

女の行動はこんなメッセージとしてヘインに迫ってきた。あなたと私はいとも簡単に去れる程度のなんでもない関係だった、あなたは私にとってさほど重要な人ではなかったと。当時のヘインにとって女の態度を理解し、乗り越えるというのは、そうしたメッセージに同意するのと同じ意味を持っていた。

そうやって長いあいだ理解すまいと無理をしながら、女と過ごした時間の意味を捉えようとしていたのかもしれないと、ずっと前からわかっていたくせに気づかないふりをしていた事実を、ヘインはその冬ずっと見つめて過ごした。

＊

——誕生日おめでとう。

日付が二月十日に変わった午前零時に女から携帯メールが届いた。

——好きなときに連絡して。

ヘインは黙って携帯電話を眺めた。たかがこの程度のメールに喜びを感じている自分に驚いていたが、その心を否定することはできなかった。

かなり迷ったがヘインはそのメールに返信しなかった。

別々に暮らすようになってからも女はヘインの誕生日を忘れなかった。誕生日の午前零時になるとポケベルが鳴り、ヘインは女が残した音声メッセージを受話器から聞いた。女は精一杯の明るい声でいろんな話をしては、ヘインを笑わせようと頑張っていた。
高校一年生のときにはじめて持った携帯電話も女のプレゼントだった。親には秘密にしろと言われたそのプレゼントがばれるかもと、ヘインはいつも携帯電話をサイレントモードに設定して鞄にしまい、枕の下に置いて寝た。女はヘインに「なにしてるの?」とメールを送ったり、いろんな記号で作ったうさぎ、西瓜、星、犬といった絵を送ってきたりした。電話に出ないと音声メッセージに自分が経験したおかしな話を残した。そのすべてがヘインに慰藉《いしゃ》を与えた。人からもらう幸福がどれほど不確実で危ういか、女から学んだわけだとヘインはたびたび考えた。人はそんな簡単には幸せになれないのだと。

誕生日の一ヵ月後、ヘインは大統領の弾劾が認容されるようすをテレビで見ていた。一緒に集会へ参加した友人たちから認容を祝うメールが届くと、群集の最後尾にくっついて回った数々の土曜の夜が思い出された。彼方に見えるステージで歌手が歌ったり、前のほうの人びとがスローガンを叫ぶと、ワンテンポ遅れてこだまのような声が聞こえてきた。再会したとき女はプラスチックのロウソクの模型を手にしていた。あそこにはよく来ていたのだろうか。数十万人の人波の中、女と私も近づいたり遠ざかったりしながら歩いていたのだろう。そう考えると、どういうわけか仕事が手につかなかった。

その晩、女から再びメールが来た。

――ヘイン、返信はくれなくていいから。私は、ヘインがメールを読んでくれるだけで満足。少し前に夢を見たの。市庁駅の前で偶然に会ったあなたと夜通し語り合う夢を。二人でお酒を飲んで、あなたの前でギターを弾いて、笑い合う夢を。二人で夜空を見る夢を。夢の中の私たちは離れ離れになっていなかった。夢は夢にすぎないと目覚めた自分に言い聞かせた。それでも夢の中の私がどんなに幸せだったか、夢から覚めたらあなたに伝えたくなった。

布団の中でヘインは何度もメールを読み返した。

地下鉄の一号線で通学していたときの記憶がよみがえる。電車が漢江を縦断するころになると、どうしようもなく女が思い出されて恋しかった。その気持ちと無理やり闘った時期もあったがそのうちに恋しさに襲われると、ただ感情が押し寄せるに任せるようになった。恋しいんだな。自分は女を恋しがってるんだなと心の中で呟きながら。女のメールを読んでヘインは、そうした恋しさが自分だけの感情ではなかったのだと確かめることができた。

女に会ったら訊いてみたかった。どうして自分を嫌わずにいられたのか。血のつながりのない居候で可愛くもないし、ちょっとした病気のオンパレードだった小さな子どもをどうやったら嫌わずにいられたのか。どうやったら自分の生活を差し出せたのか訊きたかった。でもこれだけの時間が流れた今、過ぎた日々の正しい答えを探すように根掘り葉掘り尋ねたくはなかった。そうする理由もなかった。

生きていればその程度の別れはよくあることだから。これは特別な出来事ではないのだ。ヘインは長いことそう思っていた。それがあらゆる種類の傷を処理する彼女のやり方だった。この程度で未練がましくするのはやめよう、他人の経験に比べればこんなのなんでもない、皆こうやって生きている、どうして自分だけと特別ぶるな、そう自らの心を引き締めた。再び顔を合わせ、ヘインはメールを見ながら女が夢に見たという情景を思い浮かべてみた。いい話も悪い話も交わす姿を。

応える準備はできていた。

＊

小学四年生の終業式を終えたばかりのヘインは両親の家に戻ることになった。大丈夫？　尋ねる大人たちの言葉にヘインは頷いた。こっちからあっちへ、今度はあっちからそっちへと送られる心情を言葉で説明したくなかった。だからなんでもなさそうなふりをしていた。

ヘインが引っ越す前日まで女はヘインの荷物をまとめていた。持ち物のリストを紙にずらっと整理すると一つひとつ線を引きながら抜け落ちていないか確認した。女が荷物を詰めた大きな段ボールに腰掛けてリストをチェックする姿をヘインはドアの前で眺めていた。そして自分がいなくなるのを女は待ちわびていたのではないかと疑っていた。

ヘインが叔母と暮らしているのを知っている友だちに言われた。うちのパパが言ってたけど、ヘインの叔母さんはすごいって、優しい人だって、自分の家で育てるなんてどれだけヘインを気の毒に思ったんだろうって。

そのときヘインはこの言葉を自分は一生忘れられないだろうと予感した。

叔母さん。

女は顔を上げるとヘインを見た。

叔母さんは私を可哀想だと思ってたの。

そんな言葉が口をついて出るとは思わなかった。女はうっすらと笑ったが、その言葉が女を傷つけたことにヘインは気づいた。

じゃあ、あんたは私を可哀想だと思うの。

女がからかうような笑みを浮かべながら尋ねた。

ううん。

じゃあ、どう見えてたのよ。

少しくせ毛のショートヘアの中に見える小さな目、頬のしみ、口元に刻まれた傷跡、長い首、大きな手足、干した生姜のにおい、体温の温もり、厚い靴下、ヘインを見るときのからかうような表情みたいなもの。

叔母さんは叔母さんでしょ。

へインはそう言うと女のほうに近づいた。

私の叔母さんでしょ。

寄り添って座ったへインの頭を女は何度も撫でた。

あんたはへインでしょ。へイン、あんたはあんた。

座ったまま女はへインにいろんな話をした。この子は誰ですかと訊かれて姪だと答えながら、いつも十分な回答になっていない気がしていたと。へインとできるだけ遠くまで行ってみたかったけどゆとりがなくて、一番遠くまで行ったのは俗離山《ソンニサン》の法住寺《ポプチュサ》だったと。それが自分にとって非常に大事なことなんだというように、私たちが一番遠くまで行った場所よ、法住寺、と何度もくり返した。すると渓谷の冷たい水や近くの食堂で一緒に鍋料理を食べたこと、絶えず鳴いていた蝉の声が思い出され、もう以前みたいに女とは過ごせなくなるという事実を実感した。

早く寝なさい。朝早くいらっしゃるから。

わかった。

へインも、もうじき五年生ね。

うん。

女はなにかを言いかけてはやめ、また言いかけてはやめ、口を開いた。

あんたはほんとによくやった。よくやったよ、へイン。

ヘインの記憶の中の女は滅多なことでは真面目にならない人だった。いつも笑みをたたえていて感情を読み取るのが難しかった。集会後に市庁駅の前でばったり再会したとき、ヘインは女に当時と異なる顔を見た。笑顔の取り除かれた顔、不安とためらいを隠せない顔、十七歳のヘインが会いたかった顔、知りたかった顔で女はヘインを見つめていた。

当時の女の年齢になってヘインは考えた。もしかすると女は生きることの重さを自分に前もって教えないようにしていたのかもしれない、ヘインが世間と人間に対して早くから怖気づかないように願っていたのかもしれない、いいことだけを見せてやりたいという単純な思いからそうしていたのかもしれないと。そして思った。そうするしかなかったのかもしれないと。冗談や笑い、とぼけた振る舞いで自らを守り、人と関係を結んできたのだとしたら、ヘインともそういう方法で接するしかなかったのだろうと。

もしかすると女も泣きたかったのかもしれない。ヘインに寄りかかって自分の話をしたかったのかもしれない。でもそうしたら二人の仲を壊してしまうかも、ヘインが離れてしまうかもと自制していたのかもしれない。私は朗らかな人、深刻じゃない人、軽い人、そういう人でいないと捨てられるし、関係を結べないと学びながら育ったのかもしれない。これ以上笑いで自分自身を防御できない瞬間が訪れたとき、女になにができただろうか。ヘインは考えていた。

トランポリンで跳ねる自分を見て大声で笑っていた女の顔を思い浮かべた。女と暮らしていたころ、その町には広い野原があった。今は建物が並ぶその場所は夏になると野草がぼうぼうと生い茂り、冬になると倒れた枯草が乾いた種を落とした。

そこに十日に一度、移動式のトランポリンがやってきた。十五人ほどが一緒に跳ねてもスペースが余るほどの広さだった。たまに綿あめの手押し車も一緒に来た。子どもたちが大勢集まってもおかしくない環境だったが、ヘインの記憶ではいつも閑散としていた。住宅地から離れていたせいか、子どもたちだけで来るには遠くて危なかったからかはわからないが、いつも人は少なかった。

叔母さん！　叔母さん！

ヘインはひとりジャンプした。両脚をぴんと伸ばしてしばらく跳ねてから座って跳ね、横になって跳ねた。トランポリン屋のおじさんが巡らせたフェンスから離れた外側で、女はヘインを見ながら笑っていた。ジャンプするのも面白かったが、そんな自分を眺める女の視線がヘインは嬉しかった。私、こんなに遊んでますよ、こんなに楽しんでますよ、と確認させるかのようにヘインはきゃっきゃっと跳ねた。

女が一歩ずつ近づくにつれ、ヘインはさらにオーバーリアクションでジャンプしてみせた。ふざけてしかめ面しながら、こんなの朝飯前と言わんばかりに軽々と飛び上がった。たまに静止しているみたいに空中に浮かびながら。

ふわふわと溶けていく砂糖のにおいが草のにおいと入り混じり、風が吹いていた。女は網のフェンスを片手で握ってヘインを見ていた。

叔母さんも上がってきなよ。一緒にやろう。

女はその場で首を横に振りながら笑っていた。

＊

演奏会は三月二十四日の金曜の夕方、あるカフェで開催された。カフェはヘインの家からバスで二十分の場所にあった。商業ビルの中にあるカフェは天井が高く、二つの階にわかれていた。演奏会がはじまる十分前に到着したというのに一階は人であふれていて、ヘインは二階に上がる階段の中間に座った。演奏者が座る椅子を眺めた。五つの黒い椅子の前に譜面台が置かれていた。

演奏会は定刻より十分遅れでスタートした。カフェの照明が消えると観客が手を叩いた。暗闇の中でギターをチューニングする音が聞こえた。一時の沈黙が流れて演奏がはじまるとステージに明るい照明が戻った。

五人の演奏者は同年代に見えたが、座り方はまちまちで服装もばらばらだった。ミントカラーのレースのワンピースを着た演奏者、Tシャツにベストを合わせてジーンズを穿いた演奏者、白いスウェットシャツに長いシフォンスカート姿の演奏者、栗色のチェックのパンツスーツを着た演奏者が思い思いの姿勢でギターを弾いていた。

そして左端に女がいた。髪は以前よりさらに短く、グレーのゆったりしたVネックのニットに黒いスキニージーンズ、ミリタリーブーツを履いていた。黒ぶちの眼鏡をかけ、口をぎゅっと結んだまま楽譜から目を離さなかった。長い指がギターの上で動いていた。座った姿勢はぴんとしていた。

マイクもスピーカーもない公演だった。それでも小さな空間に響く音は薄っぺらなものではなかった。調律が完ぺきなわけでも、ミスがないわけでもなかったが、少しずつずれて、逸れて、ぶつかる音がヘインの耳にはそのまま美しく聴こえてきた。そうやって三曲が終わると、ベストを着た演奏者が座ったまま話しはじめた。マイクがないのに小さな声で喋るから耳を澄まさなければならなかった。

こうやって一緒にギターを弾くようになって五年が過ぎようとしています。演奏会は毎年やるようになってから三回目です。お越しくださりありがとうございます。私たちは去年も隔週で集まっては一緒に演奏していました。それぞれの生活では大変なこともありましたが、一緒に続けてこられたことを演奏会のたびに驚いています。

挨拶が終わると再び演奏が続いた。全員での演奏がほとんどだったが、途中にソロや二人でのアンサンブルもあった。女のソロがはじまるとヘインは身を乗り出してじっくり見守った。

ゆっくりしたテンポの曲だった。女は一音たりとも飛ばすまいと気遣うようにギターを抱いて演奏に集中していた。眉間にしわを寄せて口をぎゅっと結んだまま楽譜を凝視していた。一音、一音、ギターの弦の上で慎重に指を動かしていっているように見えた。

クラシックギターってこんな音を奏でる楽器だったんだ。女の演奏は、とある静かな人が愛する人の前で注意深く一言ずつ、なんとか自分の想いを告白する声みたいに聴こえた。

床に就くと、隣に横たわっていつもよりワントーン低い声でいろんな話をしてくれていた女が思い出された。当時の私たちはどんな表情で互いを見つめていたのだろう。ヘインは思いを馳せた。

女の演奏が終わるとミントカラーのレースのワンピースを着た女が口を開いた。

ブラインドを下ろして、灯りもすべて消して、完全に真っ暗な状態で私たちのほうに照明があてられると、楽譜以外はなにも見えません。拍手の音が聞こえるから皆さんがいらっしゃるのはわかりますが、はっきりとは見えないんです。皆さんには私たちがちゃんと見えていますか？

はい、ばっちり見えてます。

誰かが叫ぶと皆が笑った。

あるとき、この人がこんなことを言ったんです。

彼女はスウェットシャツを着た演奏者を指差しながら言った。

ねえ、暗いほうからは明るいほうがよく見えるでしょ。でも、どうして明るいほうからは暗いほうがよく見えないのかな。いっそ全体が暗かったら、ほんのかすかな光でもお互いが見えるだろうに。

その瞬間にステージ側の照明が消されてカフェ全体が真っ暗になった。暗闇の中で演奏がはじまった。演奏が進むにつれて間接照明が一つ、また一つと灯りはじめた。明るすぎず、完全に暗くもない夕陽が沈みきるころの薄明が空間を満たした。最初は互いを見ていた演奏者たちはやがて客席の人びとに視線を移した。

女はヘインがここに来ていることを知らなかった。暗い客席なら自分の姿を隠せたが、こうなった以上は仕方ないと思いながらヘインはそのまま座っていた。ついに女の視線がヘインを捉えたとき、ヘインは一瞬ためらったが、その目をそのまま見返した。

顔立ちがぼんやり見えるくらいの照度と距離だった。どんな表情をしているのか計り知れない女は、ただじっとヘインの顔に視線を向けていた。

叔母さん、元気でしたか。

女を見るヘインの顔にほんのかすかな光が差した。

アーチディにて

1

二十三歳のときに好きになった人の名はエレインだった。エレイン・ウォルター。緋色の髪に灰色と緑の混じった瞳。ラベンダー色のビキニを着て、自分がアルバイトしていた海岸のパラソルの木陰に寝そべり、日がな一日読書していた人。彼女はこの町で一ヵ月のバカンスを過ごした。

初デートの日、エレインの愛らしいポルトガル語のアクセント、薄くて柔らかな唇の感触、少し顔をしかめて笑う表情に心を奪われた。無彩色の綿のズボンとパステルカラーのシフォンブラウスから透けて見える赤黒く日焼けした肌、ビーチサンダルから飛び出た長い足の指から目が離せなかった。

三週間デートしてエレインは去った。彼女が使った枕を抱いてなんとか眠ろうとした。枕からはラベンダーとパウダーのにおいが混じったエレインの香りがした。六ヵ月のあいだエレインにメールを送り、スカイプのビデオ通話をかけた。最初はすぐに来ていた返信が少しずつ間隔を置くようになり、オンラインと表示されているのに電話があまりつながらなくなった。十回かけて一回つながったとしても試験勉強で忙しいとか、急いでるといって一分もしないうちに電話は切られた。

友だちには頭がおかしくなったと言われた。もう忘れたほうがいい、どうしちゃったんだと笑われた。たまに一緒になって笑ったが、それは自分でもありえないと思ったからだった。エレインが最後まで電話に出てくれなかった四月のある夜、エレインの住むアイルランド行きの飛行機を予約した。もちろん彼女はその事実を知らなかった。

からし色のパジャマを着たショートヘアのエレイン。鼻の穴と穴のあいだにリングのピアスをつけて、寝ぼけているのか目が腫れぼったかった。

ラルド、どうしてここにいるの?

彼女は笑っていた。怒るんじゃないかという心配が消えてほっとしたのもつかの間、彼女の顔から笑みが消えた。

まさか、私に会いにきたの?

会いにきた。

ラルド。

彼女は俺の名前を呼ぶと顔をしかめた。

私はいい友だちなんだと思ってた。正直、スカイプであなたをブロックすることもできたけど、友だちだと思ったから電話にも出てたの。それなのに、これは一体どういうことなの？そこまでポルトガル語で言うと、エレインは英語で話を続けた。

脅しみたいじゃない。来るなら来るって言うとか。もちろん言われたとしても、私は止めたけど。怖いわ。

彼女の顔に恐怖の色が浮かんだ。彼女が俺を怖がってるだって？　玄関のドアに手をかけようとすると彼女は後ずさりした。

会いたくてきた。好きなんだ。

彼女はドアのノブを摑むと、隙間から俺を見た。

ほんとに私のことが好きなら帰って。警察を呼ぶ前に。もう連絡もしないで。

エレイン。

現実に目を向けなさいよ。ママのおうちでメイドが作ったご飯を食べて、大麻を吸って、テレビゲームしてるあなたの現実に。

目の前でドアが閉められ、エレインは消えた。

俺はそんな人間じゃないってば。閉ざされたドアの前に立って考えた。

きみは誤解してる。俺がどんなにきみを愛してるか。

玄関のドアを何度かノックしたが、やがて背を向けると歩き出した。どこに行くのかもわからないまま道なりに歩いた。

そのときの自分はいろんなことがわかっていなかった。ほぼ十五時間、コーヒー以外なにも口にしていなくて、一度も自分の人生に責任を持ったことがなくて、それ以外にもたくさんあったけど、最たるものは、エイヤフィヤトラヨークトル火山が大爆発する十五時間二十分前だとわかっていなかったことだ。

翌日の明け方にブラジルへ戻る飛行機の窓側に座ってもまだ、二度とアイルランドの地を踏むことはないだろうと思っていた。

窓の外、暗い滑走路を見つめていた。搭乗手続きが締め切られてからも一時間以上、飛行機は滑走路から抜け出せずにいた。人びとのざわめき、子どもの泣き声、さまざまな言葉で抗議する声がエコノミークラスを埋めつくしていた。

最初は英語、次にポルトガル語、その次にスペイン語で案内放送が流れた。一時間前にアイスランドのエイヤフィヤトラヨークトル火山が爆発して、火山灰がアイルランドと西ヨーロッパへ速いスピードでやってきているという内容だった。乗客は乗りこんで一時間半で飛行機を降りた。この飛行機だけでなく、その時刻、ダブリン空港に待機中の飛行機すべてが離陸できずにいた。今この瞬間もエイヤフィヤトラヨークトル火山は噴火を続けていて、人でごった返す空港で、俺はいつになったらアイルランドから出られるのか知る術はないと聞かされた。

結論から言うと、ダブリン空港はその日から十日間にわたって閉鎖された。爆発の規模が大きくて大気圏の高いところまで火山灰が広がっているとのことだった。火山灰はジェット気流に乗って東へと拡散する見込みだった。韓国、日本といった極東アジアにまでも。

空港の床で夜を明かして外に出るとプラカードを持った人が何人か見えた。立ち止まって彼らを見ていると、ある年配の男がプラカードを手にこちらへ近づいてきた。

段ボールを切って作ったプラカードには、「一泊三十ユーロ、中央駅近く、朝食込み」という文字が紫のマジックで書かれていた。彼はこの程度ならいいんじゃないかという表情で目配せしてきた。ひどく腹が減っていて胃はひりひりするし、全身もずきずきしていたので、俺は素直についていて行った。三十ユーロがどれくらいの金額なのかも計算しなかった。アイルランドで使う金はすべて母親からもらったもので、自分のじゃない金は簡単に使えたから。

彼の家は清潔だったけど日当たりが悪かった。初日は作ってくれたトーストに焼きベーコン、コーヒー、オレンジジュースで食事してとにかく寝た。二日目からは昼間に起きて町を少し歩くと、また家に戻ってひたすら寝た。夕方になると近所のパブに行って簡単なつまみでビールを飲んだ。テレビではずっとエイヤフィヤトラヨークトル火山のニュースを放送していた。火山灰で覆われたアイスランドの大気、火山の爆発で氷河が溶けて避難する人びとの姿をテレビで確認した。

カウンター席に座っていると数人が声をかけてきた。笑いながら答えたが、会話はうまく続かなかった。寂しくて、誰でもいいから摑まえて話しかけたいのに、一方では会話がはじまってしまったらどうしようと怯えていた。そんな奇妙な感情だったから、声をかけてきた人はすぐに俺の気持ちに気づいて席を立った。カウンター席に座って、民泊のキッチンにぼうっと佇《たたず》んで、俺は追い出されもしなければ、受け入れられもしない人間の立場というものを感じていた。驚くことにそれははじめての感情ではなかった。

二十三歳、大学を中退した俺は母親と暮らしていた。大都市でエンジニアとして働く姉はいつまで母さんのすねをかじるのかと咎めたが、人の人生まで気にするには忙しすぎた。イースター、夏休み、クリスマスに顔だけ出してすぐ帰る姉に、俺の人生についてあれこれ言う資格はないと思っていた。


姉は俺をぶっ殺すと言った。家に近づくな、我慢の限界だと言った。

火山のせいだって！　帰りたくなくて、ここにいるわけじゃないんだってば。

携帯電話の向こうで姉は泣いていた。息をするように失せろ、失せろとくり返しながら。

マリソル……俺は姉の名前を何度も呼んだ。

姉は二度と俺の顔を見たくないと言った。金づるはすべて断ち切ったから、ヨーロッパで飢え死にするなり勝手にしろと。

ちょっとひどすぎるんじゃない。それはないだろう……。俺がぐずぐず言っているあいだに姉は電話を切った。

リビングに倒れている母親の姿を想像してみた。隣のおばさんが発見していなかったら、救急車を呼んでくれなかったら、母親は死んでいたという姉の言葉をじっくり考えてみた。お前がいつもどおりに引きこもっていたら。姉は言った。人生の役立たずは最後まで役に立たないのね。薬物アレルギーでショックを起こしていた、今は入院病棟に移されて安静にしているとのことだった。母親の携帯電話は電源が切れていた。

動揺を鎮めようとパブに行ってビールを飲んだ。飲み終わって計算しようとするとクレジットカードが使えなかった。他のカード二枚も同じだった。

三枚とも利用停止と出ますが。

店の主人がちっちっと舌を鳴らした。ポケットから十ユーロを支払うとパブを出た。民泊に戻って残金を計算してみると五十ユーロがすべてだった。最初に二日分だけ支払ったから明朝すぐに三十ユーロを追加で払わないといけない状況だった。全身から血の気が引くのを感じた。

テレビではヨーロッパのほとんどの空港で大量の欠航が発生していると報じていた。名前を聞くだけでもむかつくあの火山がまるで、「エイヤフィヤトラヨークトル、エイヤフィヤトラヨークトル」と言いながら俺をからかっているようだった。早急に金が必要だった。

翌朝、宿泊費を計算しながら民泊の主人に事情を説明した。飛行機が飛ぶまで働く場所が必要だ。アイルランドで助けを求められそうな相手はいない。母親がスペイン人なので、俺もスペインの市民権を持つEUの市民だと。

彼は俺のほうに体を傾けて慎重に話を聞いていた。

ブラジルではなにをしてました？

大学で英語教育科に通っていました。

卒業は？

俺は首を横に振った。

仕事はなにを？

地元の海岸でパラソルをレンタルする店で働いていました。

それから？

海岸の売店でも働いてました。

彼の顔にほぼ優しさからと言える笑みが浮かんだ。彼は笑ってため息をつくと俺の肩をぽんぽんと叩いた。

金が底をついた旅行者なら、飛行機に乗って自分の国に帰れと言えば済むけれど……これはなんていうか、帰りたくても帰れない状況だし、どうするかな。

その瞬間、もう名前すら忘れたが、あれほど身近に感じられた人はいなかった。昔からの知り合いみたいに思えた。その一方で彼には俺を助けなきゃいけない理由はひとつもないし、むしろ俺の頼みを断るのは自然な話だとも思っていた。

ちょっと待ってて。

彼は部屋に行くとあちこち電話をかけはじめた。

俺はただ運がよかったのだと人は言うかもしれない。人間はどこまでも打算的だし、自分の得にならないなら、よく知りもしない相手を決して助けたりしない。もし助けたとしても、その善意の裏には自分より恵まれない人だからという傲慢な喜びが見え隠れすると。ほとんどの場合、それは事実だと思う。もしかすると彼も俺を助けるという行為に自己満足を感じていたのかもしれない。でもどんな思いからだったにしろ、あのとき彼に助けられた事実は変わらない。その日の夕方、俺は彼の友人の前妻が経営している果樹園に発った。ダブリンからバスで三時間かかる小都市で乗り換え、さらに二十分ほど行ったところにある人里離れた村だった。村の名前はアーチディといった。

アーチディに到着した深夜に母親から音声メッセージが届いた。

お前のメッセージを読んだよ。ラルド、私はお姉ちゃんと同じ考えだよ。死にかけてこの世に戻ってきたんだから、今までみたいな生き方はしたくないの。私がお前を駄目にしたって考えたこともあった。だから、いつもお前に申し訳なくて、罪悪感を持っていた。でもね、私がなにをしたっていうの？　確かに私は間抜けだけど、罪を犯したわけじゃない。お前の人生は私のものじゃないんだよ。小学生の子どもでもあるまいし、どうして私がお前を養って暮らさなきゃいけないんだい？　あ、お前はこう言うだろうね。自分だって稼いでるって。そう、お前が稼いだ小遣い、みんな大麻につぎこんでるって私が知らないとでも思ってるの。乾燥させて吸う煙草だって？　私が大麻のにおいも知らない馬鹿に見えたのかい？　くそったれ。

母親はしばらくすすり泣いていた。

ラルド、お前を愛してるけどこれ以上は無理。お前の母親として生きてると、ほんとに頭がおかしくなりそう。私の気が弱いのを利用して、状況をひっくり返そうとするんじゃないよ。なにをしても無駄だから。

ゲームをしているとき、昼寝をしているとき、酒を飲んで朝帰りするとき、俺を見ていた母親の表情が思い出された。いつからか母親はなにも言わなくなり、そう、文字どおりなにも言わなくなった。俺を見る母親の表情にはなんの感情もなかった。母親はただ疲弊しているように見えたが、あまりにも顔が老けていて内心驚いた日もあった。母親が俺を放棄したんだから、俺も関係を放棄しよう、そうやって生きていけると思った。そのほうが簡単だから。大声で言い争うのはお互いに消耗する行為だから。

母親の友人や親戚、姉が来れば言葉を交わしたが、二人きりで最後に話したのはいつだったか思い出せなかった。

だから母親の音声メッセージを聞いて最初に感じたのは喜びだった。ラルド、お前を愛してるけど。母親はそう言った。これ以上は無理、という次の言葉は重要じゃなかった。母親は火のように激しく怒っていたけど、まだ自分は母親を動揺させ、おかしくさせることができるんだという事実が嬉しかった。生まれつきのサディストなわけじゃなくて、こんなことからでも二人の関係にまだ血が流れていると確かめられたからだった。母親との心の交流を長いあいだ望んでいたというのは自分でも驚きだった。

「母さんが無事で嬉しいよ」。俺はそうメールを送ろうとしたが、「アーチディっていう村のりんご園で働くことにした。ラルド」とだけ書いた。母からの返信はなかった。

2

いつだったかハミンは俺に、どうやったらそんな無謀な決定ができたのかと尋ねてきた。どこの誰かも知らない民泊の主人の言葉だけを信じて、生まれてはじめて名前を聞いた村に行く人間がどこにいるんだ。どうしてダブリンで仕事を探そうと思えなかったのだと。そうだね、答えてから俺は言った。振り返ってみると、あのときの俺は人間っていうよりも道端に散らかってるビニール袋みたいな存在だった、風が吹けば宙を舞い、その辺の木の枝に引っかかってしまう、なるようになれって感じだったと。俺がそう話しているあいだハミンは怒っているような表情でこっちを見ていた。

最初からハミンは怒っている人みたいだった。

アーチディに到着して一週間ほど過ぎたころだった。彼女は汚物がびっしりこびりついた長靴を履き、膝の下まで届く防水エプロンを巻きつけ、急ぎ足で歩いていた。俺は道の向こう側に立って、こちらに向かって歩いてくる彼女をぼうっと見つめていた。彼女は俺より背が高くて、セミロングの髪を一つに束ねていた。オートバイのエンジンをかけながらこちらを一瞬見つめ、すぐに走り去った彼女の後ろ姿を俺は眺めた。かなり年季の入ったオートバイらしくエンジン音がすさまじかった。

こんな田舎にどうして東洋人がいるのか、それもあんなに背がでかくて荒々しい東洋人が。十代と言われても、四十代と言われても信じられそうな風貌をしていた。

俺が働く果樹園の後方には低い丘が連なっていた。ある日、午後の休憩時間にそこを通りかかると人が積みわらの上で寝ている姿が遠くに見えた。乗馬体験場の厩舎の前だった。たまにわらが積まれると、日差しを浴びるわらの上に猫が集まってひなたぼっこをしていた。それにしても人間とは。

垣根の入口が開いていたので近寄ってみると、この前見かけた東洋人の女が三匹の猫と大の字になって、涎《よだれ》を垂らしながら眠っていた。三毛猫の一匹は彼女の腹の上でまどろんでいた。

その姿を見てたら、俺もどこでもいいから寝転がって眠りたくなった。現に人を気だるくさせる春の日差しだった。眼前に広がるすべてが現実じゃないみたいに感じられた。俺も積みわらの上に腰を落ち着けてひなたぼっこをした。日差しで温まったわらのにおいと馬の糞のにおい、水を含んだ土のにおい、苔のにおいをかぎ、頭と肩に降り注ぐ太陽の温もりを感じた。いつの間にか、がっくりと首を垂れて寝入っていた。

目を開けると三毛猫が膝の上で眠っているのが見えた。女の腹の上で寝ていた猫だった。起き上がると女は消えていた。俺は厩舎《きゆうしや》のほうへ歩いていった。さっきの女が大きなプラスチックのシャベルで馬の糞を片づけていた。彼女に見つめられてようやく、自分が厩舎の中まで入りこんでいることに気づいた。

厩舎の空気は外よりも冷たかった。

どちらさま？

隣人です。下のほうにあるグレーの屋根の家。

彼女はシャベルを持ったまま俺をぼんやり見つめていた。

なんのご用ですか。

見学に来ただけです。垣根の入口が開いていたので。

レベッカに会いに来たのなら表の庭です。ここにはいません。

彼女は出ていけと手を振ると、再び馬の糞を片づけはじめた。怒っている顔にきまりが悪くなった俺は、もじもじしながらその場に立ち尽くしていた。

どいてください。

怒気を含んだ声だった。俺は追われるように厩舎を出ると宿舎に向かって歩いた。


午後の休憩時間が終わり、果樹園に戻った。主人のリサと彼氏のレオ、パートタイムで働いている地元の三、四人が働き手のすべてだった。俺を除くと平均年齢は六十歳くらいだったが、はさみで花を間引くスピードは俺より速かった。朝の五時に起きてレオが用意してくれる朝食を食べ、六時から働いた。十一時に午前の仕事を片づけたら自由に昼食をとり、二時から仕事を再開して五時に終える。仕事が終わるとパートタイムの人たちは自分の家に帰っていき、俺は少し休んでからリサとレオと食卓について、レオが作った夕飯を食べた。

そうすると七、八時になった。都市部だったら若者に出会う機会も多かっただろうけど、アーチディではそれが難しかった。気分転換に村を回ると余計に気が滅入った。俺には入りこめない雰囲気があるからだった。家ごとに灯りはついているが俺が入れる場所はどこにもなかった。退屈で入ったサンドイッチ屋でも、地元の男たちが集まって騒ぐパブでも、もじもじしてまたすぐに出てきてしまうのが常だった。

パブの掲示板に貼られていた広告を見たのはアーチディに来て一ヵ月になるころだった。

「夕方、英会話の勉強会。どなたも歓迎します」。場所はアーチディの小さな聖堂だった。外国人をこういうやり方でおびき寄せて宗教を強要しようとしていると思ったが、二日後、俺はその聖堂に向かっていた。一日八時間ずっとりんごの木だけ見つめていると、目を閉じても浮かぶのはりんごの木と剪定《せんてい》ばさみだけだと、口数の少ない中年カップルとの夕飯すらも待ち遠しいほどの寂しさに襲われていると、一ヵ月が耐え切れないほど長い時間に感じられるのは当然なわけで。俺には時間をやり過ごす穴みたいなものが必要だった。

古い聖堂は温もりを失ったようだった。灰色の石を積んで作ったせいで冷たく見え、一日で人の往来が途絶えた場所なのだとわかった。礼拝堂には小さな十字架像が掛けられていた。俺たちは礼拝堂の横にある応接室に椅子を円形に置いて座った。スタンドライトを一つ点け、真ん中にはロウソクを一本立てた。俺は若い男からホットココアを受け取ると席についた。

私はジョバンニです。若い男が言った。この春から勉強会をはじめました。今日は新しいメンバーが加わりました。順番に自己紹介をしましょうか?

俺はそこでマケドニアからオーペアで来ているニコ、ハンガリーからオーペアで来ているイレーネ、ジョージアから来て農場で働いているアーニャの自己紹介を聞いた。全員が何度か参加しているせいか、またこの話をしないといけないのかという表情で笑いながら自分について話した。

俺も自分の話をした。名前はエドアルド、普段はラルドと呼ばれている、故郷はブラジルで、ここに来て一ヵ月になる、りんご園で働いている、大学で英語教育を専攻したが卒業はできなかった。

全員が俺を好意的に見ていた姿が思い出される。アーチディに来てからほぼ毎日感じていた壁みたいなものが、そこには存在しなかった。全員が聞く用意ができていて、それは俺も同じだった。似たような環境に置かれていたからだろう。

話を続けようとしていると応接室のドアが開いた。厩舎で会った東洋人の女がそこに立っていた。女は俺に一度目を向けると部屋の中に入ってきた。

エドアルド、ハミンのためにもう一度話していただけますか?

ジョバンニが言った。

彼女は席につくと腕組みをして俺を見つめた。相変わらず怒っているような顔だった。

俺は彼女の視線を避けようと努めながら、もう一度自己紹介をした。

では、私たちはお互いを知っていますから、ハミンがエドアルドに自己紹介をしてみましょう。

しなきゃ駄目ですか?

彼女はそう言うと俺を見つめた。

私の名前はハミン。コリアンよ。アイルランドに来て一年ほどになる。最初は英語を学んで、それから八百屋で働いて、今は厩舎で働いてる。

コリアは北？　南？

思わずそんな言葉が口をついて出て、俺はそっと口をつぐんだ。

南側。南だからって暖かい国ではないわ。

そう言う彼女の顔にはじめて敵対心のない表情がにじんだ。

順番にこの一週間の話をした。英語の実力はそれぞれで、一番うまいニコはゆっくり話そうとしていたし、アーニャも辞書を引きながら、たどたどしいながらも話を伝えようとしていた。ここでの生活について話していると、必ずと言っていいほど自然と故郷の話になった。どんな仕事をしていたのか、そこに対する自分の感情はどうかといった内容だった。

俺もブラジルでの暮らしについて話した。特に職業も持たず、母親の家に居候していた話を。自分としては面白いだろうと笑いながら語ったのだけど、俺の話は全員を当惑させた。特にハミンは聞いているあいだずっと眉をひそめ、不満げな表情をしていた。

ハミンは世話をしている馬の話をたくさんした。全部で八頭いるのだが、一番言うことを聞かない怠け者と一番の年寄りは客が八人にならない限りメンバーから外される。これは秘密だが、自分はその二頭が一番好きだ。特に怠け者のヤツが。どうしてトラブルを起こすのだと追い立てながらも、心の中では応援しているのだと言った。「怠け者　lazy one」と発音するときの彼女の顔は、それまで見た中でもっとも楽しそうだった。

大して経っていないと思ったが時計を見ると二時間が過ぎていた。ほとんど全員が翌日の早朝から仕事があったので、その辺りでお開きとなった。文字どおり東西南北に散り散りになったが俺とハミンは同じ方向だった。

俺たちは付かず離れずの距離を保って並んで歩いた。爽やかな風が吹いていた。ぎこちない関係ほどいろんな話で沈黙を回避するものだと思っていたが、ハミンはそういう沈黙に慣れているようだった。しばらく歩いてからハミンが口を開いた。

ダブリン空港、再開したじゃない。チケットももらったでしょうに、どうして帰らなかったの?

わからない。

俺はただそう答えた。またしばらく沈黙が続いた。

じゃあ、そっちは? なんでこの田舎で働いてるんだ?

ハミンは答えずに肩をすくめるとポケットに手を突っこんだ。

きみ、怒ってるように見える。

その言葉にハミンは歩みを止めると俺を見た。

ここに来てからよく言われた。でも違うよ。ごめん、名前なんだっけ?

ラルド。

そうだ、ラルド。私は怒ってないよ。誤解しないで。

そう言うハミンの表情をなんて表現すればいいだろうか。ハミンは俺の言葉に傷ついたように見えた。誤解されたことに慌てて、なんとかして釈明しなければと焦ってさえいるように思えた。

俺がアジア人をあんまり見たことがなかったからかも。

そうよ、そうだと思う。

彼女は乾いた表情で俺を見た。沈黙のまま歩いているとハミンの家の前に着いた。

退屈なとき連絡して。ほんとに退屈だったら。

俺はポケットからボールペンと紙切れを取り出すと連絡先を書いた。ハミンは腕組みしたまま俺たちが歩いてきた道のほうを振り返って見ていた。紙切れを彼女に渡した。怒っているように見えると言ったのが引っかかっての行動だったが、それよりもすごく寂しかったというのが大きかった。

果樹園を通り過ぎると林が現れ、その林の果てに丘が連なっていた。丘の下方から客を乗せてくるハミンの馬が遠くに見えることもあった。

近くに大きな川だけでなく丘まであるせいか、アーチディにはよく霧が立ちこめた。普段は朝の九時くらいになると晴れるが、ひどい日は十一時になってもそのままだった。そんなときは目の前の枝しか見えず、俺たちは手首に小さな鈴をぶら下げて働いた。はさみを持った互いを鈴の音で避けて通れるように。次第に霧が晴れ、世界が見えるようになってくると、俺は奇妙な安堵を覚えた。

俺は沈黙の中で働いていた。木の下のほうにある枝を切るのは難しくなかったが、上のほうの枝を切るときは梯子に上らなきゃならなかった。つばの広い帽子をかぶり、黙って仕事をしているとブラジルでの日々が思い出された。スナップ写真みたいに浮かんでくる情景はどれも夢みたいに思えた。


ハミンに再び会ったのは二日後、金曜の午後遅くだった。退屈で町のパブに行こうとバス停に着いたときだった。そこにハミンがいた。黒い服で着飾り、ヒールの高いアンクルブーツを履いて、立ったまま本を読んでいた。互いに目で挨拶してバスに乗った。俺は最後尾に、彼女は一番前の席に座った。

窓の外に日没の平原が見えた。平原の上に、丘の上に、屋根の上に温かな日差しが降り注ぎ、まるで天然の光と化した空がこの世に流れ落ちているようだった。誰かが俺に言った、美しいものを見ていると慰められるという言葉を思い出した。俺は多くのものに美を見出した。それで慰められていたのだろうか。でも俺に慰められる資格があるのか、当時は確信をもてずにいた。

ハミンは終点に着いてもがっくりと首を垂れたまま居眠りしていた。鞄と本はずいぶん前から床に落ちていた。俺はそれを拾い集めると彼女を起こした。ようやく目を覚ました彼女はおそらく韓国語で、俺には理解できない言葉で呟いた。俺たちはバスを降りた。

さっき俺になんて言ったの？

なにも言ってないけど。

起きた瞬間になんか言ってた。

ほんと？　まったく覚えてないけど。

彼女はそう言うと道路を横断した。遠ざかる姿を見ながら指先の皮を歯で剝いた。やめなきゃ、やめようと思いながらもその癖を治せなかった。九歳のころからはじまったその癖をやらなかった日は一日もなかった。それでも状態がいいときは少し嚙むだけで済んだが、不安だったり、精神状態がよくないときは血が出るまで剝かないとやめられなかった。

前を歩いていくハミンを見ていたら、訪ねてきた俺の姿に驚いていたエレインの顔がふと浮かんできた。玄関のドアを開けようとしたら後ろに隠れたあの顔。会いたかった、好きだという言葉はどれも弁明でしかなかった。俺が作り出したのはエレインの恐怖と不安だけだったのだから。涙が出るまで指先の皮を剝いてからメインストリートにあるパブへ向かった。

パブは意外に広かった。L字型のカウンターも大きく、立ち飲みできるテーブルもあった。ステージも広々としていたが、まだ早い時間帯だからか踊っている人はいなかった。ビルボードの最新ヒットソングみたいな音楽が流れていた。

俺はカウンター席に座ってビールを注文した。ひとりで二杯目を飲んでいるとハミンが入ってきた。彼女は俺に目で挨拶するとビールを二杯注文した。そうして立ち飲み用のテーブルでビールを飲みはじめた。俺に背を向けて。

ハミンがビール二杯を空け、俺も三杯目を飲み終わったころ、パブにぽつぽつと客が入ってきた。音楽は徐々に大きくなり、カップル数組が踊っていた。ブラック・アイド・ピーズの曲がはじまるとハミンがステージに向かった。

ハミンはカウンター席のほうを向いて踊った。それをダンスと呼べるならばだが。どうやったらああいう動きができるのか、あそこまで下手に踊れるのか、ハミンはリズムとリズムのあいだで自分だけのリズムに乗っていた。深刻な表情をしていると思ったら、気分が上がってきたのか笑ったり目を閉じたりしながら大きな動きで踊った。周囲は爆笑していたが、その笑い声は音楽にも埋もれないほどの大きさだった。ハミンの横に立って彼女のダンスを真似する男たちもいた。

どういうつもりだ。彼女は自分を笑い者にしているという思いに駆られた俺は、ハミンのほうへ向かった。そのときある一団がステージに合流してきて、とんでもないダンスを踊っているハミンとその一団に挟まれてしまった俺はぼんやりと彼女を眺めた。一曲終わるまで。思ったより長い時間だった。人の動きに押しやられながら、ハミンを笑う大きな声を聞きながら、ビールのせいで少し朦朧《もうろう》としながら、めちゃくちゃなダンスを踊るハミンを見ていた。

曲が終わるとハミンはダンスをやめてレジに向かった。俺もついて行ってビール代を払うと外に出た。

パブの入口では人びとが三々五々、煙草を吸っていた。ハミンはポケットに手を入れて、その人たちの前を通り過ぎた。

よく、こういうことするの？

俺は彼女を追いながら尋ねた。

よく、なにを？

ここで、ひとりで踊ったり。

踊りたいときに来て踊るわ。踊るのはここだけじゃないし。

帰るの？

バスに乗らないと。

そう言って彼女はバス停のほうへ走った。ちょうど到着したバスに飛び乗った。週末を控えた軽やかな空気、笑顔、車窓からの爽やかな夜風がバスを埋めつくしていた。俺たちはバスの真ん中辺りに並んで立った。バスが出発してまもなく彼女が口を開いた。

どうしてここにいるの？

そう言う彼女の顔は疲れて見えた。目は充血していて、顎には赤い吹き出物が二つできていた。俺は面白いことを言うとばかりに笑いながら答えた。

言っただろ。彼女のことで来たら火山が爆発したって。そのあいだに母さんが倒れ、カードは止められ、金はやらないって言われ。だからここにいるんだろ。つまんない偶然のせいで。

ふん。それが全部だとは信じてないけど。

じゃあ、そっちは？

俺の言葉に彼女は意地悪そうな顔で笑った。

あなたが興味津々だから答えたくなくなった。

じゃあ、結構。

ハミンは無表情に車窓を眺めた。黒い窓には光に反射した彼女と俺が映っていた。暗闇の中を白い犬が一匹、バスを追いかけるように速いスピードで走っていた。


その週末はずっと雨だった。俺は寝坊してから起きると窓の外を見て再び眠りに落ちた。騒々しい音に玄関のドアを開けて外を見ると、丘の上にくっきりとした稲妻が走った。一瞬遅れて雷鳴が鳴り響き、再び稲妻が光った。俺は屋根の下で魅入られたようにその光景を眺めていた。地面からは熱い紅茶のにおいがした。雨が吹きこんで服が濡れるのも気づかず、俺は幽体離脱した人みたいにその場に座りこんでいた。

どうしてここにいるの？　ハミンはそう尋ねたんだった。知るか。俺は唇を動かしてそう言った。母親にも同じ台詞を言われたことがあったな。人間としての俺に対するせめてもの期待が残っていたときは。どうしてここにいるの？　その言葉の次はいつも言い争いだった。

放っておいてくれって言ったんだっけ？　吹きこむ雨に濡れながら俺は母親の言葉を思い出していた。ラルド、どうしてここにいるの？　俺を見ていたエレインの灰色と緑の混じった瞳を思い返していた。会いたくてきた。そう答えたけどあの日、屋根の下に座りこんだ俺はその答えが正しかったのか確信がもてずにいた。どうしてここにいるの？

仕事もなく、母親の金で生きてきたと笑いながら話すのを見て、最初は少し腹が立った。あなたってしょっちゅう笑ってるじゃない。笑う話じゃないのに。ハミンはパブから帰るバスで無表情に言った。退屈だったら連絡して。こっちも連絡するから。そう言う前、彼女はバスの手すりを握る俺の手を見ていた。俺の指からさりげなく目を逸らそうとしていた。

俺は玄関前のコンクリートの地面に寝転がった。部屋から出なかった最長記録は一ヵ月だった。遮光カーテンを引いたまま最低限の食事と水だけを口にして、ひたすら寝転がっていた。誰よりも大学を卒業したかった。クラブに行って踊りたかったし、新しい友だちとも出会いたかった。家の外で人生を送りたかった。でも真実を語るより、面の皮が厚い怠け者になるほうが簡単だった。軽くて情けない人間ぐらいに見られるのが一番楽だった。ラルド、どうしてここにいるの？　俺は両方の拳を握りしめ、体をこわばらせたまま寝転がって答えた。出られなかったから。出ていきたくてもできなかったから。だからだったんだよ、母さん。

俺は十八歳からの人生に満足していた。大学では友だちとも付き合えたし、以前の俺を知る人もいなかったから。はじめて人から受け入れられたと感じたころに父親が死んだけど、その山場も順調に乗り越えた。変調をきたしたのは父親が死んで一年が過ぎてからだった。俺にできたこと。三時間シャワーを浴びる。帰ってきたらまた二時間シャワーを浴びる。その後の俺にできたこと。食べも寝もしないで十六時間テレビを見る。

情けない生き方だな。人はそう思っただろう。でも情けないながらも生きてるレベルになるまで、どれだけ頑張らなきゃならなかったか、空腹を感じ、体を動かせ、外に出るパワーが湧いてくるまでがどれほどの苦難の道だったか、知る人はいない。

雷鳴は空じゃなくて地面の泣く声みたいだった。

冷たい水が顔を伝った。体が震えた。

翌週の英会話の勉強会にハミンは来なかった。前回のように遅れてくるのかと思ったが最後まで姿を見せなかった。家に置いてきた携帯電話を思い出した。帰宅して確認してみるとハミンから携帯メールが届いていた。

――小さなトラブル。転んで手の指二本にひびが入った。ギプスをしてる。知っている番号がこれしかなくて。他の皆に伝えて。ハミン。

翌日の昼休みにサンドイッチをもう一つ作ると、ハミンの働く乗馬体験場に向かった。後方の垣根の外から彼女の名前を呼んだ。のどかな日だった。つばの広い帽子を被り、防水エプロンを巻きつけた彼女が手押し車を引いて厩舎から現れた。左手の薬指と小指にギプスをつけた状態で。

俺は彼女に手招きした。

ちょっと待ってて。手を洗ってくるから。

垣根に寄りかかって待っていると彼女が出てきた。エプロンを外し、スニーカーに履き替えていた。一緒に聖堂の裏でサンドイッチを食べることにして、そちらに向かって歩き出した。

手はどうしたの？

明け方にトイレに行こうとしたらビール瓶を踏んじゃって、仰向けに転んだの。こんなことになってるとは知らずにまた寝たんだけど、起きたら腫れ上がっていて。鎮痛剤を飲んで我慢して仕事してたんだけど、指がソーセージみたいになっちゃった。

そんなになるまで、なんで我慢してたの？　悪化したらどうするんだよ。

仕事はやらないと。折れたかと思ったんだけど、そうじゃなくてラッキーだった。急いで仕事を終わらせて病院に行ったんだ。レントゲンを撮ったらひびが入ってるって。それでギプスをして。まあ、でも左手だし。

そう言う彼女の顔を見た。怒っていると勘違いした表情のない顔のまま、彼女は淡々とそう話した。特に愛着もない品物が壊れたと話しているみたいな顔で。

聖堂の裏には大きな木が数本とベンチがあった。数人の老人がベンチに座ってひなたぼっこをしていた。俺と彼女もベンチの一つに腰掛けた。六月の初旬だったが風は冷たかった。俺はトートバッグからラップに包んだチキンサンドを二つ、コーヒーの入った魔法瓶に水筒とコップ二つを取り出した。コーヒーを注ぎ、食べやすいようにサンドイッチのラップを剝がすとハミンに渡した。彼女はコーヒーを味わっていたが、チキンサンドを一口かじって俺を見た。

こんな怪我なのに、レベッカは働けって？

私がやるって言ったの。そんなに仕事があるわけでもないし。

韓国でもこの仕事を？

ううん、病院で働いてたの。看護師として。大都市にある大きな病院で。

そこまで言うと彼女はあたふたとサンドイッチを食べた。かぶりついてきちんと嚙まずに飲みこんだ。熱いコーヒーも大急ぎで飲んだ。サンドイッチを食べ終えた彼女が口を開いた。

前に訊いてきたよね。どうしてここにいるのかって。

彼女はあたりを見回して俺を見た。

ここに仕事があるから来た。来てみたらほんとにいいところだった。素敵な音がする。聞いてみて。

聞こえるものといったら風の音、風が葉にぶつかる音、鳥の声、たまに自動車が通り過ぎる音、老人たちが会話する声、咳、笑い声だけだった。

こういう音は人を疲れさせない。

韓国にはこういう場所はないの？

彼女は表情のない顔で俺を見て答えた。

私が育ったのもこういう田舎だった。でも私はあそこが一番嫌いなの。考えるだけでも。

どうして？

人がね。

彼女はそう答え、ぼんやりとギプスをした手を眺めた。褐色の猫が聖堂の壁にもたれてひなたぼっこをしていた。

それでも韓国にいる人たちが懐かしくない？

数人は。

彼女は少し考えてから話を続けた。

でも今はもう、戻って暮らす自信がなくなった。

俺はためらっていたが口を開いた。

ギプスがとれるまで俺と昼メシ食わない？　どうせ毎日作ってるんだし、もう一つ増えても大したことないから。

咄嗟だったし無謀な提案かと思ったが、彼女はなにも言わずにそうしようと答えた。

その日から俺たちは特別なことがない限り、一緒に昼の弁当を食べた。ハミンのギプスがとれてからもそれは続いた。ほとんどがサンドイッチだったが、たまに焼いたり潰したりしたじゃがいもに魚やチキンのフライを食べたり、いろんな種類のサラダも食べた。気温が上がり、冷たいビールを一本ずつ持ってきて飲むこともあった。

ハミンはアイルランドのラペスタにある大学院の看護学科に入るべく準備中だった。学生ビザがないと二年以上の滞在は不可能で、学位があれば現地で就業できるチャンスがあった。法律上は可能だが大学院への入学も現地での就職も確実ではなく、最初にビザを取得してアイルランドに入国したときは四ヵ月の求職の末に八百屋のアルバイトを得たと言った。

私はいつも必死に生きてきた。

ハミンはたまにそんなことを言った。俺は「生きる」という動詞に、「必死に」という副詞がつくのはおかしいと思っていた。「hard」は普通、否定的な印象を与える言葉ではないだろうか。「hardworking」って言葉があるにはあるが、生きることは労働ではないのだから。ハミンがどういう脈絡でそう言っているのか気になった。自分を追い立てるように生きてきたって意味なのか、さして面白いこともなく生きてきたって意味なのか、必死に生きることが彼女にとっては正しいという価値の問題なのか、生きることの条件が彼女を苦しめたっていう意味なのか。彼女がその言葉を口にするとき、だから俺はちゃんと相槌を打てなかった。

3

英会話の勉強会に参加するようになって二ヵ月が過ぎたころ、俺たちは旅に出た。近くの島に行ってみたいというイレーネの希望で行くことにはしたが、互いに忙しくて延期し続けていたせいで七月の中旬になってようやく出発できることになった。

バスで港まで行き、小さな島に向かうフェリーに乗った。島に到着するとオープンカーのジープを一台借りて海岸沿いを回った。ニコがジープを運転し、俺たちは些細なことにも大笑いして騒いだ。下り道になるとジェットコースターにでも乗っているみたいに大声をあげ、海の色がどれほど美しいか、通り過ぎていくヨットがどれほど大きくてかっこいいか、ひっきりなしにおしゃべりしながら、風でくしゃくしゃになった互いの髪を見て笑った。ハミンは例の表情のない顔で景色を眺めていた。風になびかないように髪を一つに束ね、そうしていないと落ちるとでもいうように車のグリップをぎゅっと握りしめていた。

海岸近くの食堂のオープンテラスで昼食をとった。青と白のチェック柄のテーブルクロスは海風が吹くたびにたなびいた。空気から海のにおいがした。俺たちは長いテーブルに一列に座って、海を眺めながら料理を食べた。ぼこぼこした小さな白浜の所々に白いパラソルが見えた。波が荒かった。

どこか具合でも悪いの？

アーニャがハミンに尋ねた。

ううん、どこも。

ハミン、あなたは少し休んだほうがいい。

そう言ったのはイレーネだった。俺はハミンの顔を見つめた。日焼け止めをいい加減に塗ったせいで所々が白く浮いている、疲れて見える顔。

そうだよ、ちょっと休んで。緊張してるみたいに見えるよ。肩を引いて、胸を張って深呼吸しよう。

ジョバンニがイレーネの言葉を受けて言った。好意と気遣いの入り混じった言葉だった。

フォークで料理をかき混ぜていたハミンが口を開いた。

緊張してるわけじゃないの。気にしないで。

そう言うとハミンは料理を口に入れた。話しかけた側が鼻白むほど乾いた口調だった。

毎晩、酒を飲んでるせいだろ。二日酔いだからだよ。

俺が言った。

ハミンったら、そうなの？

アーニャがハミンを見て笑った。

すごいんだから。どれだけ酒を愛してんだか。

俺は手をひらひら振りながらハミンを見た。ハミンも柔らかな表情になって俺を見ながら笑っていた。

ほんとよ。

ハミンが言った。

ラルドとハミンは仲良くなったんだ。

イレーネが言った。

全然そんなことないけど。

ハミンはそう言うと俺を見た。特有の意地悪な笑みを浮かべながら。


前日の雨のせいでいつもより風が冷たかった。俺たちは海岸にビーチマットを敷いて日光浴しながら波の音を聞いた。黒いビキニ姿のハミンは寝そべっていた。身長に比べてマットが短くて足がマットの外に突き出ていた。彼女は眠りながらたまに寝言を言った。誰かと会話しているみたいに話しながら笑ったり、顔をしかめたりしていた。例の俺にはわからない言葉を発していた。

英語を学ぶとき、教授は考えも英語でするようにとアドバイスした。意識して努力したけど結局はポルトガル語で考えていた。英語で話すときも頭の中でポルトガル語の文章が先に作られていた。どこにいようが生きている限り、永遠にポルトガル語からは抜け出せないだろうとわかっていた。ポルトガル語で考え、ポルトガル語で夢を見て、ポルトガル語の中で生きる。ハミンもそうなのだろう。韓国語で考え、韓国語で夢を見て、韓国語の中で生きるのだろう。自分の母国語をまったく理解できない人びとに囲まれて生きていく暮らしを選択したが、その選択とは関係なく、彼女に言語の国境を意のままに越える自由はない。うん、その確かに制限はあると思う。いつか彼女はそう言っていた。

寝ているハミンを残して海で遊んだ。女の子たちは海中でしゃがむ俺の肩を踏み台にして立ち上がり、海に向かってジャンプした。なんでもないその遊びに俺たちは腹を抱えて笑った。

子どものころ、大人の肩を踏み台にしてこんなふうに遊んでいた姿を思い出した。小学校に入る前のほんとうに小さかったころ、そうやって遊びながら楽しんでいる姿を家族に見せなきゃと考えていたのを思い出した。突拍子もなくてふざけてる、他愛のない話で皆を笑わせる末っ子のラルド。そんな役を演じようと頑張っていた自分の姿を。俺は皆を失望させたのだろう。そう思うと誰かに蹴飛ばされたみたいに腹が痛んだ。

白浜と波に陽光が反射して目に映るすべてが眩しかった。目覚めて座っているハミンの姿が遠くに見えた。ハミン、こっちにおいでよ。ハミンは俺たちを見ながら手を振った。脚を前に伸ばした楽な姿勢で座り、俺たちを見物していた。遠くて顔がはっきり見えないのに笑っているのがわかった。その姿を見ていたら彼女がどこまでも近くに感じられた。これは一瞬だろう。結論から言うとそのとおりだったが、彼女を遠目に見たときのこと、波に体を委ねて前へと押し出されながら、海岸に座る彼女がリラックスした笑顔を俺たちに向けるのを見た瞬間や、そのときの気持ちは消え失せずに俺の中に残っている。親族に対する愛情のような、そういう愛情がどうすることもできずに抱えている温もりのせいで胸がつぶれるような思いを、俺は遠くで笑っているハミンを見ながら受け入れた。

その日の午後、海岸を離れるころには全員の頬と肩が赤く焼けていた。またジープに乗って島を回った。有名な絶壁の前で降りて眼下に広がる風景を見物した。切り立った絶壁の下は海だった。そこに立って俺たちは互いを怖がらせながら笑った。人は怖いものを見ると笑い出すものだから。太陽が少しずつ海のほうに沈んできていた。

疲れ果てた俺たちは船に乗ると甲板にも出ず、船室の椅子に腰掛けて眠った。喉が渇いて目が覚めると、いつの間に陽が沈んだのか外は真っ暗だった。

甲板に出てみると欄干の近くに立つハミンの姿があった。フード付きの白いウインドブレーカー姿で航跡を見つめていた。ひとりでいる時間を邪魔したくなくて立ち去ろうとするとハミンが俺の名前を呼んだ。

ラルド。

疲れてないの？

俺はハミンの横に立つと尋ねた。

ううん。

きみっていつもそうだよな。疲れてない、具合悪くない、大丈夫、大丈夫。

私が？

うん。

ラルドは私を素直じゃないと思っていたのね。

そう言うとハミンは航跡を見つめた。

でもね、自分では実際のところはわからない。自分がどんな気分なのか、どう感じたか、感覚が麻痺してるって言うべきなのかな。だからわからないって言葉の代わりにそう言ってるんだと思う。

疲れてるに決まってるだろ。働いて、勉強して、言葉もずっと外国語を使わなきゃならないんだから疲れてるよ。

定着しないといけないから。

ハミンは両手で目をこすった。

韓国での職場もよかっただろうに、どうして辞めたんだ？

これまで一度もしなかった質問だった。ハミンは少し考えこんでいたが口を開いた。

ある看護師がいたんだけど、私、その人が大嫌いだったの。

仕事を辞めるくらい？

うん。

どんなところが？

とにかくすべて。人の風上にも置けない人間だった。

どれくらい。

彼女は手で再び目をこすると話しはじめた。

私が働いていた病院には、よそから送られてくるホスピス患者が多かった。もう希望のない患者たち。看護師の勉強をしていたときから、そういう患者がもっとも尊重されるべきだと思ってた。実際に余命も短い人たちだし。どれだけ恐ろしくて寂しい思いをしているか。

そうだな。

でも、その看護師はそういう患者に対して心のこもった応対をしなかった。機械みたいに仕事をこなしていた。てきぱきしてるし、ミスもほとんどないから普段の業務評価はよかった。でも、それがすべてだった。患者が少しでも感情の見える要求をしてくると背を向けてしまった。患者の気持ちみたいなのは、彼女にとって聞きたくもない騒音だった。

それで？

その人、最初からそうだったわけじゃないの。最初は患者の言葉にも耳を傾けて、笑顔でいようと努めてた。でも長いあいだ三交代勤務で働いて、しかも仕事が多すぎて……あるとき、心の奥にある小さなブロックが一つ外れて落ちた。すごく小さなブロックだったんだけど、それが外れたせいで大事な部分まで崩れちゃったってわけ。でも本人は、自分がめちゃくちゃになったことに気づいてもいなかった。

可哀想な人だね。

ある患者が倒れて発作を起こした。夜勤中だったんだけど、当直医が電話に出ない。だから他の医者に電話をした。医者が言う。当直表を見たのかと。見たって言うと、見たならどうして自分に電話をしてくるんだって。彼女は言った。患者が倒れて発作を起こしているのに当直医が電話に出ない。医者が言う。当直表を見ろと。自分の責任じゃない。名を名乗れと。

彼女はそう言うと自分の肩を揉んだ。

私が言いたいのはただ、そういうことはひっきりなしにあるって話。でも、それは言い訳にはならない。そういう状況でも患者の尊厳を守る看護師がほとんどだから。

仕事に追われるときがある。座る暇もなくて、ほとんど走り回るようにしてこなさなきゃいけないときが。時間の経つのも忘れて働き続ける。あれもそんな日だった。百歳近いおばあさんが患者としてやってきたの。娘は八十歳になる老人で。その老人が彼女に頼んできた。母親の床ずれを手当てしてほしいって。彼女はいらいらする。そして思う。どうして老人は、こんなにも人を苛立たせる存在なのか。他にも仕事はたくさんあるから、ちょっと待ってくれって答える。無我夢中で働く。やることが多すぎる。老人がまたやってくる。おばあさん、待っててくださいって言ったでしょ。四時間待ったよ。老人が答える。もう少し待ってください。うちのお母さんが痛くて泣いてるじゃないか。待ってください。彼女は冷たく言う。急ぎの仕事を片付けてから床ずれの手当てをする。手つきは素早いけど荒っぽい。そして思う。なぜ百歳まで生きて皆に面倒な思いをさせるんだと。なぜそうまでして生きたいのかと。

彼女は乾いた口調で語っていた。

想像もつかないね。

一番苦しんでいる患者たち、呼吸器をつけ、眠れてもせいぜい二時間の患者が早く死にたいと彼女に言うときも事務的に接する。患者の前で彼女は壁になる。目も耳も口もない壁。患者が亡くなってもストーマ袋と尿管、注射針を患者の体から取り除きながら患者の顔を見ないようにする。

彼女はそこまで言うと腕組みをした。俺を見ないまま。

でも、その女性の考えてたことまでどうしてきみにわかるの？　そう見えていたっていう推測で言ってるのか？

わかるの。

彼女は風になびく髪を一つに束ねると俺を見た。なにか言おうとしたが口ごもり、少しして口を開いた。

私がその人だから。

俺を見る彼女の目が赤くなった。

嫌われても仕方ないと思う。

ハミン。

俺は及び腰で彼女の背をさすった。そうやって真横に立ったまま、しばらくなにも言わずにいた。

人は誰でもミスをする。

俺はためらっていたがそう言った。

ううん、皆がみんな、そうってわけじゃない。

彼女は欄干にもたれて目を閉じるとうなだれた。港が近くなり、船は徐々に速度を落としながら金属音を発していた。夜で、昼間に群れをなして飛んでいた白い鳥は消えていた。ひとりの人間として世の中を悟る機会ってどれくらいあるのだろう。俺は目を閉じる彼女を見ながらなにも言えずにいた。俺にはなにひとつわからなかったから。ただ彼女の横に立っているしかできなかったから。ハミン、ハミンと彼女の名を何度か呼んでいるうちに俺には沈黙のほうが、彼女の苦しみと無関係な俺には沈黙のほうがふさわしいと気づくしかなかったから。

でも胸が痛かった。人生が自分の望まない方向に流れていってしまったとき、残ったものといったら自身に対する憎しみしかないとき、自分の心を慰めることすら不可能なときのお手上げ状態については俺も知っていたから。

4

ハミンはどんな些細なことも人の助けを借りようとしなかった。俺に対してもそれは同じで、少しでも手伝おうとすると不愉快になった。どうしてなんでもかんでも自分の力でやろうとするのかと尋ねる俺に、彼女は小さなころからそうやって生きてきたからだと言った。

お前はひとりでもちゃんとできる子だ。大人たちは子どもの彼女をそうやって褒めたそうだ。真面目な子、兄妹に譲ってあげられる子、誰にも頼らない子と褒められながら彼女は育った。そして彼女は大人たちのそんな言葉を証明でもするかのように生きてきたと言った。そういう称賛が嬉しかったし、だからその称賛どおりの子どもになりたかっただけだと。

彼女は言った。重い荷を背負うほど拍手の音が大きくなるのを知り、無理をして、頑張って、いい子に振る舞って、そうやってちょっとでも褒められることで愛されているという感覚を経験してみたかった。他人が自分になにかしてくれるかもという期待は一つずつ捨てた。他人に期待するのはやめよう、幼いころからそう心に誓って生きてきたのだと。彼女にとって人生とは、とにかく自分の力でやり遂げなければならないものだった。

彼女の言葉をきちんと理解するのは難しかった。そういう承認欲求は自分を追い立てる理由にはなり得なかった。助けが必要なら助けを求めればいいし、ひとりでは手に負えないのに、自分を傷つけてまでやり遂げる理由はないんだから。でも俺はその考えを彼女に伝えなかった。胸が痛かったからだ。

同じ年齢の子よりも一年早く小学校に入学したハミンは二十一歳で看護師の仕事をはじめた。教育ローンを返済しながらあくせくと金を貯めた。給料の一部を親に仕送りした。自分のために金を使うのはいつも罪悪感が伴った。

二十四歳になった年に兄が結婚すると知らせてきた。恋人が妊娠したのだが貯金がなくて、今すぐまとまった金額が必要だという話だった。両親は口をそろえて家族は助け合わないといけないと言った。家族が借金を踏み倒すわけでもあるまいし、少しずつ返していけばいいんじゃないかと。

お前は優しい子じゃないか。母親は彼女の手を握って言った。まだ十代の兄の恋人に会うと気持ちがぐらついた。彼女は貯金のほとんどを兄に送った。兄はどうってことなさそうに受け取った。お兄ちゃんのプライドもちょっとは考えてあげて。母親はそう言った。心の中でなにかが軋《きし》む音が聞こえたが無視した。男は子どもができれば落ち着くから。母親の言葉と裏腹に、兄は子どもが生まれるとさらに遊び回るようになった。会社を辞め、仕事を探すからとネットカフェで暮らすようになった。飲み屋で喧嘩になって相手を殴った兄が拘置所に入れられたとき、彼女は貸した金を完全に諦めた。失くしたんだ。彼女は心の中で呟いた。厄払いしたんだ。そう思うとおかしなことに笑いがこみ上げてきた。酒も飲んでいないのに、どういうわけか笑いが止まらなかった。

彼女の話に登場する人物は、誰が一番疲れる生き方をしているか競争しているみたいだった。仕事は信じられないほどきつくて、ろくに休みもなく、母親という人間は息子のためだと娘に犠牲を要求する。もっとも理解できないのはそのすべてを受け入れたハミンだった。でもどうしてそんな生き方をしてきたんだとは、どうしても問いただせなかった。なぜ韓国を去ったのかも。

彼女の話を聞いているとブラジルでの自分の姿が、そして自分を見ていた母親の顔が浮かんできた。ハミンからどうってことなさそうに金を受け取った兄の姿がブラジルでの自分の姿に重なった。姉のマリソルも思い出された。いつも場の空気を読んで動ける、弟の面倒をよく見ると褒められていた姉もハミンのように寂しかったんだろうか。誰にも心配をかけない人間になろうと彼女も頑張っていたんだろうか。生まれた瞬間からそういう人間だったヤツはいないだろうが。深く後悔したわけではなかった。でも胸が痛むのは否定できなかった。

母とEメールのやり取りをはじめたのもそのころだった。飛行機で十一時間の距離にある大西洋は二人に呼吸のできる空間を与えてくれた。最初は形式的な言葉を交わしていたが時間が経つにつれ、もう少し素直な話もできるようになった。

文章で会話する母親は言葉で会話するときとは別人のようだった。日常の些細な瞬間から多くを見出し、多くを感じる人。俺は自分が母親に似ているという言葉の代わりに、ここで出会った美しいもの、痛みを感じさせるものについて書いた。大麻が自室のマットレスの下にあるから、気分転換がしたいとき吸うようにとも書いた。

おかげで久しぶりに楽しかったと母親は返信に書いてきた。

俺がその話を聞かせるとハミンは少し笑ってから口を開いた。

ずいぶん依存してたの？

いや、たまに一本ずつ、興味があったんで吸ってた。

俺は嘘をついた。

それって、そんなにいいの？　今はやりたいと思わないの？

今は特に。

そう言いながら俺は二度と昔には戻れないと気づいた。当時を思い返すと妙な疲労感を覚えた。

最初は友人と吸っていたものを、あるときから部屋で、ひとりで吸うようになった。テレビを見ながら、食べ物を山積みにして食べながら俺はひたすら笑った。野卑な現実はその気だるい疲労の中で淡い光を放ち、爆笑は俺に慰めをくれた。でも空虚だった。眠りから覚めて食べ残しと一緒にベッドの上で丸まっている自分に気づくと、酔った目には輝いて見えたものたちは、形は同じなのにどういうわけか色褪せたように感じられた。

あんたみたいな人間、以前に出会ってたら口も利かなかった。

ハミンが言った。

俺だってそうだよ。

脆《もろ》い人間が嫌いだった。我慢ができない人間が。

どうして?

わからない。

ハミンはそう言ってうっすらと笑った。

知り合うこともなかっただろうけど。火山がなかったら。

ハミンは手で目をこすった。そんな無味乾燥な会話の中にハミンの愛情を感じた。心にもない言葉を可愛らしくラッピングして見せるやり方じゃなくて、太陽が輝くように、雨が降るように、ただそんなふうに心に降り注ぐ言葉があるという事実が不思議でもあった。

ハミンは言った。強い人間になりたかったと。うだうだ言わず、涙を見せず、文句を言わない強靭な人間に。押さえつければ押さえつけるほど感情は彼女に服従しながら曇っていった。仕事のストレスのせいで、患者への感情移入のせいで涙を流して動揺する看護師を、彼女は冷静な目で眺めた。大げさな。それほどのこと？　つらいのはあんただけなの？　なんでそんなに繊細なわけ？　この程度も耐えられないならどこに行っても生き残れない。あるときは心の中で、あるときは口に出してそんなことを言いながら。

病院で働いていたとき、好きな先輩がいたの。

ハミンは言った。一年先輩の彼女は万事において同僚を尊重し、仕事もできる人だった。ハミンは彼女によく思われたかったし、彼女と親しくなりたかった。同じ時間帯の勤務になると嬉しかったし、特別にいろいろ話したわけではなかったが一緒にいると安心できて気持ちが落ち着いた。彼女が退職すると聞いてハミンは慌てた。誰よりも病院での生活に適応しているように見えた人だったから余計にそうだった。

ハミンはずっとためらっていたが彼女に尋ねた。どうして退職するのかと。給湯室の浄水器の前に並んで立っていたときだった。彼女はタンブラーに水を注ぎ、ハミンを見るとなにも言わずに笑った。ハミンは再び尋ねた。どうして辞めるのかと。

彼女はタンブラーに視線を移してから再びハミンを見ると、しばらく間を置いてから意外な言葉を口にした。

ハミンさんの目には、ご自分がどう見えていますか？

彼女は柔らかな語調でそう言うと外に出た。

どういう意味でしょうか？

給湯室を出ていく彼女を廊下まで追いかけながらハミンは訊いた。焦って追いつめられた気持ちで尋ねた。

どういう意味かおっしゃってください。

彼女は特有の人のよさそうな笑みを浮かべながらハミンの肩をぽんぽんと叩いた。

特に意味はありません。

そう答えて彼女は廊下を歩み去った。どうしてかそれ以上追えなくてハミンはその場に佇んでいた。その出来事があってからも彼女はいつもの姿でハミンに接した。礼儀正しく、穏やかな姿そのままで。そうした態度は自分に向けて張り巡らされた壁だったのだとハミンはようやく理解した。ハミンさんの目には、ご自分がどう見えていますか？　それは、あなたは相手にする価値もない人間だという意味の言葉として迫ってきた。あなたみたいな人間がどうして生きてるのか理解できないという言葉にも感じられた。公然とハミンを侮辱して非難する同僚もいたが、彼らのことは軽蔑していたので耐えられた。でも好きだった先輩からのその言葉はハミンを凍りつかせた。

それからもたまに思い出された。ハミンの目には自分がどう見えているかという言葉、そう言った彼女の表情、あの空間に漂っていた空気が。

そのたびに壊れたひとりの人間が見えた。この人にはこんな口調で、あの人にはあんな表情で話す。どこまでも優しいのかと思ったら誰かに対しては非情なまでに無関心、本心でもないのにもっともらしいこと言って笑っていると思ったら、裏では笑い方もわからなくなっている。そうやって日々を生きていると、自分のほんとうの話し方や表情の浮かべ方もわからない人間になっていった。道端で笑い声をあげている人を見ると、そのおかしな人間のことを彼らが笑っているような気になった。いつも寒かった。

それからいくらも経たずに妹のハウンが病院に訪ねてきた。

お姉ちゃん、その顔はどうしたの？　彼女はそう尋ねた。どこか悪いんじゃないかと何度も訊きながら彼女はハミンの顔色をうかがった。食事を終え、カフェに場所を移して話しているとハウンが切り出した。お兄ちゃんが結婚するとき、お姉ちゃんがお金を用立てた話を聞いたと。ハミンは構うなと言ったがハウンは腹が立つと言った。どれだけ苦労して稼いだお金かわかってるのに、あげちゃうなんてどうかしてる。お姉ちゃんはどうして自分を大切にしないのだと。その場に座ってハミンは妹の言葉を必死に遮っていた。聞きたくなかった。

母さんが言ってた。お姉ちゃんは家族のために犠牲になったんだって。犠牲？　ただの搾取だって言うべきだって話してきた。人から搾取しといて、もっともらしい言葉で王冠を被せてあげたらお終いってわけ？　お姉ちゃんに苦労したなって一言でも声をかけてあげたことあるの？　ひとり故郷を離れて苦労してるのに、心配の一つでもしたことあるのかって。お姉ちゃん、お姉ちゃん、私は……。

私にどうしろって言うのよ。

凄みのきいた恐ろしい声。自分の体からどうやったらこんな声が出てくるのか。ハミンは他人の声でも聞いているみたいに自分の声を聞いていた。ハウンがびっくりした顔でハミンを見つめた。

みんな、口ばっかり。お前はこんな人間だ。自分の人生を台無しにしているって。じゃあ、だから、どうしろって言うのよ。私にどうしろって言うの。

ハミンはテーブルに突っ伏して体を震わせながら子どものように泣いた。泣きやまなきゃ、コントロールしなきゃと思ったが止められなかった。

お姉ちゃん……。ハウンは席を移動してハミンの隣に座った。なんてこと、お姉ちゃん……。ハウンの動悸が聞こえた。一度もこんなことはなかった。他人の前でこんな姿を見せたことは。私も呼吸がしたい、ハウン。彼女の言葉にハウンはそうだよ、そうだよね、お姉ちゃんと答えた。そうだよ、そうだよね、私のお姉ちゃん。

最初は羞恥《しゅうち》を覚えたが涙がおさまるころにはすっきりして、全身を埋めつくしていた熱がひいていくと寒さを感じた。鼻でうまく息ができなくて口で呼吸した。どんな力があのときの私を打ち崩したのだろう。ハミンは俺にそう言った。

その日、五歳下の幼い妹ハウンは、ハミンにたくさん問いかけた。

お姉ちゃんはなにが好き？　なにをしてるときが楽しい？　夜勤のときってどんな気分？

お姉ちゃんが一番好きな歌は？　生まれ変わったらどんなふうに生きたい？　簡単な質問なのにまともに答えられない自分の姿をハミンはぼんやりと眺めた。よくわからない。わかんないけど。こんな言葉ばかりをくり返す自分を。どんな気分かって？　それのどこが大事なの。そう答えてから実は自分の感情について特に知っていることがないのだと気づいた。

帰り道、ハウンから携帯メールが届いた。

——真面目にじゃなく自由に生きて、お姉ちゃん。泣いたりしてごめんって言う人間は好きじゃない。

返信メッセージのボタンを押してしばらく考えたが、なんて書くべきかわからなかった。

——気をつけて帰ってね。

そう送ろうとしたハミンは続けてこう書いた。

——私、変わるから。今よりましになったら会おう。

その状態で仕事を続けていけば、数十年後には看護師長になれるかもしれなかった。壊れたとしてもそこまで上りつめられるなら、壊れただけの対価は得られるのではとハミンは思った。でも一方ではわかってもいた。誰よりもはっきりと理解していた。人生の儚《はかな》さと対照的な死の確かさを。人生はたった一瞬の未来も保証してくれないという事実を。

彼女の話を聞いた帰り道は不思議と以前の自分の姿が頭の中にひょっこり現れた。俺たちはあんなに異なる生き方をしてきたにもかかわらず。

だから俺も彼女に自分の話をするようになったのかもしれない。俺も最初からこうだったわけじゃないんだと。丘に登ったある晩夏の夕刻だった。

自分の話をしようと思うと胃がぐるぐるして顔に血が上った。

ほんとに、なんてことない話なんだけど……。

俺はためらっていたが言葉を続けた。

もしかすると贅沢な話かもしれないけど。

ハミンは催促せずに、そんな俺を黙って見ていた。

親父が五十歳のころに俺が生まれた。あの人、三回結婚してるんだけど、俺は六番目の息子だった。娘は俺の姉貴だけ。俺が生まれたとき一番上の兄貴は三十手前だった。全員が父親似で背が高くて体格もよかった。学生時代に運動選手だった兄貴もいた。でも俺は似ても似つかなかった。小さくて、痩せっぽちで、外に出て遊び回るよりも家で本を読んで、絵を描いてるほうが好きだったから。近所のお姉ちゃんたちのところに行って一緒に遊んだり。そんな俺を親父は好ましく思ってなかったんだろう。

親父を喜ばせたくて可愛い言葉遣いをしたり、花をプレゼントしたりしても、女々しいことするなって言葉が返ってきた。お前が動物だったら、とっくに淘汰されて存在していないだろうって言葉も聞いた。親父は男が泣くのは罪みたいに思ってたらしい。だから悲しい気持ちになるといつも怖かった。涙を流したら罰を受けると思って。喉の奥が苦しくて、舌の付け根が痛くても泣くまいと頑張った。そうやって生きてたら、悲しくなるとむしろ笑うようになってた。

親父はいつも心配してたみたいだ。俺が男らしく振る舞えないから、同性からいじめられるだろうって。それはまあ、事実だった。野生だったらおそらく淘汰されてただろうっていう親父の言葉の意味を、学校に通うようになって理解したから。俺からある種のにおいがするのか、ここに命中させればいいんだって誰かが俺の顔に的でも描いたのか、いじめから逃れる道はなかった。新しい学年に上がってても特になにも変わらなかったし。中学校のときが一番つらかった。

そこまで話した俺は少し驚いていた。短い時間だったけど、そんな話をする自分を恥ずかしいと思わなかったし、当時の自分のことも恥ずかしくなかったからだ。そのうちすぐに余計なことを言った気がしてきまり悪くなり、何度も笑ってしまったが話はやめなかった。

ある日、学校からの帰り道でぼこぼこにされたんだ。あそこまでやられたことはなかったのに。その場でひとりが警察に連れていかれるほどだった。だから親父の耳に入るしかなかった。親父は言った。お前が弱そうに見えるから、ちょろそうに見えるから、そんな目に遭うんだって。殺すぐらいの勢いで一度でも飛びかかってみたのか、狂ったみたいに立ち向かってみたのか、お前がやられてばかりだから、相手がどれだけ軽く見ていたことか、全部お前のせいだ、お前が隙を与えたんだ、どうやったらお前みたいなのが俺の息子でいられるんだ。お前の兄貴たちはただの一度もこんなことはなかったって。屈辱だった。

そんな親父に腹も立たなかった。そのころはもう彼を怖いとも思ってなかった。でも傷つかなかったわけじゃない。ただ悲しかった。親父は当時、六十代の半ば、リューマチがひどくていつも痛みを訴えてたし、仕事も続けられなくなってた。死ぬまで弱さを嫌悪しながら生きてきた人がはじめて弱って、自分を受け入れられずにいる姿を見守るのって……。難しかった。俺が少しでもつらそうなようすを見せると言うんだ。お前は俺がどうやって生きてきたか知ってるか？　すべてを手にしてるっていうのに泣き言か？　死ぬまで一度も折れることはなかった。お前、そんなんじゃ生き残れないぞ。尊敬される男になれないぞ。そんなことを言いながら。

いつ亡くなったの？

俺が二十歳のとき。肺炎で。

俺はそう言うとハミンのほうを向いて笑った。ハミンは眉間にしわを寄せたまま、そんな俺を見ていた。話を集中して聞いているとき、ひとり考えにふけるときにする表情。最初は怒っていると誤解した顔。束ねた髪からほつれた細い髪が風になびいて彼女の顔をかすめた。

これのどこが、なんてことない話なの？

俺は言葉が見つからなくて肩をすくめた。

丘を下る途中、ハミンは俺の前を歩いた。後ろから見ているとハミンは何度も自分の顔に手をやった。少し近づいて声を聞くまで彼女が泣いているのに気づかなかった。俺の話のせいだろうか。俺はどうして泣いてるのかと尋ねることもできず、ただ少しずつスピードを落として歩いた。彼女が泣いているという事実を隠せる時間を作ってあげたかったから。それが彼女に対する配慮だと当時の俺は信じていた。

5

ハミンの宿舎は乗馬場の裏庭に建てられたコンクリート造りの別棟だった。小さな建物の中に部屋が一つと小さなシンク台、バスルームがあり、ドアを開けて外に出ると広い裏庭にテーブルと椅子、サンベッドがあった。裏庭の木陰に座っていると涼しかった。ハミンの宿舎にはｗｉ－ｆｉが設置されていて、ビデオ通話をしたりＥメールを送るとき、俺はハミンのノートパソコンを借りた。そういうときの彼女は本を読んだり、日記を書いたり、サンベッドに寝そべって眠ったりしていた。

普段の彼女は横向きで寝た。赤と黒のチェックの毛布をかけて寝ながら呟いていた。俺は隣に座って鉛筆でメモ帳に彼女の寝言を書き留めた。文章の長さでしゃべるからすべては無理だったが、できる限り書き起こした。ハミンが目を覚ますとメモを見せた。彼女は私、また寝言を言ってたの？　と訊きながらメモを注意深く読んだ。

ハミンの宿舎に遊びに行くときは厩舎に寄って一頭ずつに挨拶をした。見た目も性格もそれぞれの八頭の馬は、俺たちが入っていくと一歩ずつ前に進んで親しげなようすを見せた。馬の目をじっと覗きこんでいると、長いあいだ、二百年は生きてきた人の目を見ているようだった。馬の人間が知っていることを馬は知らないが、馬が知っていることを人間は知らない。そして俺は、馬が知っていて俺たちは知らないそのなにかは、俺たちが知っていて馬が知らないことよりも大きくて深いのかもしれないと思った。

ハミンも似たようなことを言った。

仏教ではこう言ってる。輪廻をくり返して動物は人間になると。そして人間になるとはじめて悟りを求めるんだと。でも私にはわからない。反対に人間が最底辺にいるんじゃないかとも思う。

ハミンが病院を辞めて旅に出たのは真冬だった。とても寒い日で雨が降っていた。歩いていると観光地の入口に佇む一頭の馬が見えた。彼女は歩みを止めると道の向こう側の馬を見た。馬車を引く馬がつける、視野を制限するブリンカーをして下を向いたままだった。そうやって寒い日に全身で雨に打たれ、一歩も動けずにいる馬。ハミンは馬じゃなくて人間で、そうやって寒い日に動けないまま震えながら雨に打たれなくてもよかった。道向こうの馬は人間じゃなくて馬で、そうやって寒い日に動けないまま震えながら雨に打たれてもよかった。その事実は長いことハミンの心に残った。

ハミンはその話を乗馬体験場の閉鎖が決まった日に聞かせてくれた。突然のニュースではなかった。レベッカはアーチディの家を畳みたいとたびたび言っていたから。六十歳を過ぎて乗馬場の仕事をするのもしんどかった彼女は、数年にわたって悩んだ末に土地と家を売ってダブリンに移ることに決めた。

この子たち、他の場所に売られていくんだって。

ハミンは表情のない顔でそう言った。

なんてこと。

そして自分がテーブルに広げた本に菓子の袋、ピスタチオの殻、ティッシュペーパー、ノートなどを苛々したようすで片づけはじめた。

どうしてこう、なにもかもがめちゃくちゃなの。

俺は横に立ってそんな彼女をただ見ていた。大学院に合格しても時々は馬に会いにきたいと言っていた彼女の顔が思い出された。裏庭を片付けていたその日のハミンは、俺がこれまでに見たどの姿よりも疲れ切っているようだった。

少し休まないと。

俺は勇気を出してそう言い、ハミンは俺の言葉が聞こえないふりをした。口ではそう言ったが彼女が休めない状況にあるのは俺もよくわかっていた。契約はクリスマス休暇前に切れるだろうし、大学院に合格できなければアイルランドを去らなければならなかったから。

翌週の金曜日の夕方、ハミンはラペスタに発った。試験は土曜の午前中だったがアーチディからラペスタまではバスで四時間かかるので前日に出発した。俺はビニールバッグにラズベリークロワッサンと牛乳、りんご、チョコレート、五百ミリのミネラルウォーターを入れてハミンに渡した。ハミンは黄緑色の四角いリュックサックを背負い、バスに乗りこむと俺を見ながらおどけた表情をして見せた。

バスが出発して宿舎に戻る途中、人を乗せて丘の下から並んでゆっくり上ってくる六頭の馬を見た。ハミンがもっとも可愛がっている怠け者と一番の年寄りは、そのグループに入れなかったようだ。

試験頑張ってという携帯メールにハミンからの返事はなかった。試験が終わるころに電話をかけてみたが電源が切られていた。戻ってくるはずの土曜日の夕方に彼女は帰らなかった。レベッカに電話してみたが、レベッカもなんの連絡もないという言葉をくり返すだけだった。日曜日の朝、まだハミンは戻らないというレベッカの言葉を聞いた俺はバスに飛び乗るとラペスタに向かった。

ラペスタに着いたのは正午になったころだった。ターミナルの案内デスクで地図をもらってようやく、俺はラペスタがどれほど大きな都市かを体感した。大聖堂と広場のある旧市街と川の向こうに市庁がある新市街があり、同じ場所に一日座り続けたとしてもハミンとばったり会う可能性は低かった。俺がむやみに捜し回ったらその確率はさらに低くなりそうだった。ハミンの携帯電話は相変わらず電源が切られていた。

ハンバーガーで腹を満たし、広場の片隅に立っていると誰かがギターを弾きながら歌う声が聞こえた。そっちに歩いていき、ぼうっと歌声を聴きながら、自分はここでハミンを見つけることはできないのだとわかった。歌を聴き、大聖堂を見て、川沿いを歩き、それからも足の向くまま路地をさまよい歩き、夕方になってようやく俺はターミナルに向かった。どの指よりも頻繁に皮を剝いた右手の親指に血が滲《にじ》んでいてティッシュペーパーを巻いた。バスの窓側に座って背もたれを少し倒すと目を閉じた。


どうしてここにいるの?

その声に目を開けるとバスの通路に立っているハミンが見えた。二人ともしばらく互いを見ながらきょとんとしていた。

家に帰ろうと。

俺の答えに彼女は笑みを引っこめた。

真面目に訊いてるんだけど。どうしてここにいるの？

ハミンはリュックサックを網棚に載せると俺の隣に座った。

ラルド、どうしてここにいるの？

俺は肩をすくめて彼女を見た。

もしかして、私のせいで来たの？　連絡がつかなくて？

俺は頷いた。

携帯電話をどこかに落としたみたい。でも、日曜日に帰るって言ったじゃない。

金曜日に発つとき、きみが明日会おうって言ったから。レベッカにもそう言ったって。

私が？

うん。

試験でばたばたしてたから。しかも、よりによって携帯をなくすとは。

彼女は斜め掛けしていた小さな鞄をごそごそとまさぐった。

試験はどうだった？

まあ、それなりに。

そう言う彼女の顔はいつにも増して穏やかに見えた。半数ほどの乗客を乗せたバスが出発すると彼女は鞄からキャラメルを取り出して口に入れ、俺にも一つくれた。ちょっと焦げた味のするほろ苦いキャラメルだった。彼女はどんなふうに試験を受けたのか、終わってからラペスタのどの場所を見学して回ったのか話して聞かせた。バスは灯りが消されて暗かった。

ダンスはしなかったの？

俺の問いに彼女は意地悪そうに笑うと首を横に振った。

きみみたいにダンスが下手な人、はじめて見たよ。

俺はダンスのゼスチャーをして、二人で声を殺して笑った。笑いやむと彼女が口を開いた。

私が踊るとみんな笑うの。そうすると胸が痛くなる。

暗闇の中、ハミンの顔の上を高速道路の街灯の光が通り過ぎていった。

そうやって胸が痛くなると楽になる部分があった。だからそうしてたの。

今もハミンを思い返すとそのときの顔が浮かんでくる。だからそうしてたの、ささやくように言ったあの顔が。

ラルド。

ハミンは俺の名を呼ぶとしばらく口ごもった。

ん？

四時間よ。

なにが？

アーチディからラペスタまで。

ハミンはそう言うと俺をじっと見つめた。

どうして私を捜しにきたの。

俺はなんて答えるべきかわからなかった。自分でも理由がわからなかったから。

連絡がつかないから心配になったじゃないか。

そう言うと俺は彼女の視線を避けて車窓に目を向けた。

会話が途切れると運転手がアクセルを踏みこんでエンジンを加速させる音が聞こえた。続いては途切れ、途切れては続く機械の音が。

いくらも経たないうちに二人とも眠りに落ちた。俺はハミンの肩に、ハミンは俺の頭にもたれたまま眠った。ハミンへの俺の気持ちは淡白な種類のものだった。ハミンの顔からも俺への余分な感情は見つけられなかった。俺はハミンにそれ以上を期待していなかったし、ハミンもそれは同じだった。二人のどちらかでも相手を愛していたら感づく以外ないだろうと当時の俺は思っていた。二人のあいだにはいかなる緊張も、ときめきも、失望も、挫折も、排他的な所有への渇望も存在しなかったから。彼女を愛していたらあんなふうには眠れなかったはずだ。俺は長いあいだそう思っていた。

肌寒い空気からはかすかにわらを燃やしたにおいがした。人も、馬も、みんな眠る時間だった。アーチディは闇に包まれていた。丘は見えず、ハミンは俺の一歩前を歩いていった。たまにハミンは俺を意識せずに前を歩いたし、一緒にいるときも特に話そうとしなかった。そうわかっているのに前を歩くハミンの後ろ姿を見ながら、その日の俺は説明のつかない気持ちを感じていた。

玄関のドアを開けたハミンは振り向くと、気をつけてと言って向き直り宿舎に入っていった。ハミンの姿が消えた後もその場に立ち尽くしている自分の気持ちを俺は理解できずにいた。


十一月になると野外で弁当を食べられなくなった。ハミンと俺は互いの家を行き来しながら昼食をとった。ある日は俺のホストであるリサの食卓で、ある日は彼女のホストであるレベッカの食卓で。リサは俺たちを引退した夫婦と言い、レベッカは俺たちを二卵性の双子と呼んだ。そういうときのハミンは特に表情を変えることもなく食事をしていた。さして楽しい話でもないというように。それでも俺たちは楽しかった。引退した夫婦みたいに、仲のいい二卵性の双子みたいに。

ハミンが大学院から合格通知を受け取った日、俺は陽が沈む前にハミンと一緒に馬に会いにいった。勤務時間は終わったのに彼女は馬にブラッシングをしていた。

私が先に発とうと思ってる。

彼女は俺のほうを振り向かずに言った。

この子たちがいなくなる前に、私の契約が終わるのはラッキーだった。

馬を見送らないつもり?

ハミンは振り返って俺を見た。

私はそんなに強くなれない。

彼女は唇をひくひくさせながらそう言った。

誰も好きになったらいけないって決心して、心を強く持っても、なんにもならない。

ハミンの隣に立っていた一頭の馬が振り返って彼女の顔を見た。

目を見ると。それから声を聞くと……なんにもならなくなる。

厩舎の薄暗い照明の下、ハミンは黒い瞳で俺を凝視していた。その一瞬の沈黙が居心地悪くて、俺は彼女の視線を避けると隣の馬に目を移した。

俺は、きみがこの子たちをそんなに思ってるなんて知らなかった。

人はたまに自分でも意味不明の言葉を口にしたりする。俺の言葉にハミンは再び背を向けるとブラッシングを続けた。彼女は傷ついたように見えて、俺はその理由がわからなくて少し慌てて、それから腹が立った。なにに腹を立てているのかもわからないくせに。

6

先に発ったのは俺のほうだった。最後のりんごの箱を共同販売場へ渡し、俺はここでの仕事を終えた。近所のビール工場に働き口があると聞いたが、ずっとここに留まりたくはなかった。クリスマス休暇にマヨルカ島で開かれる家族の集まりに来るようにと、母方の叔母から連絡があったのも同じころだった。クリスマスまで一ヵ月ほどあるから、それまでは汽車とバスでアイルランドを旅してまわる計画だった。

発つ一週間前にその計画をハミンに話した。もしかするとクリスマス後はスペインで働くことになるかもしれないと。マヨルカにある、叔母が経営する小さなレストランで。

アーチディにある小さなパブの隅の席でハミンは俺の話を聞いていた。着すぎて袖がラッパみたいに伸びきった栗色のニット姿で、長い髪はぼさぼさでもつれていた。すごく疲れているのか目は充血して、大きな手は荒れているように見えた。彼女は手で目をこすっていたが、にっこりと笑った。よかった、いいことだ、マヨルカなら冬でもこんなに寒くないだろうと言った。

名残惜しさの欠片も見受けられない彼女の顔に俺は傷ついた。どうやったらこんな薄情な人間になれるんだろう。そう思ってから彼女がすべてに背を向けて韓国を去った人間だという事実を思い出した。それはハミンの態度を納得するには役立ったが、だからって俺の心の痛みを和らげてはくれなかった。その程度で簡単に終えられるなら俺たちは一体どうしてあんなに会い、たくさん話をしたんだ。きみは俺を通りすがりの人くらいに扱っている。その眼差しの前で俺はどうでもいい人間になった気分だ。そんなことを考えていた。

俺たち、今度はいつ会うの？

わかんない。

ハミンはそう答えて、なんの表情もない顔で俺を見た。

全然平気そうに見える、きみ。

彼女は椅子に掛けてあったコートを着てマフラーを巻いた。

すごく寒いね、ここ。

ハミンは背中を丸めると両手をこすり合わせたり揉んだりした。彼女は震えていた。俺は被っていたニットキャップを彼女の頭に被せ、自分のコートで彼女の膝をくるんでやった。

メアド教えて。メール書くから。

ハミンはじっと俺の顔を見るばかりだった。

メアドないの？

彼女は答えなかった。

ハミン。

もう一回会おう。ラペスタに遊びに来たら連絡してよ。

彼女は頑としてEメールアドレスを教えようとしなかった。

マヨルカに発つ前に一度、遊びにおいでよ。旅行中に退屈になったら。

彼女はそう言うと、このあいだ厩舎で説明のつかない感情のもつれがあったときと同じ表情で俺を見た。

いつか妻に訊かれたことがあった。いつ人生を取り戻したのかと。俺はアイルランドで暮らしたことがあると答えた。果樹園での単調な生活、果樹園の仕事を終えてからの旅が俺を変えたのだと。でも彼女にハミンの話はしなかった。恋人だった人の話はしたのに、どういうわけかハミンについてはどうしても切り出せなかった。


俺がアーチディを去る日、ハミンは宿舎の前に訪ねてきた。霧の立ちこめる朝だった。一面を覆う霧が髪と顔に触れ、視界が悪かった。雲の中を進んでいるみたいに俺たちは並んで歩きバス停に着いた。

遠くからヘッドライトの灯りが見えると、ハミンが腕を突き出してハグしようという仕草をした。俺はハミンに抱きしめられた。そうやって抱き合いながら別れの挨拶をするべきだったけどまったく言葉が出てこなくて、それは彼女も同じだった。そういうとき人は泣く。バスが近づいてきて体を離したとき、俺は泣いているのが自分だけじゃないことを知った。ラルド。彼女は気をつけてとか、さようならと言うように小声で俺の名前を呼んだ。ラルド、ラルド。彼女はその場に釘付けになったまま立ち尽くして泣いていた。俺が乗りこむと同時にバスは出発し、霧の中でハミンはあっという間に遠ざかった。

涙が止まるまで待ってから眠ったのを思い出す。眠りから覚めるとハミンから渡された紙袋を取り出した。そこには紙袋が二つ入っていた。一つにはチキンサンドとオレンジジュースにいくつかのキャラメル、もう一つには非常時の薬の束とハミンのｉＰｏｄがあった。俺は薬の束を解いてみた。

薬ごとに用法を記した小さなポストイットが貼られていた。鎮痛剤、消化剤、睡眠導入剤、傷薬……。傷薬に貼られたポストイットには、「痛いときに塗って」と書かれていた。この数ヵ月のあいだ、ただの一度も俺の手の話題に触れなかったハミンだった。

それから一ヵ月、俺はハミンがくれたｉＰｏｄで音楽を聴いた。バスに乗って移動しながら、十六人部屋のドミトリーのベッドに寝そべりながらダミアン・ライスを聴いた。ある日は雪が降り、ある日は雨が降った。これまでに見た聖堂のすべてを合わせた数よりも多くの聖堂を見た。ストリートパフォーマンスや大きなカモメも見た。ゲストハウスの応接室で他の旅行客と酒を飲んだり、バスで偶然に知り合った旅行者と何日か旅程をともにしたりもした。ダンスる人を見るとハミンを思い出した。俺たちはたまに連絡をとり合い、旅行が終わるころになってハミンはラペスタに移り住んだという携帯メールを寄こした。

どう言えばいいんだろう。俺はラペスタには行かなかった。もしかしたらハミンに会える最後のチャンスかもしれないと知りながらも。衝動的な選択ではなかった。ラペスタの近くまで行って数日を過ごしながら、悩んだ末に行かないと決心したのだから。俺はラペスタに行く代わりに荷物をまとめてダブリンへと向かった。マヨルカに旅立つ直前、空港からハミンに電話をかけた。ラペスタには行けなくなった、このままマヨルカに行く予定だと言うためだった。でもどうしても言い出せなくて、ダブリンにいるとだけ告げると口ごもっていた。

ここには来ない。そうでしょ。

ハミンはこれといった感情のない口調でそう言った。俺は答えられなかった。

あなたがアーチディを発つとき、私はこれが最後だってわかってた。

違うよ。

いいのよ、ラルド。続くのが必ずしもいいことだとは限らないじゃない。

携帯電話越しにハミンの息遣いが聞こえた。

私はただ……あなたに、ほら、ただありがとうって言いたかった。不思議とその言葉が出てこなくて。軽すぎる気がしたから言えなかったんだけど。ラルド、遅くなったけど、あなたに感謝してる。

ハミン。
まだわかんないよ。いくつもの偶然が重なれば、また会えるかも。だから。
Eメール書くから。アドレスを……。
ううん。このままでいいよう。
ハミンの声の後ろから汽車が線路を走るような音が聞こえた。
あなたも私を大事に思ってくれるなら、そうしてほしいの。
なに言ってるのかわかんないよ。
ううん、あなたはわかってる。
俺がためらっていると彼女が口を開いた。
気をつけて、ラルド……。
彼女は少し沈黙してから言った。
あなたはあなたの人生を生きるはず。

そのときの俺はハミンの言葉を信じていなかった。アーチディが永遠の別れになるという、俺たちはもう会えないだろうというハミンの言葉を。いくら外国とはいっても、バスにでも乗るように飛行機一本でアイルランドまで来られたのだから。俺はリュックサックを背負って出国ゲートへと歩いていった。

マヨルカに到着してハミンに再び電話したが、携帯電話は電源が切られていた。俺がマヨルカに留まっていた冬のあいだずっと。そのときも俺はまたハミンに会えると思っていた。どこの大学院に入ったのか知っているんだから、ラペスタに行けば簡単に会えるだろうと決めこんでいたのだ。冬のあいだマヨルカで過ごし、春が来るころになって俺はブラジルに帰国した。そのときも相変わらず、時間さえ作ればアイルランドに行けるだろうと思っていた。

でもそれから八年間、俺は一度もアイルランドに行かなかった。出国ゲートを出ながらいつでも戻れると自信をもって思ったのは錯覚だった。時間が経つにつれてアイルランドは俺の中の優先順位から押し出され、現実の選択肢の圏外へと墜落した。アイルランドから戻った俺の人生は以前と違うスピードとリズムを手にしたから。俺は母親の家を出て、大学に入り直し、妻になる人に出会って恋愛し、職を得た。

俺の働くホテルにはごくたまに韓国人がやってくる。ほとんどが出張で来たサラリーマンで短い人は二日、長い人は一ヵ月ほど滞在する。たまにテレビで韓国ドラマが放映されることもあって、俺はそこにハミンが暮らしていた大都市の姿を見る。ハミンがノートに書いていた絵みたいな文字が記された看板やネオンサイン、緑色の瓶に入った酒、椅子のない床にずいぶんと楽な姿勢で座って食事する姿を。そういうものを見ると、もうどんな感情に押さえつけられることもなくハミンを懐かしがっている事実に気づく。

引っ越しの日、昔のメモ帳を偶然に見つけた。買い物メモ、支出の内訳、循環バスの時刻表なんかを書き留めたものがほとんどで、アーチディで生活をはじめたころの寂しさや退屈さについて長々と書き連ねた文章もあった。真面目にじゃなく自由に生きて。ハミンの妹がハミンにかけた言葉を引用符で囲んだ文章、作業服を着たハミンを小さく描いた絵もあった。丘の前を通る馬と、その後をついて行くハミン。いつこんな絵を描いたんだろうと思いながらページをめくると、解読不能なアルファベットの羅列がはじまった。ハミンの寝言だった。

俺は文字を指差しながら声に出して読んだ。寝言を言いながら笑ったり、眉間にしわを寄せていたハミンの顔が今でも俺を笑顔にするという事実がなんだか不思議で、しばらくのあいだ文章の上に留まっていた。嫌われても仕方ないと思う。揺れる甲板で恐怖におびえるように言ったハミンの顔。胸が痛くなると楽になる部分があった。だからそうしてたの。

八年前、枕を抱き寄せてエレインを恋しがっていた人を俺は遠くから見つめる。もうすぐアイルランドへと出発する、火山の爆発で足止めされてアーチディという村に向かうことになる、結局はそこを離れてまた戻ってくる人を。

あなたはあなたの人生を生きるはず。

ハミンは彼に向かってそう言うだろう。

あとがき

この短編集の七篇の物語には未成年の私が通り過ぎてきた時間が染み込んでいる。軽んじられ、大人の都合で利用される幼い体と心について、私はこの物語を書きながら長いこと考えた。子どもだけが感じることのできる孤独、限りない悲しみや心細さのすべてを記憶するのは不可能だが、大人の誰もがそうした時間を通り過ぎてきた。

私は一時、こんな子どもたちの中のひとりだった。グラウンドで行われる朝礼の時間に靴袋を一列に揃え、友だちがひとり、またひとり熱中症で倒れていっても、身じろぎせずに校長先生の話を聞かなきゃいけなかった子ども、学校の合宿の軍事訓練体験では両親に孝行し、国家へ忠誠を誓い、女としての純潔を守り、年長者には軍隊口調の「タナカ体」で話すべきだという教育を受けた子ども。

当時の私がしたかったのは個人行動だった。あの真っ直ぐな列から脱出して遠くへ走っていきたかった。グラウンドに並ぶ靴袋から、国旗への敬礼から、おい、お前、五十一番、気をつけ、休め、前へならえ、座れ、立て、前に出ろ、生意気なクソ娘、お前の親は金がないからこんなところに住んでんだろ、まあ、お前みたいなのは見込みもないだろうしな？ しゃべり散らす口とたやすく振るわれる暴力から離れたところへ、とても遠くへ行きたかった。個人行動がしたかった。個人行動なら誰も傷つけたりしないだろうと信じていた。無害な人になりたかった。苦痛を与える人になりたくなかった。人間の与える苦痛がどれほど破壊的か体で感じていたから。

でも、果たしてそうだったのだろうか、私は。

私はそういう人間にはなれなかった。長いことその事実を噛みしめた。意図していたかは別として、迷惑をかけながら生きていくしかない私、人を傷つけるしかない私、たまに自分ですらも驚くほど無神経で残酷になれる私。私の勝手だ、私の自由だなんて言いながら書いた文章で実存する人間を疎外し、傷つけるんじゃないかと不安だった。どんな文章も、どんな芸術も、人より前に立つことはできないのだとわかっていながらも、自分の鈍さや愚かさが人を傷つけているのではないかと怖かった。

悪い大人、悪い作家になるより簡単なことはないと時々考える。難なくじゃなく辛うじて、楽にじゃなく苦しんで書く人になりたい。その過程で人間として感じられるすべてを感じ尽くしたい。それができる勇気を持てますように。

宙を歩いている気分になるときや眠れない夜、常に私はこうした言葉に囚われている。そんなときは誰かを愛し、懐かしく思い、誰かのせいで悲しんだりもする人間のどうしようもない心が、私の傍らに一緒に横たわってくれた。その心を見つめながらここまで来た。私の意志ではどうにもならないとわかってはいるが、生きているあいだは最後まで物書きでありたいと思っている。私にとってはこれが人間や、そして自分の人生を愛するいくつもない方法なのだと今はわかる。愛は存在すると私に教えてくれた人たちがいたから文章を書いてこられた。近くに、遠くにいる彼らに感謝の言葉を贈る。
もう会うことはできないけれど、今も私を見守ってくれている祖父に愛していると伝えたい。

二〇一八年　夏

チェ・ウニョン

訳者あとがき

韓国で二〇一八年に刊行された『わたしに無害なひと』は、著者のチェ・ウニョンにとって二冊目の単行本である。七篇の中短編が収録された本作は発売当初から大きな注目を集め、同年に第五十一回韓国日報文学賞を受賞した。審査委員は、「一見すると静かで小さく見えるが、読者を作品の中に巻きこんでいく催眠術のような力のある物語。人生の恥ずかしい時間や、捨ててしまいたい時間を繊細な眼差しで見つめ、執拗に復元している」と評した。その後も「小説家五十人が選んだ二〇一八年の小説」に選ばれるなど高い評価を受け、韓国では累計販売数が十三万部を超えるベストセラーとして愛されている。

チェ・ウニョンは一九八四年生まれ。二〇一三年に文芸誌『作家世界』で新人賞を受賞して作家デビューを果たした。その三年後に受賞作を含む七篇が収録された初著書『ショウコの微笑』(文学トンネ、二〇一六年)が刊行されると、瞬く間にベストセラーとなり、今後が期待される新人作家として大きな注目を集めた。本書の「日本の読者のみなさんへ」で著者も述べているように、『ショウコの微笑』(吉川凪監修、牧野美加・横本麻矢・小林由紀訳、クオン)は二〇一八年に日本でも刊行されており、この『わたしに無害なひと』は日本で紹介される二冊目の短編集となる。

韓国で刊行された著者の単行本はまだ二冊。その両方がすでに日本でも読めると聞くと、精力的で自信に満ちた人物をイメージするかもしれない。だが本作についてのインタビューではこう述べている。

「二年目のジンクスと呼んでください。この本のことを考えると、すべてを放りだしてしまいたい衝動に駆られるほど怖かった。最初に出した本がうまくいきすぎて、逆に苦しかったけれど、そんなこと言っても共感してもらえるはずもなく、ひとり戦々恐々としていました。でも書き上げた今は、ずいぶん気持ちが楽になりました。執筆当時に戻れたとしても、これ以上の作品は書けないと思います」

本書では人と人の関係が大きなテーマとなっている。どの作品も、大切に思っていたのに傷つけてしまったことへの苦悩、他者の苦しみを大したことのない偽の感情だと切り捨てたことへの悔恨、マイノリティに対して残酷な社会に同調しがちな差別意識などが、さまざまな人間関係の中でリアルに浮かび上がってくる。これには「差別に物語で立ち向かいたい」という著者の思いが色濃く反映されている。人間は自分の体の中に閉じこめられているが、物語ならば他者の中に入りこむことができる。その対象になって気持ちを感じるということは、差別はいけないと頭に覚えさせるよりも大きな力を持っている。ストーリーは記憶に残らなくても、感情は記憶に残るからと著者は述べている。

人間の持つ弱さや苦しみ、醜さも含め、そのままの姿を尊重しながら、ともに生きる社会を想像したいという一貫した姿勢は、フェミニストとして創作活動に取り組む姿にもよく表れている。『完全版 韓国・フェミニズム・日本』（斎藤真理子責任編集、河出書房新社）に著者が寄せた「フェミニズムは想像力だ」（拙訳）というエッセイには、幼少時の体験やフェミニズムとの出会い、現在に至るまでが綴られており、韓国社会で女性として書き続けることへの決意がうかがえる。

著者はこの春から季刊誌『文学トンネ』で「明るい夜」という長編小説の連載を開始した。ずっと書きたいと思っていた祖母の歴史を語り、聞き、記憶にとどめる作品だという。新たな女性の物語の誕生が今から楽しみだ。

二〇一九年に著者と担当編集者が来日した際、四日間にわたってイベントや取材の通訳を務めた。最終日に神保町の街角で、「いつか一緒に本を作りましょう」と三人で握手を交わして別れてから一年。この『わたしに無害なひと』を翻訳する機会に恵まれたことに心からの感謝を捧げたい。

編集を担当してくださった斉藤典貴さん、校正を担当してくれた友人に御礼申し上げます。また翻訳の一部に協力してくださったＫＥＣ日本橋外語塾・翻訳講座の飯田浩子さん、窪寺久仁子さん、高原美絵子さん、滝沢織衣さん、西野明奈さん、山口さやかさん、半年間お疲れさまでした。ともに学べたことに感謝します。

二〇二〇年三月

古川綾子

著者について

チェ・ウニョン Choi Eun-young

1984年、京畿道光明生まれ。2013年、『作家世界』新人賞に入選して作家活動を始める。第5回若い作家賞、第8回若い作家賞、第8回ホ・ギュン文学作家賞、第24回キム・ジュンソン文学賞、本作『わたしに無害なひと』で第51回韓国日報文学賞を受賞。著書に『ショウコの微笑』(吉川凪監修、牧野美加・横本麻矢・小林由紀訳、クオン)、共著に『ヒョンナムオッパへ』(斎藤真理子訳、白水社)がある。

訳者について

古川綾子 Ayako Furukawa

神田外語大学韓国語学科卒業。延世大学教育大学院韓国語教育科修了。第10回韓国文学翻訳院新人賞受賞。神田外語大学非常勤講師。訳書に『走れ、オヤジ殿』(キム・エラン、晶文社)、『そっと静かに』(ハン・ガン、クオン)、『娘について』(キム・ヘジン)、『外は夏』(キム・エラン、以上、亜紀書房)など。

となりの国のものがたり 05
わたしに無害なひと

2020年4月30日　第1版第1刷発行

著者　チェ・ウニョン
訳者　古川綾子

発行者　株式会社亜紀書房
〒101-0051 東京都千代田区神田神保町1-32
電話(03)5280-0261　振替00100-9-144037
http://www.akishobo.com

印刷・製本　株式会社トライ
http://www.try-sky.com

Japanese translation © Ayako FURUKAWA, 2020
Printed in Japan
ISBN 978-4-7505-1641-7　C0097
本書の内容の一部あるいはすべてを無断で複写・複製・転載することを禁じます。
乱丁・落丁本はお取り替えいたします。

シリーズ［となりの国のものがたり］

好評発売中

フィフティ・ピープル　チョン・セラン／斎藤真理子 訳

痛くて、おかしくて、悲しくて、愛しい。50人のドラマが、あやとりのように絡まり合う。韓国文学をリードする若手作家による、めくるめく連作短編小説集。第50回韓国日報文学賞受賞作。

娘について　キム・ヘジン／古川綾子 訳

「普通」の幸せに背を向ける娘にいらだつ「私」。ありのままの自分を認めてと訴える「娘」と、その「彼女」。ひりひりするような三人の共同生活に、やがて、いくつかの事件が起こる。

外は夏　キム・エラン／古川綾子 訳

いつのまにか失われた恋人への思い、愛犬との別れ、消えゆく千の言語を収めた奇妙な博物館など、韓国文学のトップランナーが描く、悲しみと喪失の7つの光景。韓国で20万部突破のベストセラー。

誰にでも親切な教会のお兄さんカン・ミノ
イ・ギホ／斎藤真理子 訳

「あるべき正しい姿」と「現実の自分」のはざまで揺れながら生きる「ふつうの人々」を、ユーモアと限りない愛情とともに描き出す。韓国文学の旗手による傑作短編集。第49回東仁文学賞受賞作。